징후의 시학, 빛을 열다

징후의 시학,
빛을 열다

김효은 평론집

° 책머리에

문학이란 무엇일까. 시란 무엇일까. 이 질문에 대한 답을 찾으려고 지금까지도 여전히 헤매고 있다. 고정된 답이 없다는 사실을 지금은 어렴풋이 알 것도 같다. 그러나 그런데도 문학의 실마리, 머리카락이라도 지푸라기라도 한 올 잡아보려고 여전히 미로 속인지 늪인지를 헤매는 중이다. 답은 늘 도망간다. 어떤 날에는 질문도 덩달아 도망간다. 마치 시(詩)와 같다. 나 혼자만 애걸복걸 매달리는 얄궂은 애인 같다. 붙잡았다고 생각하는 순간, 아득하게 멀리 사라진다. 마치 신기루처럼 아지랑이처럼 만지면 허공중에 부서지고 없다. 그래도 절벽에 혼자 서있었던 순간에 언제나 나를 강렬하게 붙들어준 건 시와 문학 그리고 영혼과 물성이 함께 담긴 책(册)이었다. 그것들은 내 오랜 꿈이었다. 머리맡에 대롱대롱 매달린 당근이었다가 무시무시한 채찍이었다가 무지개였다가 햇빛이었다가 천둥번개였다. 누군가는 돈도 되지 않는 썩은 동아줄 따위 놓아버리라고 비웃었지만, 그 줄이 지금까지 나를 안전하게 비끄러매주고 생의 난간에서 꽉 붙들어준다.

어쩌면 신은 이렇듯 가장 애증(愛憎)하는 대상의 얼굴로 나타나는가 보다. 필자에게 그것은 문학을 통해서 왔다. 꿈이라는 명목으로. 가수

징후의 시학, 빛을 열다

김윤아가 적확하고도 적나라하게 노래했듯이, 꿈은 "가장 무거운 짐이 되"는 동시에 스스로를 옥죄는 무서운 독이 되기도 한다. 때로는 "비교할 데 없는 위안"과 달콤한 도취가 되기도 하는데, 절망과 희망, 어둠과 빛, 천사와 악마 두 개의 얼굴을 하고 있는 데다가 중독성을 띤다. 지독한 패러독스, 모호하고 모순적인 데다가, 그 꿈을 하염없이 맹목적으로 좇아가는 나 같은 맹목적인 사람에게는 희망 고문이 따로 없다. 남들은 초중고 시절을 꿈을 찾느라 분주하고, 괴로워한다는데 나는 초등학교 때부터 줄곧 시인이, 노래하는 사람이 되고 싶었다. 불우하고 가난했고 조숙했던 나에게 최고의 가성비 놀이는 글쓰기였다. 말과 글, 책은 최고의 재료와 놀잇감, 친구가 되어주었다. 일기장에 쓰던 혼잣말들은 언제부터인가 '시'의 모양새를 흉내 내기 시작했다. 학창 시절 내내 줄곧 시인의 꿈을 키워나갔다. 문창과에 진학을 했고 20대 초반에 덜컥 신춘문예에 당선이 되었다. 꿈에 바라던 시인이 되었다. 그런데, 그 뒤로 거의 시를 쓰지 못하는 사태가 벌어졌다. 하지만 시에 대한 문학에 대한 내 짝사랑은 오리 새끼의 '각인'과도 같은 것이라서 다른 길은 살면서 단 한 번도 생각해본 적이 없다. 막상 이른 등단을 했지만 시를 쓰는 일은 점점 더 어려워지고 요원해져 갔다. 대신 석사, 박사과정을 통해 시를 공부하는 일에 매진하게 되었다. 박사논문을 쓰면서, 인문학 서적을 탐독했고, 하나의 주제로 오래 연구하다 보니 사유와 문장의 호흡이 길어지고 창작보다는 분석이나 해석에 더 천착하게 되었다. 시 텍스트를 감동만으로 수용하고 여운으로 남기기보다는 이제는 꼼꼼하게 들여다보며 논리와 이론을 통해 비평적으로 접근하게 되었다. 시를 분석하는 일에 시인으로서의 직감도 도움이 되었다. 그러던 어느 날 우연한 계기에 쓰게 된 시집 서평을 읽고 격려해 준 박사 선배의 추천으로 평론가가 되었다. 그 이후 시보다는 평론을 훨씬 더 많이 쓰게 되었다. 몇몇의 누군가가 물었다. "김 선생, 아직도 시를 써요?" "네 그럼요" 물론 여전히 좋은 시인이 되기를, 최고의 시 한 편을 쓰는 순간을 매 순간 꿈꾼다. 가끔 어쩌다 일필휘지(一筆揮之)로 시가 찾아오면 횡재라도 한 듯 더없이 행복하지만, 이제는 평론을 마감했을 때, 책임감과 성실함 뒤에 찾아오는 성취감이 주는 행복에도 감사함과 안도감을 느낀다. 미묘하게 다른 이 성취감이란…….

　시는 자꾸만 도망가서 문제다. 이상하게 평론, 비평이라는 장르는 도망가지 않고 항상 곁에 있는 느낌이다. 충분한 시간과 공, 정성을 들이면, 비평과 연구는 비교적 정당하게 그에 대한 보상을 준다. 성실한 읽

　　　　　　　　　　　　　징후의 시학, 빛을 열다

기와, 꾸준한 공부만 있으면 비평과 연구는 그래도 그에 비례해서 성취감과 실적물을 안겨준다. 일반화는 아니지만 적어도 나에게는 그렇다는 얘기다. 반면 시는 소위 "지랄 맞은" 장르라서, 어느 날 갑자기 온다. 자다가 일어나 30분 만에 신들린 듯이 받아쓴 시는 내 데뷔작이 되었다. 계속 왔으면 좋으련만, 그분은 변덕이 심하고 몸주를 자주 옮겨다니나 보다. 그래서 나는 시를, 시인을 좀 불신하는 경향이 있다. 그렇게 온 천재성은 언제 사라질지 모른다는 사실을 체험으로 알게 되었기 때문이다. 시인은 한평생 시만 생각하면서 계속 쓰고 다듬고 시에만 몰두해야 한다. 나는 그러지 못했다. 시에만 올인하지 못하고 비평과 연구, 강의와 생활 쪽으로 에너지의 방향을 분산시켰으므로 어쩌면 시 쓰기는 차일피일 미루고 수동적인 태도로 유기했는지도 모르겠다.

비평가로 데뷔한 초반에는 솔직히 비평가로서의 자의식이 턱없이 부족했고 청탁이 올 때마다 시 청탁이 아니라서 적잖이 실망도 했었다. 비평해야 하는 텍스트를 두고, 대상이 된 시인이 내심 부러웠다. 누구나 그렇듯이 나 역시 하나이면서 여럿의 역할과 모드로 살아간다. 간혹 모드 전환을 하느라 버벅거리기도 하지만 모든 순간 주어진 마감에 최선을 다하고자 노력한다. 특히 비평문을 쓸 때, 2차 텍스트가 아니라, 1차 텍스트로서의 글, 텍스트에 끌려가지 않고, 내 글을 쓰려는 의지와 의식을 염두에 두려 한다. 주례사 비평이나 재단 비평이 아니라 오롯이 내 글, 내 시론과 내 철학을 담아서 예리하고도 풍부하게 그러면서도 개성 있는 글을 쓰고 싶다. AI가 쓴 것과 다를 바 없는 참고서 문장 같은 틀에 박힌 기계식 비평문을 가장 견제한다. 외국 이론 범벅이거나 관념적이고 현학적인 만연체의 비평문도 솔직히 매력은 없다. 비평은 문학의 하위 장르가 아니다. 철학의 시녀도 아니고 장식품, 부속품도 아니다. 학술 논문이나 논평과도 다르다. 비평은 하나의 독립된 예술 장르이고, 미학적 장르이다. 날카롭지만, 아름다운, 나만의 지문이 담긴, 고유한 비평을 쓰고 싶다.

비평가로 데뷔한 지도 어느새 15년이 되었다. 부끄럽지만 세 번째 비평집을 묶는다. 비평가로서의 자의식이나 정체성을 어느 정도는 갖게 되었다고 이 책을 통해서 살짝 자부해보고자 한다. 비평이라는 장르 자체를, 그 투명한 정직함과 다채로움의 양식을 신뢰한다. 문채와 문체, 사유와 논리, 차가움과 뜨거움, 정동과 철학이 한 몸을 이루는 이토록 지적인 장르를 어느덧 사랑하며 살고 있다. 시는 시대로, 비평은 비평대로 내 삶의 주춧돌을 이루고 있다. 더 열심히 읽고, 쓰고, 공부하고, 향유

징후의 시학, 빛을 열다

하고 사랑할 것이다. 이 글을 읽고 있는 당신에게도 당신에게 잘 어울리는 신이 당신 삶에 행운으로 깃들기를 기원한다. 돈과 시간, 타인, 제도의 노예가 되지 말고 당신은 당신 삶의 주인으로서 살기를, 다만 지금 이 순간을 꽉 붙들고, 지극히 최선을 다해 향유하기를. 최고로 충만하고 더없이 아름다운 오늘을 살기를! 오늘 치의 행복을, 오늘 치의 사랑을 유예하거나 포기하지 말고, 신에게 그리고 자신에게도 감사하기를 바란다. 한없이 무르고 연약하지만, 무엇보다 강하고 견고한 당신과 나의 꿈, 그 꿈에 한 발짝 더 경이롭게 다가가며, 당신과 나의 아름답고 찬란하고 무궁한 안녕을 빈다. 지나온 모든 날, 생의 징후들과 약속들과 파편들, 생살을 파고든 무수한 칼날들까지도 문학 앞에서는 그 무엇도 후회하거나 원망하지 않으려 한다. 그리고 무엇보다 쓰고 읽는 이 순간을, 가장 벅차게 사랑한다. 시라는 당신, 당신이라는 시가 있어서 참 다행이다. 감사하다.

**2025년 봄, 바다가 보이는 카페
드넓은 창가에 앉아 쓰다**

차례

1부

다시, 문학에 관해 묻다

문학과 감정,
문학과 정동에 관한 소견

- 서정시에도 '서스펜스로서의 정동'이 필요하다

1. 새삼, 문학이란 무엇인가를 묻다

언어, 표현, 인간, 사상, 감정, 예술 등은 우리가 문학을 일반적으로 정의 내릴 때 꼭 필요로 하는 단어와 개념들이다. 이들은 문학의 속성 혹은 필수 요소에 해당한다. 인간의 사상과 감정을 언어로 미학적으로 표현 또는 형상화한 예술의 장르를 우리는 폭넓은 의미에서 '문학'이라고 부른다. 그러나 이 같은 추상 명사들이 문학을 설명하기 위해 총동원됐음에도 불구하고 각각의 단어가 상징하는 개별적인 개념이나 카테고리들마저도 매우 관념적이고 광범위한 것을 알 수 있다. 서로가 서로에 기대어 개념을 정의하고 충당하고 보충 설명해 주는 보족적이고 불완전한 형식의 정의일 수밖에 없다. 그런데도 편의상 문학을 한마디로 간명하게 정의 내리자면 '언어로 된 예술'이라 할 수 있겠다. 그렇다면 예술의 개념을 먼저 정의하고 그 매체를 언어로 한정한다면 문학에 대한 일반적 정의가 대략 성립될 수 있을 것이다. 자, 이제 예술이란 무엇인가를 묻자. 사전에 등재된 예술의 정의는 다음과 같다. 기예와 학술을 아우르는 말, 특별한 재료, 기교, 양식 따위로 감상의 대상이 되는 아름다움을 표현하려고 하는 인간의 활동 및 그 작품, 아름답고 높은 경지에 이른 숙련된 기술을 비유적으로 이르는 말(국립

징후의 시학, 빛을 열다

국어원, 『표준국어대사전』)이 바로 예술이다. 여기서 우리가 주목할 점은, 예술은 아름다움을 그 속성으로 하며, 독자들에게 심미적 효과를 필반(必伴) 해야만 성립되는 감상과 수용의 대상으로서의 양식이라는 점이다. 결국 예술 작품이란 아름다움(아름다움의 효용)의 감응을 관객이나 독자, 평자에게 주지 못한다면, 적어도 발표 당시로서는 실패한 예술이라고밖에 할 수 없는 것이다.

예술은 "감상의 대상"이며, 이 감상과 감응의 대상으로서의 아름다움은 과연 어디에서 오고 어떻게 작동하는 것일까. 주관성을 넘어 보편적인 아름다움이란 어디에 근거하는 것일까. 예술에서의 아름다움은 결국 추와 악, 그로테스크의 영역에까지 의미망이 닿아있는데, 이러한 폭넓은 정서적·미학적 메커니즘을 우리는 어떻게 설명해 낼 수 있을까. 분명 미학의 범주에서 다뤄질 주제이긴 하지만, 필자는 이를 문학의 경우에 한정하여, 최근 인문학 전반에서 활발하게 논의되고 있는 정동[1]의 개념을 들어 논의해 보고자 한다. 문학은 언어로 표현된 예술이 맞지만, 언어 '너머'에 있는 언어 '이상'의 것을 내포하고 있다. 그것은 잠재성과 가능성[2]의 영역이다. 문

1　정동은 다양하게 정의되는데, "내장(visiceral)의 힘들, 즉 정서(emotion) 너머에 있기를 고집하는 생명력(vital force)"이며, "힘(force) 또는 힘들의 마주침(조우) forces of encounter과 동의어"로 "사이에서 태어나고 누적되는 곁(beside-ness)으로서 머문다. 그래서 정동은 다양한 마주침의 리듬과 양태를 따라 일어나고 사라질 뿐 아니라, 감각과 감성의 골과 체를 빠져나가며 일어나고 사라지는 일종의 신체적인 능력(capacity)의 기울기, 언제나 조정되는 힘 - 관계들의 유연한 점진주의로 이해할 수 있다." - 멜리사 그레그·그레고리 시그워스 편저, 최성희 외 역, 『정동이론』, 갈무리, 2015, 15쪽.

2　브라이언 마수미는 가능한 것과 잠재적인 것을 구분한다. "가능성은 잠재성이 펼쳐지고 난 후에 역 - 형성된다. 그러나 일단 형성되고 나면, 그 역시도 실제로 부양된다. (중략) 가능성이란 어떤 사물이 목표 지점을 향해 가고 있을 때라고 말해질 수 있는 것 안에 암시되어있는(implicit) 변주이다. 잠재성이란 변해가는 가운데 잔잔하게 일어나는 미결정적인 변주에의 사물의 내재성(immanence)이다." - 브라이언 마수미, 조성훈 역, 『가상계』, 갈무리, 2011, 24쪽.

학에서의 가능성은 창작자와 수용자를 넘나드는 언어 그 이상의 이행과 변용, 생성에의 가능성을 뜻한다. 또한 문학은 정동의 산물이며, 정동이 문학의 효과이자 주된 기능으로 작용할 수 있다. 문학이 문학으로 독자에게 인정, 성립 및 호응 될 수 있는 필요조건으로서의 정동에 관해서 이 글에서는 소략하게나마 주목해 보고자 한다. 서정시는 특히 수용 미학적 차원에서도 정동의 강렬도, 강렬함[3]이 가장 중요한 부분을 차지한다고 해도 과언이 아니다. 잘 알다시피 서정시(Lyric)의 어원은 하프를 닮은 고대 그리스의 악기 리라(Lyra)에서 왔다. 그러므로 우리는 시의 기원으로서의 음악과 노래에서조차 이행, 공감, 동요, 신체적 변용의 메커니즘과 그 모든 일련의 효과들을 배제하고서는 그 의미와 속성에 대해 제대로 밝혀낼 수 없다.

2. 문학과 감정(emotion), 문학과 정동(affect)

동물과 식물도 저마다 감정이 있고, 그들만의 소통 언어가 있다고 한다. 이는 여러 차례 실험을 거쳐 과학적으로도 이미 밝혀졌지만, 사상과 감정을 언어로 특히 문자로 아름답고 정교하게 조직화하고 기록, 보존, 향유하는 예술, 즉 전승되고 고양되는 문화 양식으로서의 문학은 인간만의 전유물인 것은 확실하다. 과거의 기억과 현실, 현재의 재현은 물론 의식과 무

---

3 마수미는 강렬함에는 하나의 감정적 상태로서의 특질이 생기는데 그 상태는 정적인 – 시간의 내러티브 소음으로, 서스펜스(suspence) 상태와 잠재적으로(potentially) 균열의 상태라고 설명한다. 그는 이 서스펜스의 부유 상태에서 모든 질적이고 표현적인 것들이 발생한다고 보았다. 강렬도는 그 목적에 있어서 정동과 동일시된다고도 설명한다. – 마수미, 앞의 책, 50~53쪽.

징후의 시학, 빛을 열다

의식, 나아가 도래하지 않은 미래 상상의 영역에 이르기까지 인간은 언어를 이용하여, 자유롭게 그 의미, 의지, 삶과 죽음에 대한 통찰과 질감, 욕망과 정서 등을 표현하거나 표출해 낸다. 문학은 자아와 세계의 관계 맺음의 양식에 따라 구분되기도 하는데 잘 알다시피 서정, 서사, 극, 교술 장르가 그 통상적인 갈래를 이룬다고 할 수 있다. 이들 장르 모두 인간의 사상과 감정, 상상의 영역을 정제된 형식과 심미적인 언어로 형상화한다는 공통분모를 지녔지만, 특히 서정 장르에 해당하는 시의 경우, 인간의 감정이나 정서를 보다 집약적, 함축적, 주관적으로 표현한다는 점에서 타 장르와 확연히 구분된다. 이때 서정적 자아/주체/화자는 1차적으로 세계 또는 대상을 수용, 합일하는 등, 그들과의 대결 구도가 아닌 자아와 세계의 동일성[4]을 추구한다는 점에서 여타의 장르와의 뚜렷한 차별성을 갖는다 할 수 있다. 특히 시의 세부 장르를 좀 더 좁혀서 접근할 때 서정시의 경우, 시적 주체/시적 화자가 의미 있고 가치 있다고 생각되는 대상에 대한 주관적 감정을 감각적이고 운율감 있는 절제된 언어로 형상화한 것이라 범박하게나마 그 장르적 정의를 내릴 수 있겠다. 그러나 여기서 주의할 점은 주관적 감정과 정서의 표현을 서정시의 골자로 삼는다고 해서, 이 주관적 정서가 단순히 지극히 개인의 주관적인 감정의 토로와 배설, 자아도취의 상태 표출에만 그쳐서는 안 된다는 점이다. 예컨대, '나'는 '슬프다', '괴

---

4   서정시를 세계와 자아의 동일성과 화합의 장르로 보는 견해에 이견은 얼마든지 가능하다. 서정시의 외연은 넓고 그 의미를 규정하는 데에 뚜렷한 기준점이나 제한이 있는 것은 아니다. 연구자, 비평가, 시인들 저마다의 정의가 존재할 수 있다. 다만 본고에서는 협의의 서정시에 관해 논의하고자 한다. 필자가 언급하고자 하는 서정시란 작품 내에서 정제된 언어와 리듬을 통해 구현된, 그러나 감정과 정서가 내재 된 가운데 세계와 자아, 자아와 타자, 주체와 객체 사이에서 그것들이 서로 이행하고 변화하는 흐름과 동요와 효과가 있는 시를 의미한다. 즉 정동의 장르로서의 서정시로 한정하고자 한다.

롭다', '외롭다'로 점철된 자기 고백의 문장들이 곧바로 시가 될 수는 없다는 점에 우리는 항상 유의해야 한다. 시는 인간의 정서를 표현한 예술인 것은 맞지만, 단순히 개인의 정서나 감정의 직서(直敍)적 나열과 단순한 표출에 그친다면, 이는 일기나 선언문과 전연 다를 바 없기 때문이다. 그러므로 서정시라 할지라도, 오히려 서정시이기 때문에 더더욱 고도의 정련된 "서스펜스로서의 정동"(브라이언 마수미)이야말로 작가의 창작과 독자의 수용 과정에 있어서 반드시 필요한, 필수적 요소라 할 수 있다.

3. 서정시와 정동

시는 특히나 기민한 정동[5]의 장르이다. 시는 다른 장르보다 감정적 교류, 정동의 주파수가 중요하며. 시는 독자와 가장 긴밀하고 내밀하게 연동된다. 실제로 학자들은 실험과 생체 검사를 통해 이 정동이 다양한 신체 반응까지 이끌어낸다고 밝혀낸 바 있다.[6] 마수미에 의하면 정동의 메커니즘은 자율적이며, 신체의 변화, 촉발을 가져오는 '내장적 감각(viscral

---

5   정서와 정동은 그 개념이 확연히 다르다. 마수미는 정동(affect)이 그동안 정서(emotion)와 동의어로 학계에서조차 아무렇게나 혼동되게 사용되었음을 지적한다. 그에 의하면, 정서는 "주관적 내용으로, 경험의 질을 사회언어학적으로 고정하는 것", "경험되는 순간부터 그것은 개인적인 것으로 제한되"며, "정서는 자격이 부여된 강렬함이며, 틀에 박힌 것"으로 "의미론적이며 기호학적으로 형성된 진행과정 속으로, 내러티브와 할 수 있는 작용 – 반작용의 회로 속으로, 기능과 의미 속으로 강렬함이 삽입되는 합의된 지점"이라고 할 수 있다. – 브라이언 마수미, 앞의 책, 53~54쪽.

6   정동의 개념은 스피노자에 의하면, "신체 활동 능력을 증대시키거나 감소시키고 촉진하거나 저해하는 신체의 변용인 동시에 그러한 변용의 관념"이라 할 수 있다. – 스피노자, 강영계 역, 『에티카』, 서광사, 2007, 131쪽.

sensibility)'에 의거한다. 그는 또한 이미지의 수용에 있어서 언제나 "정동이 가장 우선한다(the primacy of the affective)[7]"라고 강조한다. 자 이제, 우리에게는 내장까지 움직이게 하는 새로운 서정의 시가 필요하다. 새로운 내용과 형식의 서정은 시공을 초월하여 작가는 물론 독자들에게도 요구된다. 물론 시 창작에 있어서는 기본적으로, 직접적인 추상어나 관념어 대신 객관적 상관물의 도입이나, 상황의 묘사에 있어 무엇보다도 예민하고 독창적인, 강렬도 높은 언어의 감각화와 세련화가 필요하다. 서사시, 극시, 소설, 기사문이나 보고서, 나아가 사진이나 그림 등과 서정시가 갖는 차별성 또한 언어의 감각적 형상화에서 기인한다. 고대(古代)로 올라가, 「공무도하가」나 「황조가」, 「제망매가」 등을 떠올려보라. 이처럼 개인의 정서는 이를 대리하고 투사하는 객관적 상관물, 언어의 감각적 배치에 의해 독자에게까지 정서적 울림과 반향을 일으키는 것을 알 수 있다. 서정시의 가장 흔한 소재이자 일차적 대상, 객관적 상관물은 동식물을 포함한 대자연이라 할 수 있을 것이다. 여전히 오늘날에도 다수의 서정 시인들이 자연의 아름다움과 신비를 노래하고 있다. 또는 사랑하는 대상을 자연에 빗대어 노래한다. 다만 어떻게 '다르게', '새롭게' 노래할 것인가가 늘 관건이다. 자연 소재 외에도 도시, 온갖 기술, 자본 문명의 제반의 산물들과 각양 각종의 콘텐츠 및 각종 사건들, 심지어 게임이나 AI나 SF적 상상력에 이르기까지 서정시의 소재와 매개, 영역이 대폭 확장된 것을 알 수 있다. 그러나 문제는 소재 차원에만 국한되지 않는다. 시적 주체의 발화 양

---

7   브라이언 마수미, 앞의 책, 48쪽

식에서의 변화도 요구된다. 화려한 수사와 참신한 소재의 차용만으로 서정시에 새로움을 더하기란 쉽지 않다. 다행인 것은, 새로움은 어느 정도의 익숙함 내에서도 온다는 사실이다. 최근에 흥행하는 '레트로 감성' 즉, 신(新)복고(復古)적 감성은 시문학 분야에서도 어느 정도 통용되고 유행하고 있다[8]. 근래에 시 장르에서는 익숙한 새로움에서 기인하는 슬픔의 정동과 1인칭의 내밀하고도 모호한 발화 양식이 서정시의 리부트에 있어서 큰 영향력을 발휘한 것으로 보인다. 시집의 제목들이 산문화, 고백화, 유행화되고, 이른바 대중가요의 제목이나, 후렴의 한 구절과도 같은 신파성을 군데군데 장착하는 경우도 보인다. 오히려 이 같은 유행이 대중적인 반응을 긍정적으로 이끌어내고 있는 현상은 최근 문학계의 두드러지는 특징이자 현상이다. 대중성과 문학성, 엘리티시즘이 분리되었던 과거와 달리, 이제 순수 문학의 성역이 그 경계를 많은 부분 허물고 있다고 할 수 있다. 기형도의 문학은, 이 접점을 잘 보여주는 가장 대표적인 예라고 할 수 있겠다. 기형도 만큼 대중성과 문학성을 동시에 충족하는 시인도 드물다. 앞의 각

---

8 박준의 시집 『당신의 이름을 지어다가 며칠은 먹었다』(문학동네, 2012)가 11만부, 『우리가 함께 장마를 볼 수도 있겠습니다』(문학과지성사, 2019)가 출간 2주 만에 5만 부가 팔렸다고 한다. 신철규의 『지구만큼 슬펐다고 한다』(문학동네, 2017), 심보선의 『슬픔이 없는 십오 초』(문학과지성사, 2008), 『눈 앞에 없는 사람』(문학과지성사, 2011), 『오늘은 잘 모르겠어』(문학과지성사, 2017), 유희경의 시집 『오늘 아침 단어』(문학과지성사, 2011), 『우리에게 잠시 신이었던』(문학과지성사, 2018) 등도 밀리언셀러에 해당 되는데, 필자의 경우 이들의 공통점으로 슬픔의 정동, 그리고 이에 대한 체험의 감각적 형상화, 독자에게로의 자연스러운 정동의 전이와 유연성, 공감을 이끌어 내는 친밀한 거리 형성에 있다고 본다. 이 같은 요인들이 시집의 베스트셀러 현상에 대한 주요 원인이라고 본다. 독자인 '당신'을 연인으로 '지금 여기' 독서(연애, 이별)의 현장 속으로 호명하기. 그리고 상상적(실제적) 당신과 상실/그리움/슬픔/나약함/부끄러움의 정동을 감각적 언어를 통해 교류하는 것은 시대를 초월해서 독자를 사로잡는 베스트셀러 작품들의 공통점이 아닐 수 없다. 비약하자면 서정시는 어떤 측면에서는 낭만주의 문학의 정수이자 반복이며 '친숙한 낯섦'의 끊임없는 변주와 반복일 수 있다. 본고에서는 지면의 한계로 인해, 이에 따른 개별 작품들에 대한 분석을 시도 하지는 못했다.

징후의 시학, 빛을 열다

주에서 소개한 최근 몇몇 젊은 시인들도, 이러한 '접점'과 경계의 시인들이라 할 수 있겠다. 순수문학에서 늘 폄훼하는 '통속성'이야말로, 교묘하게 언어의 장치 속에 미학적으로 숨겨지거나 적절히 배치될 때, 정동을 이끌어내는 확실한 통로가 되는 것은 아닐까. 이는 어쩌면 순수와 대중 문학을 통틀어 문학 자체의 심각한 위기에 대응하는, 즉 문학이 살아남기 위해 스스로 그 경계를 흐리는, 방어와 응전의 양식과 전략일 수 있다.

앞서 강조했듯이 예술, 문학, 특히 그중에서도 시(詩)는 가장 강렬도가 높은 정동의 장르라고 할 수 있다. 문학은 인간의 감정을 언어로 표현한 예술 장르이지만, 독자 혹은 타자에게 독서의 과정을 거쳐 그 감정이 교류될 때, 공감과 동요와 파장과 파동을 일으킬 때에야, 성립되고 인정되는 사후적이고 역동적인 장르로 볼 수 있다.[9] 예컨대 "엄마야 누나야 강변 살자"(「엄마야 누나야」, 김소월) "님은 갔지마는 나는 님을 보내지 아니하였습니다"(「님의 침묵」, 한용운)라는 텍스트가 거리의 한 가벽에 스프레이나 분필로 쓰여 있다고 치자. 누구 한 사람도 이 문구에 정서적으로 감응,

---

9 "문학이란 무엇인가"에서 사르트르는 문학 작품을 움직이는 상태에서만 존재하는 묘한 기어(toupje)로 묘사한다. 다시 말해서, "독서라고 불리우는 구체적인 행위를 자아내도록 작품을 설정해야만 하기 때문에, 작품은 독서행위가 지속될 수 있는 한도 내에서만 지속된다."(중략) 블랑쇼의 저서 역시 비슷하게 독서 의도가 우선적으로 중요하다고 강조하고 있다. (중략) 독서를 통해서 책은 하나의 작품이 되며, 그 책의 저자로부터 자유로워진다. 그리고 경험적인 실제와는 다른 문학적 공간 혹은 특권지대로서의 책 자체가 구성된다. – 윌리엄 레이, 『문학의 의미』, 임명진 역, 신아, 1988, 21쪽. 필자는 쓰여진 문학이 작품으로 인정되는 순간은, 창작자에 의해 원고지에 마침표가 찍히는 순간이 아니라, 작품에 세상에 발표된 이후에, 독자의 독서 경험을 통해 어떤 의미로써 구성, 파급되어질 때, 정동의 교류 그 순간에 있다고 생각한다. 위의 책에 따르면, 조르주 풀레 역시, "문학 작품은 고유의 자율성을 지닌 실체 즉, 유사하게 구체적이거나 이상적이고 형식적인 실체와 엄격히 구분되어야 하며 또한 책이나 텍스트와도 엄격히 구분되어야 한다고 주장한다. 오히려 문학 작품은 독자의 활기 있는 의도를 실제로 포함하거나, 혹은 독자의 활기 있는 의도로 구성된 그러한 의도"(같은 책, 20쪽)라고 보는데, 필자 역시 이에 공감한다. 서정시의 경우, 특히, "독자의 활기 있는 의도"를 이끌어내고, 감정적 전이와 교류가 우선적으로 전제되어야 하는, 능동적인 장르여야 한다고 생각한다.

신체적으로 반응하지 않는다면, 우리는 이 텍스트를 예술로 볼 수 있을 것인가. 하나의 텍스트가 예술 장르로 인식되고 수용되기 위해서는 시적 주체의 정서와 감정, 감응(감흥을 포함한)이 조응하여 지금 여기의 수용 주체인 독자에게 이 단 하나의 작품을 만나기 이전과는 '다른' 변화와 변이 즉 충격적인 '스파크'를 발생시켜야 하는데, 그 변화를 일으키는 지점, 미세한 떨림과 정서적 교류, 교환의 지점이 바로 정동이 작용하는 순간이라 할 수 있다. 필자는 정동의 동요를 필반한 심미적 이미지의 수용이야 말로 문학이 실용 장르와 다르게 구분되는 지점이라고 본다. 물론 문학이 다르게 '쓰일' 수 있는 가능성과 사례들의 역사성은 차치하고 말이다. 시는 특히, 압축된 형식 그 자체만으로는 충족되는 장르가 결코 아니라는 점에 유념하자. 문학은, 시는 필자 단독의 생산품, 고정된 완성체가 아니며, 맥락 가운데서 주체와 객체, 자아와 타자, 작가와 독자가 지속적으로 반응, 감응하여 완성하는 사후적 장르, 가능성과 잠재성을 동시에 지닌, 인류와 함께라면 영원히 사라지지 않을, 현실계와 가상계를 아우르는 지속 가능한 최고의 융복합적 정동의 산물이라고 정의한다면, 시에 관한 지나친 찬사와 아부일까.

징후의 시학, 빛을 열다

4. 슬픔의 정동, 그 쾌감과 공감의 윤리학

좌절된 욕망, 실패한 관계, 상실, 고통, 이별, 슬픔, 분노 등, 부정적인 감정일수록 타자와의 공감과 연대의 진폭은 커진다. 기쁨은 나누면 배가 되고, 슬픔은 나누면 절반이 된다는 말이 있지만, 사실상 공감의 진폭에 있어서는 그 반대가 아닌가 싶다. 스피노자와 들뢰즈는 주체의 능력이 증대되는 의지와 능력의 결합 상태를 기쁨의 정동으로 보는데 이는 능력의 증대를 가져오므로 제고(提高) 및 고양(高揚)되어야 한다. 반면 슬픔의 정동은 능력의 감소를 초래하므로 악과 나쁨의 영역으로 지양되어야 한다고 하였지만, 필자는 서정시에서는 오히려 그 반대의 윤리가 적용된다고 본다. 아이러니하게도 시에서 만큼은 슬픔의 정동이야말로 기쁨의 정동보다도 오히려 "보다 큰 완전성으로 이행시키는 운동[10]"과 파장을 독서의 장(場) 안에 불러온다고 생각한다. 문학에서 특히 시에서만큼은 슬픔의 정동이 기쁨의 정동보다 그 강렬도가 훨씬 크다고 할 수 있다. 마수미는 "강렬함과 특질의 정도들 간의 관계는 순응(conformity) 혹은 일치(corres_pondence)의 관계가 아니라 공명 혹은 방해(interference), 증폭(amplification) 혹은 저해(dampening)의 관계[11]"이며 또한 "언어적 표현은 기능적으로 풍부해짐으로써 강렬함을 증폭시키고 그것과 공명할 수 있다[12]"고 하였다. 스피노자와 들

---

10 질 들뢰즈, 박기순 역, 『스피노자의 철학』, 37쪽.
11 브라이언 마수미, 조성훈 역, 『가상계』, 갈무리, 2011, 50쪽.
12 브라이언 마수미, 앞의 책, 50쪽.

뢰즈가 부정적인 감정들로 지양했던 슬픔의 정동이 오히려, 강렬함과 특질에 있어서는 보다 더 큰 정동의 파급을 가져오는 것을 알 수 있다. 시에서 정동은 독자에게 운동[13], 진동, 공명을 불러일으킨다. 그러나 강렬도는 낯설고 거친, 이질적인 반응에서 오히려 강화된다. 마수미는 슬픔이 쾌감이 되는 지점을 언급하기도 하였다[14]. 시적 주체, 시적 화자에게서 부정적 감정으로부터 시작되고 발현된 슬픔의 정동이라 할 경우에도, 독자에게 변화, 이행될 때, 이는 심미적인 쾌감의 긍정적 감정으로 변이될 수 있다. 독서 자체가 독자에게 하나의 유의미한 경험과 체험이 될 때, 이는 그 에너지의 흐름에 있어 긍정적인 전환을 가져오는 것임에 분명하다. 슬픔의 정서적 교감과 연대, 타자의 고통에의 공감과 위무, 환대는 "적은 완전성으로의 이행"이 아닌 보다 큰 '타자의 윤리'로 우리를 이끈다. 문학을 통한 타자와의 공감, 소통하는 행위 능력의 증대는 사회 바깥으로의 운동으로 이어져 사회를 변용시킨다. 즉 문학은 잠재성과 가능성을 동시에 지니며, 자체로 수행성을 이행하는 능동적 예술 장르인 것이다.

요컨대, "슬픔의 힘을 옮겨서 새 희망의 정수박이에 들이"(「님의 침묵」, 한용운) 붓는 행위와 전언, 이 같은 전언의 독자에게 이어지는 수행

---

13 그러나 마수미는 이 운동은 활동성이 아닌, 수동성이라고도 할 수 없는, 실제적인 결과로 나갈 수 있는 운동이 아니라고 강조한다. – 앞의 책, 51쪽.

14 브라이언 마수미, 앞의 책, 48쪽. 마수미에 의하면 "이미지의 수용이라는 사건은 다층적(multilevel)이거나, 적어도 2단계"이며, "두 체계에 대한 반응은 즉각 갈라지"며, "강렬도의 수준은 의미망의 교차로 특징지어"지는데, "거기에서 슬픔은 쾌감이 된다"라고 말한다. 이는 "의미론적 혹은 기호학적 질서"로 이뤄지지 않으며, "구분을 고착"시키지도 않는다고 한다. 마수미는 아이들을 대상으로 한 하나의 실험 결과를 예로 드는데, 아이들의 경우, 가장 "슬픈 장면"들을 의외로 "가장 재미있다"고 인식했다고 한다. 46~47쪽.

징후의 시학, 빛을 열다

성과 능동성은 정동의 적극적인 이행을 보여주는 서정시의 핵심 사례가 아닐까. 최근 봉준호 감독이 아카데미 시상식에서 수상 소감으로 말했던 "가장 개인적인 것이 가장 창의적인 것이다"라는 멘트는, 시는 아니지만, 창작자를 포함한 대중들에게까지 '시적'인 정동을 불러일으키기에 충분하다. 시에서의 정동 역시 그러하지 않을까. 가장 개인적이고 한없이 평범한 일상에서 이끌어낸 내면의 단순한 발화가, 어떤 맥락과 '잘' 그러나 새로운 형식과 더불어 조합될 때, 가장 창의적이면서 동시에 보편적인 공감과 정서의 환기를 가져올 수 있을 것이다. BTS나 영화 〈기생충〉, 드라마 〈오징어 게임〉보다 더 센세이션 할 정동으로 충만한 시(詩). 세계적으로도 인정받을 만한, "서스펜스로서의 정동"이 있는 강렬도 높은 충격의 서정시, 그러나 아직 오지 않은 우리 시의 도발과 도약과 도래를 애타게 기다린다.

계간 『경남문학』 2020년 봄호.

문학과 경제, 행복과 코나투스를 위한
시와 경제에 관한 소고

생활은 고절孤絶이었다
비애이었다

– 김수영, 「생활」 부분 –

1. 프롤로그

가난이야 한낱 남루襤褸에 지나지 않는다
저 눈부신 햇빛 속에 갈매빛의 등성이를 드러내고 서 있는
여름 산山 같은
우리들의 타고난 살결, 타고난 마음씨까지야 다 가릴 수 있으랴.

(중략)

어느 가시덤불 쑥구렁에 놓일지라도
우리는 늘 옥돌같이 호젓이 묻혔다고 생각할 일이요
청태靑苔라도 자욱이 끼일 일인 것이다.

– 서정주, 「무등을 보며」 부분

징후의 시학, 빛을 열다

이 시의 첫 구절을 두고 혹자는 현실을 도외시하고 외면한 허울뿐인 낭만주의 시라고 혹평과 악평을 시로 남겼다지만, 감상과 비평은 자유이듯, 창작의 형식과 내용, 사유와 직관 또한 시인에게는 어디까지나 자유와 스타일의 영역이다. "타고난 살결"과 "타고난 마음씨"와 타고난 저마다의 기질과 성정이 있듯이 시인은 자신만의 고유한 시론과 주관과 개성과 문체로 창작한다. 박목월의 「나그네」를 두고도 "술 익는 마을마다 타는 저녁놀"이 당대의 현실을 반영하지 못한 음풍농월이라고 비판하는 것도 자유, 지금 여기에는 없지만 언젠가는 도래했으면 하고 바라는 미래의 유토피아를 상상력으로 노래하는 것도 자유이다. 시인은 그러하다. 여기는 지옥이야 불구덩 속이야라고 모두가 외쳐도 홀로 단호하게 '지금 여기'는 천국이라고 말할 수 있는 자, 반대로 여기는 지상낙원이야라고 외치며 모두가 향락에 빠져 웃고 떠들어도 홀로 여기는 지옥이야라고 지리멸렬을 말하는 자가 시인 아니었던가. 모든 사람들이 손가락질하며 당신은 거렁뱅이에 노숙자 폐인, 인간 실격이야라고 비난하며 절대빈곤을 지탄하고 낙인을 찍더라도, 이 도저하게 터무니없이 도도한 '나'는 방금 탈고를 마친 시 한 편에 세상을 다 가진 듯 충연유득(充然有得), 안분지족(安分知足), 곡굉지락(曲肱之樂), 의기양양(意氣揚揚), 세상과 대자연에 "행복하다"고 떳떳하게 맞서는 자가 있다면, 그는 분명 시인(詩人), 아니면 광인(狂人)이다.

오늘 아침 다소 행복하다고 생각는 것은
한 잔 커피와 갑 속의 두둑한 담배,

해장을 하고도 버스값이 남았다는 것.

(중략)

가난은 내 직업이지만
비쳐오는 이 햇빛에 떳떳할 수가 있는 것은
이 햇빛에도 예금통장은 없을 테니까……

- 천상병, 「나의 가난은」 부분

시적 주체는 "가난은 내 직업"이라고 "떳떳"하게 전언한다. "이 햇빛에
도 예금통장은 없"기에 그는 이토록 "떳떳한" "나"를 대자연에 빗댄다.
그러나 적어도 자연은 스스로 존재하며, 순환하고 지상의 모든 동식물
들을 거둬 먹일 능력이라도 있지 않나. 그렇다면, 시인의 경우는 어떠
한가. 시를 쓰는 창작자 개인 말고 한 가족의 가장(家長)으로서의 시인
이 있다고 치자. 그가 배곯아 죽어가는 가족들에게 "가난은 내 직업"이
니까 누구도 "나"에게 구직을 강요하지 말라고 으름장을 놓으며, 한겨울
홑이불마저 내다 팔아 그 돈으로 종이를 사고 연필을 사서 시를 쓰면서
느끼는 행복감이 있다 치자. 시인의 충만한 행복감에 비례하여 가족들
의 고통은 증대될 수도 있다. 시인은 아무런 욕심 없이 "가난"을 천직으
로 삼아 행복감을 만끽하며 "비쳐오는 이 햇빛에 떳떳할 수"는 있을지

징후의 시학, 빛을 열다

언정, 과연 행복으로 충만한 그에게 서러움조차 없을 것인가. 그렇지 않다. 시인은 누구보다 서러운 존재다. "서럽다고 생각하는 것"들은 허기보다도 오히려 시인에게는 존재의 실존 자체를 입증하는 주된 정동이라 할 수 있다. 서러움마저도 이내 시적 영감이 되고, 시적 소재와 자원이 되는 이 지독한 궁핍과 불행의 형상화와 승화라는 기묘한 메커니즘에 대해서 나아가 시와 경제, 시와 생계, 시와 생활에 대해 시인 주체를 사이에 상정하고 이토록 이질적인 두 개의 영역과 주제에 대해 이 글을 고찰해 보고자 한다. 시인이자, 생활인, 가장으로서의 주체가 당면하는 "설움"의 정동은 시인 김수영에게 이르러, 시인이자 생활인으로서의 자의식, 그 모순된 경계 지점에서 정체성의 교란을 일으키는 동시에 시적 원동력과 구심력으로 작용하는 것을 알 수 있다.

꽃이 열매의 상부에 피었을 때
너는 줄넘기 장난을 한다

나는 발산한 형상을 구하였으나
그것은 작전 같은 것이기에 어려웁다

국수 – 이태리어로는 마카로니라고
먹기 쉬운 것은 나의 반란성叛亂性일까

동무여 이제 나는 바로 보마

사물과 사물의 생리와

사물의 수량과 한도와

사물의 우매와 사물의 명석성을

그리고 나는 죽을 것이다

- 김수영, 「공자孔子의 생활난」 전문

　시인은 "생활난"에 한자어를 병기(倂記)하지는 않았지만 우리는 「공자(孔子)의 생활난」의 제목에 명시된 생활난을 공자의 "생활(生活)"+"란(難)"으로 읽어내도 무방한 것이다. 생활난을 난고(難苦)와 간난(艱難) 아닌 난초(蘭草)의 한 종류로 읽어도 상관은 없다. "나는 발산한 형상을 구하였으나 / 그것은 작전 같은 것이기에 어려웁다"라는 전언에 아리스토텔레스가 논의한 형상인과 목적인의 관계를 그의 시구에 적용해 본다면 "형상"과 "작전" 사이에 존재하는 괴리와 어려움에 직면한 시적 주체의 혼란을 우리는 감지하게 된다. 일반적으로 작전(作戰)이란 군사적 목적을 위한 조치, 방법, 계획 등을 의미한다. "작전 같은 것"으로서의 "그것"이 무엇인지는 분명하지 않다. 다만 이 텍스트에서 "동무"인 "너"는 "장난을 하"고 있지만 "나"는 전투를 해야 하는 상황이 대치되어 있을 뿐이다. 객관적 상관물 또는 이데올로기로서의 "국수"를 앞에 두고 시인은 허기와 궁핍, 생활난으로 인해 그것을 우선 먹고자 한다. 아름답게 시화(詩化)하여, "발산한 형상을 구하기"보다는 보자마자 그것을 "먹기 쉬운 것"은 "나의 반란성(叛亂性)"이라고 시적 주체는 이내 반성하고 회의(懷疑)한다. 그러나 시인은 이를 뒤집어 시의 후반부에서 또다시 성찰하고 회의한다. 하여 시적 주체는 "동무여 이제 나는 바로 보마/ 사물과 사물의 생리와/ 사물의 수량과 한도와/ 사물의 우매와 사물의 명석성을" 직시하겠다고 다짐한다. 그러나 그러한 순간이 시적 주체에게 도래한다면, 그것은 아마도 시적 주체 또는 시인 주체가 죽어야 가능해지는 추후의 일일 것이다. 시인 주체가 죽고, 생활인과 한 가정의 가장으로서의 경제 주체가 다시 살아나는 이러한 모순된 시간을 시인은 다만 가정하고 있는 것이다. 이 같은 사물의 "명석성" 을 분별하는 잣대야말로 아마도 시적인 것들과는 정면으로 괴리되는 경제 원리 즉 합리성과 효율성이 될 테다.

2. 경제(經濟)란 무엇인가

사전적, 학술적, 현대적 정의로서의 경제/경제학의 개념은 다음과 같다. "경제학(economics)이란 원래 개인이나 사회가 여러 가지 용도를 가지는 희소한 자원을 선택적으로 사용하여 다양한 재화와 서비스를 생산·교환·분배·소비하는 과정에서 일어나는 경제 현상을 연구하는 학문[15]" 을 일컫는다. 또한 "인간의 욕망을 충족 시켜주는 물질을 총괄하여 재화(goods)라 하고, 눈에 보이지는 않지만 노동과 같이 인간의 욕망을 충족 시켜주는 무형적인 것을 총괄하여 용역(services)이라고 한다. 인간 생활

---

15 홍승기 외, 『핵심 경제학개론』, 보명BOOKS, 2009, 15쪽.

에 필요한 이러한 재화와 용역을 생산·교환·분배하는 행위를 경제행위 (economic behavior)라 하며, 이러한 경제행위가 지속적·규칙적으로 이루어져 일정한 사회적 질서를 형성할 때 그것을 경제(economy)라 하고 …(중략)… 또 다른 의미는 한 가정, 지역, 국가 또는 세계의 경제문제들을 해결하고 관리함을 나타낸다. 따라서 한 가정의 경제 문제들을 해결하고 관리하는 것을 가정경제라 하고, 지역, 국가 그리고 세계의 경제문제를 해결하고 관리하는 것을 각각 지역경제, 국가경제(국민경제), 그리고 세계경제[16]"라 한다.

현대적 의미에서의 경제의 개념 외에도 어원과 관련하여 경제의 개념을 사적으로 거슬러 올라가 살펴보자면 그리스 로마 시대로까지 소급해서 살펴볼 수 있는데, 경제학자 홍기빈에 의하면, "경제economy"라는 말의 어원은 우선 가정을 뜻하는 그리스어 oikos와 다스린다는 뜻을 가진 합성 어근 nem-이 합쳐져서 생긴 말로, 그대로 풀이하면 곧 가정관리를 뜻한다고 한다. 그러므로 이 가정관리의 기술, 그것을 연구하는 학문인 oikonomikos는 쉽게 말해서 가정관리학 정도로 풀이될 수 있다. 가정에 해당하는 그리스어 오이코스나 라틴어 파밀리아familia는 자급자족의 경제단위라는 의미가 훨씬 강하다. 결국 경제라는 말은 그 기원에서 알 수 있듯이 원래는 단지 가정의 살림살이라는 뜻으로 사용되었으며, 가정이라는 구체적이고도 독특한 인간관계 속에서 그 내용이 규정되는 체제이자 개념이 바로 '경제'였으므로 따라서 경제와 경제학의 내용은 윤리나 도

---

16 장병익, 『경제학 입문』, 울산대학교 출판부, 2004, 9~10쪽.

징후의 시학, 빛을 열다

덕과도 불가분의 관계를 맺을 수밖에 없다고도 그는 설명하고 있다[17]. 가정이나 국가, 행정, 정치, 등등의 사회적 맥락을 전제하지 않는 순수한 경제의 개념을 설명하고자 했던 시도는 19세기에 들어와서야 이뤄졌다. 이는 경제를 정치나 윤리의 일부가 아닌 하나의 객관적 현상으로 보고, 독립적으로 연구 즉 과학으로 접근한 시도라고 할 수 있다. 이후 신고전파 경제학이 등장하면서부터 '희소성 하에서의 선택'이라는 경제의 정의가 생겨났다고 한다. "인간의 운명은 희소성과의 끝없는 투쟁"으로 "그 최전선인 경제활동에서 합리성을 극대화할 수 있는 방향으로 가족관계, 정치관계, 그 밖의 모든 사회적 관계가 재조직되어야 한다[18]"는 식의 사고가 이러한 개념들 안에 원리로서 함축되어 있음을 또한 알 수 있다. 자 그렇다면, '희소성 하에서의 합리적인 선택'의 근거와 전제가 되는 이 '합리성'이란 대체 무엇인가. 합리성이란 일반적으로 최소비용으로 최대효과를 이끌어내는 정신과 행동과 원칙을 의미한다. 인간의 욕망은 무한한데 자원은 한정되어 있으므로, 다시 말해 희소성의 원칙이 세상을 지배하므로 합리적인 의사결정과 선택이 매 순간 필요하며, 이에 따른 효율성 추구가 곧 경제원칙이자, 합리성의 추구라고 할 수 있는 것이다.

자, 그렇다면 이제 다시 우리는 시(詩)에 대해 생각해 보자. 시란 무엇인가. 시는 무엇을 산출하며 시에 있어서 합리성과 효율성은 무엇인가. 시와 경제, 시인과 경제 사이에는 어떠한 유사성과 차이성, 연관성이 있는가. 이러한 질문들을 독자들과 나누고 함께 고민해 보고 필자 나름대로의

---

17 홍기빈, 『아리스토텔레스, 경제를 말하다』, 책세상, 2005, 38~40쪽 참조.
18 홍기빈, 앞의 책, 47쪽.

답변을 개진해 보는 데에 이 글의 목적과 효용이 있음을, 또한 본 계간지에 책정된 원고비를 받고 쓰는 이 글에도 이러한 경제적 가치, 필자의 연구와 집필 노동, 생산과 유통의 목적이 담겨 있음을 또한 밝히는 바다.

3. 시(詩)란 무엇인가 : 재화인가 용역인가 무엇을 목적·효용·산출하는가

시(詩)란 무엇인가. 경제 원리에 대입해 보면 시는 하나의 산출물, 생산품이 맞다. 더러 어떤 시는 재화로서의 높은 가치를 지니기도 한다. 베스트셀러에 등극된 시집이나, 스테디셀러에 진입해 있는 고전 시집들, 시뿐만 아니라, 하물며 학술 논문마저도 노동에 의해 생산된 재화이며 그것들을 열람 또는 소유하기 위해 우리는 일정한 비용 즉, 저작료를 지불해야 한다. 시뿐만 아니라 기타 예술 작품들 역시 엄밀히 말해 수요와 공급이 있는, 시장에 나온 일종의 상품이라고 볼 수 있다. 예컨대 '흥행에 성공한 독립(예술)영화'가 있다 치자. 이미 성공한 흥행작에 이 같은 장르에 대한 명칭과 분류는 적합한 것인가. 여기에서 짚고 넘어갈 지점은 시 또는 예술 작품들의 경우 창작 당시에는 이윤 창출을 작가들이 1차적 목적으로 생산하지는 않는다는 점이다. 화폐 경제에서 손익분기점을 따져 적자나 손해가 아닌 이윤과 흑자를 추구하는 일반 상품들과는 달리, 일부 예술 작품들은 그 자체가 목적인 즉 특수한 목적성을 지닌 채 생산된다는 점은 구분을 요한다. 이른바 앞서 말한 효율성과 합리성의 추

징후의 시학, 빛을 열다

구 등, 시장경제에서 작동하는 경제원칙들이 시(詩)와 시인(詩人)들에게는 다소 다르게 작용한다고 볼 수 있는 것이다. 고로 일반 상품과 시 텍스트는 그 작인과 목적 자체가 다르다는 점에 착목하고자 한다. 일반적인 상품과 재화의 경우, 최소 비용으로 생산하여 최대의 이윤을 남기는 것을 목적과 목표로 한다. 이를 시장 경제의 메커니즘에서 가장 합리적인 의사결정이자 최선의 경제활동이라고 볼 수 있다. 그러나 시의 경우, 시인들이 시를 쓰는 데 있어, 그 목적성(재화 산출, 인정 욕망)이 있을 수도 있고 더러는 없을 수도 있다. 예컨대 에밀리 디킨슨나 안네 프랑크의 사례, 혹은 일제강점기 시대에 쓰여진 항일 저항시가 뒤늦게 현대에 와서 누군가에 의해 발굴되었다고 가정을 해보자. 우여곡절 끝에 생산자의 의도와는 상관없이 사후에 시장에 나온 시 텍스트/문학 텍스트들의 가치와 목적성에 대해 원론적으로 생각해 보자. 단지 개인의 불안한 상황을 극복하기 위해, 정서적인 위무와 승화를 위해 혹은 단순히 사건을 기억하기 위해 혹은 부조리성을 알리고 체제에 저항하기 위해 쓰여진 텍스트가 있다고 여러 상황들을 가정해 보자. 르포, 참여문학의 성격을 지닌 텍스트들의 경우 그들이 추구하는 효율성과 합리성은 분명 다른 순수 문학 텍스트들과는 그 목적과 용도에 있어 극명한 차이가 있음을 알 수 있다. 게다가 뚜렷한 창작의 원인과 목적이 아예 없는 텍스트들도 세상에는 존재한다. 창작의 동기와 원인과 관련하여, 맹목의 가능성 자체를 또한 배제할 수 없는 것이다. 그러나 굳이 경제 활동과 창작 활동에 있어, 즉 시와 경제 그 둘 사이에 공통된 궁극의 목적을 상정하자면, 필자는 '행복'과 '생존'(코나투스)이라는 키워드에 둘 다 중요한 의의를 두고 있다는 점에 착목하고자 한다.

4. 시와 경제, 공통의 목적 : 행복 추구, 코나투스를 위하여

아리스텔레스는 『니코마코스 윤리학』에서 인간이 살면서 추구해야 할 가장 궁극적인 것을 행복eudaimonia라고 하였다. 그가 말한 '행복eudaimonia'이란 말의 어원과 관련하여 'eu'는 좋은, 'daimon'은 운fortune, 또는 신적인 것을 의미한다고 한다. 아리스토텔레스는 목적론을 중요시했는데, 행복의 경우 다른 어떤 것을 위한 수단이 아니라, 그 자체로 추구되는 목적이라고 하였다. 그에 의하면 행복은 다른 어떤 것을 위한 수단이나 방법으로는 존재할 수도 존재해서도 안된다. 단지 행복은 그 자체로 추구되어야 한다. 이 행복에는 정신, 영혼의 만족감과 쾌감이 우선되지만 외부적인 요건들 즉 물질적인 부 또는 물리적인 그 밖의 요건들, 현실적인 환경들, 외부적인 "좋음"들도 행복을 위해서는 어느 정도 필요하다고 아리스토텔레스 역시 설파(說破)하였다. 그러나 아리스토텔레스는 "재물에 대한 인간의 욕망에는 한계가 있다고 주장[19]"했다. "그는 목적이 되는 것은 '행복한 삶' 그 자체이고 재물은 그것을 위한 '수단'에 불과하므로, 수단의 양은 목적에 의해 규정된다는 근거를 제시"했으며, "영리적인 상업이나 고리대라는 행위는 행복한 삶과는 전혀 무관한 '돈벌이'라는 자체의 목적을 가지고 있"기 때문에 아리스토텔레스는 이것들을 '돈벌이 기

---

19 홍기빈, 앞의 책, 107쪽.

징후의 시학, 빛을 열다

술로서의 획득의 기술'이라고 따로 다룸[20]"고 경계하고 있다.

한편 아리스토텔레스는 사물의 생겨남에 대하여, '4대 원인론'을 주장하기도 했다. 질료인, 형상인, 작용인, 목적인이 바로 그것이다. 여기에 시를 적용해 보자. 질료는 곧 언어가 될 것이다. 형상인은 내용과 형식을 포괄한 시 자체의 완성도와 장르적 특질을 포함한 미학적 요소들일 것이다. 작용인은 시인 그 자신이 될 것이며, 목적인은 아마도 시의 아름다움이나, 수용미학적 차원, 시인 자신의 카타르시스 등 효용론적 가치들이 해당되지 않을까. 그런데 만약 어떤 시인이 돈을 벌기 위해서 시를 쓰는 상황에 처해 있다고 가정해 보자. 단순히 돈을 벌기 위해 시를 쓴다면, 그는 아마도 팔릴만한 상품성과 대중성을 형상인으로 하여, 교환가치에 목적을 둔 생산품이나 모방품을 생산하게 될 것이다. 문학상을 받기 위해, 교수가 되기 위해 시를 쓰는 시인 또한 마찬가지이다. 그러나 과연 그러한 목적에 부합하는 시를 시인이 계획한대로 산출해 낼 수 있을 것인가 하는 능력의 문제는 또 다른 차원의 문제가 되겠지만 말이다.

아리스토텔레스는 또한 『정치학』에서 인간의 활동을 프락시스(praxis)와 포에이시스(poiesis)로 구별한 바 있다. 프락시스는 행위 그 자체가 목표가 되는 행위이고, 포에이시스는 무언가를 생산하는 행위 그 자체를 의미한다. "프락시스는 어떤 결과를 낳는 것이 목적이 아니라 활동 그 자체를 목표로 하는 활동 …(중략)… 그 자체로 즐거움을 가져다 주는 행위[21]" 이며 "모든 종류의 프락시스는 행복한 생활을 구성하는 직접적인 하

20 홍기빈, 앞의 책, 107쪽.
21 홍기빈, 앞의 책, 112쪽.

위의 기술이 된다. 이런 맥락에서 아리스토텔레스는 인생은 포이에시스가 아니라 프락시스[22]"라고 말했다. 필자는 이러한 아리스토텔레스의 '행복론'과 '목적인'의 개념에 기대어, 시와 시인의 삶, 시와 경제에 대해 재고해 보고자 한다.

시인이 단순히 돈을 벌기 위해, 혹은 세속적인 명예를 얻기 위해 시를 쓴다면, 시는 수단적 가치로 전락하게 되는 셈이 될 것이다. 그러나 반면, 시 쓰기 그 자체를 통해, 행복과 만족감을 얻어내고 지속적으로 영위한다면, 그것은 프락시스로서의 시 쓰기, 즉 행복 그 자체를 구성하는 "인간의 영혼에 깃들인 신성, 즉 이성적 능력을 활동으로 옮기는[23]" 최상의 덕, "좋은" 그 자체가 될 것이다. 결국에는 행복을 추구하는 것이야말로, 시와 경제의 표리 상 공통된 궁극의 목적일 것인데, 행복을 어디에서 찾느냐의 문제가 관건이 된다고 볼 수 있다. 이를 테면 시 쓰기라는 행위 그 자체에서 행복을 얻거나 즐거움을 구하는 것 그 자체가 순수한 시의 영역 즉 문학의 영역, 예술의 영역에 있어서의 시의 '사용가치'라면, 반면 돈벌이와 이윤의 추구, 혹은 시 쓰기가 이데올로기적인 수단이나 도구로 이용될 경우 이는, 어디까지나 '사용가치'가 아닌 '교환가치'로써 다른 목적에 복무하는 부차적인 행위, 일시적인 쾌락을 주는 행위로서의 기능적인 시 쓰기에 지나지 않게 되는 것이라 하겠다. 아리스토텔레스는 이러한 예로 군인과 의사의 경우를 들고 있는데, 승리와 건강이 아닌, 그들에게 단순히 돈벌이가 목적이 된다면, 그것은 그 자

---

22 홍기빈, 앞의 책, 112쪽.
23 홍기빈, 앞의 책, 112쪽.

　　　　　　　　　　징후의 시학, 빛을 열다

체로 행복이 목적이 아니라, 육체적 쾌락이나 돈벌이 자체가 목적이 되는 삶이 되기 때문에, 아리스토텔레스에 의하면 이는 "강박 속에 허덕이는 삶[24]", 스피노자식으로 말하자면, '수동적인 삶'에 다름 아닌 것이 된다.

5. 에필로그 : 궁핍함과 가난함, 모든 그런데도 시(詩)

언뜻 보기에 대타항에 가까운 시와 경제, 이 둘 다의 공통 준거는 아마도 결국 행복의 추구, 그리고 지속 가능한 삶의 영위 즉 생존과 '존버'가 아닐까. 반면 역으로 결핍이야말로 시와 경제 둘 다의 필요 충분의 준거로도 볼 수 있을 것이다. 재화든 노동이든 인간의 욕망을 충분하게 채워주지 못하는 데다가, 모든 사람들에게 균일하게 욕망과 욕구를 채워주지는 못하는 까닭에 이러한 결핍과 부족이야말로 시와 경제의 존재, 존립의 근거가 될 수 있는 것은 아닐까. 자연과 재화가 충분하고, 모든 사회 구성원들이 동일한 충만감과 쾌감, 절대적인 만족을 동시에 느낀다면, 혹은 만민이 균등하고 평등하게 재화와 복지를 누리며 그들에게 아무런 사회적 개인적 불만이 존재하지 않게 된다면, 아마도 시와 경제, 시와 경제의 개념 자체는 더 이상 인류에게 필요치 않게 될 것이다. 아담과 이브가 선악과를 먹어버린 연후, 이토록 허기든 호기심이든

---

24 홍기빈, 앞의 책, 115쪽.

두 번은 "먹기 쉬운", "반란성"(김수영)의 증폭과 수행이야말로 결과적으로는 시인을 자율적인 주체로 탄생시킨 태초의 원인과 즉 사건의 동인이 아닐까. 아담이 주변의 사물들에 눈을 뜨고 하나 하나에 이름을 붙이고 그들의 후세에 이르러 바벨탑이 하늘로 솟구쳐도 영원히 충족될 수 없는 욕망들과 결핍들은 늘어만 갔을 테니, 채울 수 없는 존재의 공허야말로 시와 시인의 실존적 근거가 아닐까. 우리는 굳이 하이데거와 김우창을 떠올리지 않아도 시대의 궁핍함이 경제적 가난, 개인의 핍진과는 다른 개념인 것을 알고 있다. 시는 무엇으로 기능하는가. 무엇을 '땜빵' 하는가. 악세서리거나 콧줄이거나, 인공호흡기이거나 무구(巫具)이거나, 아무렴 당신은 당신의 시를 쓰고 읽고 당신의 시를 '살면', 당신의 시적 순간을 향유하고 누리면 그만이다. 시의 효용(效用) 가치는 시(時)와 장소(場所)에 따로 묶여 있지 않다.

스피노자는 『에티카』에서 코나투스[25]에 대해 제 3의 이성에 의한 신

---

[25] '노력하다'라는 의미의 라틴어 동사 코녀(cōnor)에서 파생된 말로, 노력, 충동, 성향, 경향 등의 의미를 지닌 코나투스(conatus)는 어떤 것이 계속적으로 존재하기 위해 스스로를 발전시키려고 하는 경향성을 뜻한다. 데카르트, 라이프니치, 스피노자, 홉스 역시 코나투스의 개념을 사용하여 삶에로의 본능적 의지 혹은 운동이나 관성에 대해 형이상학적 이론들을 전개하고 있다. 스피노자는 『에티카』에서 이 코나투스 개념을 발전시키는데, 그에 의하면 코나투스는 자기 보존을 위한 노력이면서, 이성의 지도에 따라 행동하는 것, 참된 인식이자 덕인 동시에, 신의 본성이기도 한 자기 자신과의 합일과 일치, 그 자체가 된다. 스피노자는 특히 인간이나 사물이 행하는 자기 보존의 노력, 계속해서 존재하려고 하는 노력을 사물의 본성이자 본질로 보았다. 스피노자는 존재하는 모든 것은 코나투스이며 자신을 보존하려는 성질이 있다고 하였다. 스피노자는 행복과 관련하여, 외부 요인에 의해 일시적으로 느끼게 되는 수동적인 기쁨이나 쾌감이 아니라, 외부 요인들과 자극들에 예속되지 않는 능동적인 기쁨과 보다 큰 완전성으로의 이행을 위한 역량을 도모해야 한다고 하였다. 스피노자에게 이 같은 자유와 행복(지복)은 곧 동일한 개념 및 상태가 된다. 이는 또한 신을 인식하는 것, 제 3종의 인식에 해당하는데, 이는 직관에 의한 의식이다. 필자는 시의 경우, 제 1종의 인식, 제 2종의 인식, 제 3종의 인식을 전부 표상하는 장르라고 생각한다. 제 1종의 인식(상상지)을 표상, 오류, 현상, 상의 세계라고 한다면, 제 2종의 인식(이성지)은 실존으로 실현되는 본질에 관한 타당한 인식을 의미한다. 제 3종의 인식(직관지)은 '영원의 상 아래'에서 사물을 파악하고 인식하는 단계를 의미한다.

정후의 시학, 빛을 열다

적인 삶에 대해 언명한 바 있다. 필자는 시와 경제 이 둘 사이, 이 두 개의 기전과 메커니즘 이전과 이후에도 코나투스의 원리가 경제 원리에 앞서거나 혹은 중첩되어 존재하고 작동하고 있다고 본다. 태어날 때부터 불행해지고 싶거나, 죽고 싶은, 자멸하고 싶은 생명체는 없다. 우리는 살기 위해서, 또한 행복해지기 위해서 '경제(經濟)'를 살고, '시(詩)'를 산다. "아름다운 이 세상 소풍 끝내는 날" 기꺼이 "하늘로 돌아가"(천상병, 「귀천」)게 되더라도 최소한의 '김밥'과 '사이다'와 '보물찾기' 정도의 이벤트가 지금 여기에 갖춰져 있다면, 소풍은 더 즐거워지고 소풍다워지지 않을까? 그마저 없는 삶이라면, 그 '서러움'과 '설움'과 공허와 허기로 시와 경제, 시와 생활의 모순과 길항, 이 둘 사이의 교호성과 반목성을 시로 써보는 것은 어떨까? 김수영 시인처럼.

살림을 사는 아해들도 아름다웁듯이

노는 아해도 아름다워 보인다고 생각하면서

(중략)

팽이는 나를 비웃는 듯이 돌고 있다

비행기 프로펠러보다는 팽이가 기억이 멀고

강한 것보다는 약한 것이 더 많은 나의 착한 마음이기에

팽이는 지금 수천 년 전의 성인(聖人)과 같이

내 앞에서 돈다

생각하면 서러운 것인데

너도 나도 스스로 도는 힘을 위하여

공통된 그 무엇을 위하여 울어서는 아니 된다는 듯이

서서 돌고 있는 것인가

팽이가 돈다

팽이가 돈다

- 김수영, 「달나라의 장난」 부분

　김수영 시인이 일찍이 "살림을 사는 아해들도 아름다웁듯이/ 노는 아해들도 아름다워 보인다고 생각하면서" "팽이는 나를 비웃듯이 돌고" "생각하면 서러운 것인데/ 너도 나도 스스로 도는 힘을 위하여/ 공통된 그 무엇을 위하여 울어서는 아니 된다는 듯이/ 서서 돌고 있는 것"을 노래했듯 말이다. 돌지 않고는 돌 수 없고, 미치지 않고서는 미칠 수밖에 없는 "팽이"의 위태로움이 곧 삶이고 생활이다. "달나라의 장난"과도 같은 더러는 "별세계(別世界) 같이도" 보이는 저마다의 인생, 더러는 지리멸렬한 살림살이, 그런데도 이번 생을 스스로 멈추지는 않기 위해 "팽이"에게는 외부의 충격과 자극, 그리고 "스스로 도는 힘"이 필요하다. 그렇게 어떤 코나투스[26]는 채찍의 모양을 하고서, 돌고 있는 "팽이"에게 고통의 매질을 한다. 멈추고 싶어도 멈춰서는 안된다는 정언과 함께 "도는 힘을 위하여" 관성과 원심력을 고양시키고 북돋워 주기 위하여 시인은 세속적인 것들, 타인과 비교하거나 "생각하면

---

26 스피노자, 『에티카』, 황태연 역, 비홍출판사, 2015, 168쪽.

　　　　　　　　　　　　　　징후의 시학, 빛을 열다

서러운 것"들을 마다하고 무엇보다 문학을, 시(詩)를 쓴다. 문장의 탄탄한 밧줄을 쥐고서, 시인은 스스로를 때리고 진폭을 가해 "설움"의 정동을 "팽이"의 윤활유와 자원으로 쓰기로 한다. 시가 없이는 "스스로 돌"수 없는 목숨을 유지할 수 없는, 의존적 존재가 되어, "팽이"는 이제 시인에 의해, 가열차게 돌고 "고난이 풍선같이 바람에 불리거든" "너의 힘을 알리는 신호인 줄 알아라"(「지구의」)라는 전언과 함께 시인은 이 모든 "고난"과 "설움"의 역량을 언어의 두레박으로 너끈히 길어 올린다. 시인은 "뮤즈"를 소환하고 "모래알 사이에서" 그렇게 시, "너의 얼굴을" 찾는 데 골몰한다.

> 모래알 사이에서 너의 얼굴을 찾고 있는 나는 인제
> 늬가 없이도 산단다
>
> 늬가 없이 사는 삶이 보람 있기 위하여 나는 돈을 벌지 않고
> 늬가 주는 모욕의 억만 배의 모욕을 사기를 좋아하고
> 억만 인의 여자를 보지 않고 산다
>
> 나의 생활의 원주圓周 위에 어느 날이고
> 늬가 서기를 바라고
> 나의 애정의 원주가 진정으로 위대하여지기 바라고
>
> 그리하여 이 공허한 원주가 가장 찬란하여지는 무렵

나는 또 하나 다른 유성을 향하여 달아날 것을 알고

이 영원한 숨바꼭질 속에서

나는 또 영원히 늬가 없어도 살 수 있는 날을 기다려야 하겠다

나는 억만무려億萬無慮의 모욕인 까닭에

- 김수영, 「너를 잃고」 부분

　자 이제 김수영의 시 「너를 잃고」라는 시에 "너" 대신 '시(詩)' 또는 '돈/경제'를 대입해 보자. 어쩌면 시인들은 "늬가 없이 사는 삶이 보람 있기 위하여 나는 돈을 벌지 않고" 다만 "이 영원한 숨바꼭질 속에서" "영원히 늬가 없어도 살 수 있는 날을 기다리"면서 '너'의 부재를 견딜 수 있는 날이 오기를 간절히 염원하고 있는 존재일지도 모르겠다. 시인은 그것 자체가 "억만무려(億萬無慮)의 모욕인 까닭에" '시'가 없어도 혹은 '돈'이 없어도 살 수 있는, 기꺼이 연명할 수 있는 "모욕" 없는 삶을 꿈꾸는 것인지도 모른다. 이 같은 아이러니한 정체성을 지닌 체, 시와 경제 둘 사이에도 극단적인 호환성을 보이는 그들(시인)을 우리는 어떻게 바라봐야 할 것인가. 결국 시인은 시의 노예, 생활의 노예인 것일까. 시에게 혹은 생활에게 바치는 모든 불행의 조공들까지도 곧 시의 화폐가 되고 이 모든 모욕의 매커니즘 끝에 받게 되는 영광의 보상 또한 결국 시인에게는 시 자체가 되는 이 지독한 아이러니의 순환, 호환성과 모순성의 혼재야말로 시와 경제, 시인들의 독특한 내적 원리,

경제원리가 아닐까. "억만 번 늬가 없어 설워한 끝에" "억만 개의 모욕"을 안고 죽어가는 '나'와 '너', '우리'를 살리는, 어쩌면 유일한 코나투스, 삶충동으로서의 에너지 편에 시(詩)가 있다면, 독자가 됐든, 창작자가 됐든 오늘 당신은 그 시를 잡아라. 절대로 그 자신을 반성하지 않는 뻔뻔한 "절망"의 한가운데 서서 외로운 "팽이"로 돌며 "설움"으로 까맣게 타들어 가는 당신이라면, 그렇게 시가 단 하나의 밧줄, "구원", 신(神)이 되기를. 아니 문학이 더 큰 절망이 되어 당신을 삼키더라도, 그것은 오롯이 당신이 감당할 몫이다.

봄밤이 깊다. 당신은 당신의 '봄소풍'을 즐길 일이다. 지독한 "절망" 속에도 한 줄의 "시"가 있어 아름답기를, 빛나기를, 행복하기를 "희망"한다. 당신의 팔꿈치 아래에서, 겨울을 기다리는 단 하나의 "견고한" "수난로(水煖爐)"처럼, "어둠을 지니고 있으면서／ 어둠과는 타협하는 법이 없이"(「수난로」), 그렇게 묵묵하게 나와 당신의 오늘과 내일, 이미 지나온 날들까지도 응원한다. 하물며 "애타도록 마음에 서둘지 말라". 이토록 차가운 "봄밤"을 당신도 나도 기필코 견디고 즐기고 마침내 무사히 건너가 그토록 기다리던 "영감(靈感)"을 기쁘게 마주하리니!

재앙과 불행과 격투와 청춘과 천인 인의 생활과

그러한 모든 것이 보이는 밤

눈을 뜨지 않은 땅속의 벌레같이

아둔하고 가난한 마음은 서둘지 말라

애타도록 마음에 서둘지 말라

절제여

나의 귀여운 아들이여

오오 나의 영감_{靈感}이여

- 김수영, 「봄밤」 부분

계간 『시결』 2024년 여름호

징후의 시학, 빛을 열다

문학과 자연, 자연이 발급해 준 차용증(借用證)의 두 버전

- 손택수 『붉은빛이 여전합니까』, 문보영 『배틀그라운드』에 나타난
  자연에 관한 소고

1. 프롤로그 : 자연의 채무독촉

　세대를 떠나, 근래 활동하고 있는 작가들이나 평자들, 연구자들에게 '자연', '생태', '환경' 등은 더 이상 주요한 키워드, 화두나 이슈가 되지 않은 지 오래이다. 서경(敍景) 문학, 음풍농월(吟風弄月)로 대변되는 자연은 고전적이며, 구태의연하고 도태된 주제로 치부되어 시에서조차 도외시되고 있는 실정이다. 그러나 아무리 과학이 발달하고 최첨단 인공지능이 만능을 지향한다고 해도, 인간은 자연을 떠나서는 살 수 없고, 문학 역시 자연을 배제하고서 존립하기는 불가능하다. 그렇다면 자연은 문학에서조차 진부하고 흔하고 익숙한 자연재(自然材)로 전락하고 만 것일까. 자연을 소재로 시를 쓰는 것은 클리셰에 가까운 일일까. 아니, 그렇지 않다. 다만 새롭게 보고 새롭게 쓰는 참신함과 갱신에 갱신을 더한 노력이 부단히 필요할 뿐이다. 최근 필자는 앞선 지면에서 브라이언 마수미의 용어를 빌려 서정시에도 "서스펜스적 정동"이 필요하다고 논의한 적이 있다. 자연을 시의 소재로 가져오되, 신선하고 짜릿한 "서스펜스적 정동"을 포착, 이를 감각적으로 담지한 시를 쓴다면, 얼마든지, 작가와

독자에게 자연은 새롭게 읽힐 수 있다. 자연과의 동화와 교감, 우주론과 생명론, 자연감을 노래하는 것은 시대와 정치와 일상을 저버리는 목가적 이상적 전원적 소극적인 현실 도피적 상상력이라고 일찍이 청록파를 비판한 시각도 있었다. 하지만 필자가 보기에는 개성 없는 일상시, 낡은 구호의 참여시, 구태의연하고 뻔한 자연시라면, 그것들은 시험적이고 도발적인 광고 문구 한 줄만도 못하다.

2. 자진 납세, 상환하는 시인
– 손택수 『붉은 빛이 여전합니까』 (창비, 2020)

자연(自然), 한자로 풀면 '있는 그대로'의 혹은 '스스로 그러한' 세상에 그냥 존재하는 것, 혹은 그러한 상태 등을 의미한다. 일체(一切)의 인위적, 인공적인 것, 편견, 때로는 전문가적 식견(識見)이나 판단마저도 배제하고, 사물을 손대지 않고 그대로 보는 것, 어떤 설명이나 수사, 변명도 덧대거나 감하지 않고 '있는 그대로' 자연스럽게 바라보기란 이제 와 얼마나 어려운 일인가. 비둘기를 보고 평화를 떠올리는 것을 인위적이고 진부하게 생각하기보다는 새롭게 느끼게 될 날이 올지도 모르겠다. 지금 당장 도심 한가운데서 누군가 비둘기와 마주쳤다는 가정 하에 비둘기를 비둘기, 단순히 자연 그대로 볼 수 있는 사람이 얼마나 될까. 조류 인플루엔자의 보균 매체, 잡균과 바이러스를 옮기는 중간 숙주, 이들이 펄럭이는 날갯짓에 당신은 인상을 찌푸리게 될 것이다. 혐오의 대상으로 동식물을 인식하고 그들을 바라보며 공포에 떠는 일은 인간을 얼마나 지치고 피로하게 만드는가. 이제 우리는 박쥐를 단순한 생명체로 바라보지 않는다. 인류는 이제 '박쥐' 하면 2020년 봄을 강타한 코로나 바이러스를 제일 먼저 떠올리게 될 것이다. 인류를 공황 상태, 팬데믹 상태에까지 빠뜨린 주범, 코로나의 1차 숙주, 박멸과 기피의 대상, 감염, 치사율, 백신 등 사람들은 이제 박쥐를 마주한다면 놀라 달아나기에 바쁠 것이다. 낙타를 보면, 중동 호흡기 질환, 메르스를 떠올리게 되는 것, 봄이면 들판에 돋아나는 쑥과 냉이를 보고도 미세먼지 농도나 방사능 수치를 걱정하게 되는 등, 인간은 자연을 자연으로 있는 그대로 마주하거나 대하기가 어려워졌다. 동식물들이 인류를 위협하는 대상으로 매도되는 일, 나아가 살처분되거나, 극도의 혐오 대상이 되거나 인류를 위협하는 존재로 오인되는 일 등은 손택수 시인에 의하면 "그보다 슬픈 일"은 없는 최상급의 슬픔에 해당하는 일이다. 손택수 시인이 자각하고 언급한, 대상을 "있는 그대로" 바라보지 못하는 시선은 그러한 시선 자체가 "외면을 위한" "공부"에 의한 것이 설령 아니라 할지라도 '지금 여기'를 살아가는 인류에게도 시인에게도 보통의 "슬픈 일"은 절대로 아닌 절망과 비극의 상황이 아닐 수 없다. 시인이 대상을 대상 자체로 보지 못하는 것은, 어쩌면 절망에 가까운 비극적 인식이자 "세상에서 제일 아픈" 외면과 이별의 결과에서 초래된 일일 수 있다. 시인의 작품을 보자.

평화 없이는 비둘기를 보지 못한다면
그보다 슬픈 일도 없지

나무와 풀과 새의 있는 그대로로부터 나는

얼마나 멀어졌나

세상에서 제일 아픈 게 뭐냐면,

너의 눈망울을 있는 그대로 더는

바라볼 수 없게 된 것이더라

나의 공부는 모두 외면을 위한 것이었는지

있는 그대로, 참으로

아득하기만 한 말

- 손택수, 「있는 그대로, 라는 말」 부분

제목은 "있는 그대로, 라는 말"이지만, 여기서 "말"은 곧 시인의 시선을 의미한다. 시인의 시선은 곧 시인의 언어, 세계관, 삶을 살아가는 태도와 다르지 않다. 시인에 따르면 시선이 곧 시가 되는 것이다. 그러나 시인의 시선은 아이러니하게도 많은 것을 보려 할수록 더 못 보게 되고 온갖 수사를 덧붙일수록, 본래의 말에서 더더욱 "아득하기만" 해져만 간다. 따라서 시인은 자연을 또는 대상을 있는 그대로 보지 못하는 일이야말로 "그보다 슬픈 일도 없"노라고 "세상에서 제일 아픈" 일이라고, 자성한다. 그동안 살면서 "공부"라고 지칭하며 익혀왔던 인습, 규칙, 규범, 학식, 교양, 학위 등은 자연을 있는 그대로 보는 것과는 오히려 정반대의, 본질에 대한 "외면을 위한 것이었는지"도 모를 헛된 일이었노라

징후의 시학, 빛을 열다

고 시인은 스스로의 삶을 돌아본다. 시인에게 자연은 거울로 기능한다. 시적 주체는 시적 대상이 되는 "나무와 풀과 새의 있는 그대로로부터" 멀어진 '나', 타자와의 관계성을 의미하는 "너의 눈망울"조차도 "있는 그대로 더는 바라볼 수 없게 된", 일종의 '거리'를 인식하고 안타까워한다. 그러한 동시에 반면 자연과의 또 다른 '거리' 자체를 회복하고 싶어 하는 그러한 의지를 표명하고 있기도 하다. 손택수 시인은 서정시의 정통적 문법을 해체하거나 부정하지 않는 방식으로, 자연을 동화나 관조의 예찬의 대상만으로 차용하는 데에 그치지 않고 오히려 자연을 자연으로 두는 동시에, 주체의 삶을 도리어 비춰보고 돌아보고, 반성하는 그러한 입장을 취한다. 이를테면 손택수 시에서의 시적 주체는 자연을 자연에게 되돌려주고, 시는 시로, 시인은 시인으로 남고자 하는 독특한 거리 조절의, 절도의 미학을 보여준다. 그러나 단순히 쿨한 태도를 견지하거나 건조하지는 않게 그는 서정의 말단, 더 깊은 곳으로 내려간다. 그는 "있는 그대로의 자연"을 시에 도입하고자 하는 극단의 자세를 보여주고자 애쓰는데, 이는 전혀 억지스럽거나 군더더기가 없다. 아래의 시를 보자. 시에 자연을 빌려오는 순간 자체에 대한 숙고(熟考), 창작의 순간 그 자체에 대한 시인의 자의식과 자연에의 채무 의식을 그는 섬세하고도 자연스럽게 포착해 풀어낸다. 떠도는 먼지 한 올에서도 '빛남'을 포착하는 시선, 그 섬세한 시선이야말로 손택수 시인만의 미감(美感)과 미덕(美德)이 아닐까.

　　한옥에서는 풍경도 빌려 쓰는 거라네요 차경借景, 창을 내고 문을 내서

풍경을 들이는 일이 빚이라고, 언젠가는 갚아야 한다고

　직업이 마땅찮아 어떨지 모르겠으나 가능하다면 저도 풍경 대출을 받고 싶어요 집 살 때 빚지는 것도 누가 재산이라고 그랬지요 빚 갚는 마음으로 살다 보면 어느새 제집을 갖게 된다고

(중략)

　갚는다는 건 되돌려준다는 거겠지요 빌린 나도 풍경으로 내어주어야 한다는 말이겠지요 도무지 뭘 빌려주었다는 건지 알 수 없다는 표정으로 무심하게 앉아 있는 저 돌처럼, 저도 빌려갈 만한 풍경이 되어서

　　　　　　　　　　　　　　　　　　　－ 손택수, 「차경」 부분

　한옥을 지을 때, 건축 용어로 "창을 내고 문을 내서 풍경을 들이는 일"을 "풍경도 빌려 쓰는" 일이라 하여 "차경(借景)"이라고 부른다고 한다. 시인은 차경이라는 말 단어 하나에서도 삶의 성찰과, 자연감을 드러내는 동시에 시적 영감을 동시에 이끌어 낸다. 결국 인간은 자연에게 빚을 지고 산다는 것, 나아가 시인 또한 그러하다는 것. 시를 짓되, 작품 안에 "창을 내고 문을 내서 풍경을 들이는 일", 즉 서정시와 서경시의 본령도, 결국엔 자연에의 빚이라는 인식. 이 얼마나 겸손하고 겸허한가. "갚는다는 건 되돌려주는" 것임을, "빌린 나도 풍경으로 내어주어야한다"는 원천으로 돌아가는 이 같은 인식은 인간 또한 자연의 일부인 것

을 깨닫는 데서 연유한다. 결국엔 '나' 역시도 자연에서 빌려온 존재가 아닐 수 없다는 역설이 성립되는 것이다. 인간에게 "도무지 뭘 빌려주었다는 건지 알 수 없다는 표정으로 무심하게 앉아 있는 저 돌"의 궁극적인 자태야말로, "빌려갈 만한 풍경", 즉 아름답고 경이로운 있는 그대로의 자연 풍경임을 시인은 포착해 낸다. 시인이라면 누구나 자연을 시에 들인다. 꽃 한 송이, 구름 한 점, 사과 한 알, 새 한 마리, 고양이 한 마리, 길가에 버려진 돌멩이 하나, 일상의 생활은 물론, 창작에 이르기까지, 자연에 빚지는 삶을 우리는 살고 있다. 누구나가 이를 빚으로 인식한다면, 보다 그들을 소중하게 아껴 쓰고, 귀하게 대하고, 잘 쓰고 돌려줄 텐데, 우리는 정작, 자연을 소유물로 생각하기에 오용하고 남용하고 있는 것은 아닐까. 문학도 자연에, 언어에 빚을 지는 일이 분명한데, 인간으로서의 모럴과 시인의 모럴이 자연 앞에서 크게 다르지 않음을 우리가 인식하고 그것들을 아끼고 신중히 한다면, 삶도 시도 부채감도 지금보다는 더 가벼워지지 않을까. 시인은 묻는다. 당신에게. "붉은빛은 여전합니까". 빌려온 "붉은 빛"들 아니, 어쩌면 붉디붉은 '빛'들을 먼저 가늠해 볼 일이다.

3. 비공식적 채무, 자연 '맵'에서 게임 '하는', '쓰는' 시인
   - 문보영 『배틀그라운드』 (현대문학, 2019)

　문보영의 『배틀그라운드』는 게임 시집이다. 2020년 현재 유행하고 있는 게임 이름을 시집의 제목으로 삼았다. 게다가 수록된 전편의 시가 이 게임을 콘셉트로 하여 연작의 형식을 취하고 있다. 단순히 캐릭터와 스토리를 차용한 수준이 아닌, 게임의 전반적 구성을 시에 도입하고 있다. 문보영의 이번 시집은 게임이라는 레퍼토리를 독자가 전혀 알지 못한 상태에서 읽는다고 할지라도 텍스트만으로도 독자를 사로잡기에 충분한 완결성과 매력을 지닌다. 시인은 온라인 게임 배틀그라운드[27]를 끌어와 시적 소재와 상황, 배경 등에 차용한다. 그러나 '적자생존(適者生存)'이라는 치열한 생존과 진화의 원리는 게임과 현실, 두 세계 모두에 적용되는 거부할 수 없는 가장 강력한 자기장과 중력으로 작용한다. 총 4부로 짜인 이 시집은 각각 다른 자연맵이 배경으로 설정되어 있다. 독특한 점은 희곡 텍스트의 서두에서처럼 나, 왕밍밍, 송경련, 저그에비게일 SP, 낙타 등이 시집의 앞머리에 등장인물로 소개되어 있다는 점이다. 이들은 게임에서는 운명공동체 즉, 한 팀원인 동시에 작품집에서는 각각의 개별자로도 존재한다. 시집의 구성은 게임의 맵 설정과 동일한데, 1부는 미라마 사막맵, 2부는 비켄디 설원맵, 3부는 에란겔 초원맵, 4부

---

27 배틀그라운드는 최근 들어 젊은 층에 특히 인기를 끌고 있는 대표적인 FPS 게임으로 국내에서는 2018년 5월 출시되었다. FPS(First Person Shooting) 게임이란 기관총, 수류탄, 권총 등의 현대 무기를 들고 싸우는 1인칭, 3인칭 슈팅 게임을 의미한다. 배틀그라운드는 고립된 지역, 주로 사막, 정글, 설원, 초원 등지에서 격전을 벌여, 최후의 1인 또는 1팀이 남을 때까지 100인의 유저들이 동시 접속해서 경쟁, 생존하는 서바이벌 슈팅 게임이다. 원 안의 생존 가능 구역, 즉 자기장이 미치는 전장의 영역이 점차 줄어들므로 게이머들은 점진적으로 결국엔 한곳에 모이게 되고, 적을 소탕하거나, 혹은 오래 버티는 형식(소위 말하는 존버 정신과 전략)으로 누구라도 게임에서 최후의 승자가 될 수 있다. 이들은 실제 게임에도 그대로 존재하는 맵들로, 실시간 동시 접속한 100명의 플레이어들은 본인이 원하는 맵에서 원하는 구성원들과 한 팀을 이루어 게임을 시작한다. 실제 게임은 1인 모드인 '솔로', 둘이서 한 팀을 이루는 '듀오', 4명이 한 팀이 되는 '스쿼드' 모드가 있다. 이 시집에서는 듀오, 혹은 스쿼드 모드가 적용된 게임 서사가 각 시편마다 진행된다.

징후의 시학, 빛을 열다

는 사녹 정글맵의 순서로 구성되어 있다. 게임은 낙하산을 맨 채 비행기에서 뛰어내리는 것으로 시작되는데, 유저들이 도착하는 곳은 다름 아닌 섬이다. 섬이지만, 각각 사막, 설원, 초원, 정글 등으로 게임의 격전지는 모두 자연의 지형을 배경으로 한다. 그러나 자연 환경과 지질이 달라진다고 해서 게임의 룰이나 방식이 크게 달라지는 것은 없다. 게임에서 자연은 흡사 컴퓨터 바탕 화면과도 같이 어떠한 영향력이나 경쟁력도 되지 않는 단순 배경, 즉 설정에 지나지 않는다. 게임은 어차피 가상현실(VR)에서 이뤄지기 때문에, 실제 존재하는 자연과는 전혀 다른 이미지로만 자연은 제시될 뿐이다. 게임원들이 투쟁하고 맞설 대상은 자연이 아니라, 오로지 같은 종족인 인간 대 인간일 뿐이다. 우선 이 시집의 서시에 해당하는 다음의 텍스트를 보자.

추락으로 시작한다 추락하지 않는 인간은 게임 참여 의사가 없는 것으로 취급한다 뛰어내려 곧 깨어날 거야 너는 추락하는 자를 깨어나는 자라고 부른다 햇볕 아래 놓인 벽돌색 헤드셋을 끼고, 네 마리의 말이 달리는 옷을 입은 네가 웃으며 말한다 너, 송경련은 미소에 소질이 있으니까 무서운 사람이다 여기는 사망맵이야 너는 불안할 때 농담한다 바닥에서 만나자 뛰어내린다 비행기에서 그녀가 먼저

─ 문보영, 「배틀그라운드─사막맵」 전문

"추락으로 시작"할 수 있는 일, "바닥에서 만나" 미소를 지으며 '리셋' 할 수 있는 일 또는 그러한 인간관계가 현실에서는 얼마나 존재할까. 현실에서 가능하긴 한 일인가. 하지만 불가능을 가능하게 하는 가상의 현실 중 대표적인 매체가 게임이다. 현실에서와는 달리 게임에서는 추락을 해도 '나'는 곤두박질치거나 죽지 않는다. 빈 몸과 맨몸으로 누구라도 공평하게 '시작'이라는 것을 할 수 있다. 소위 '현질'이라 불리는 아이템도 승부에 영향력을 미치지는 않는다. 공평한 조건으로 누구나 게임 세상에서는 위에서 아래로 뛰어내린다. 심지어 여러 번 죽더라도 팀원이 다가와 적절한 구급 조치를 해준다면 언제든 다시 살아날 수 있다. "추락하는 자를 깨어나는 자라고 부를" 수 있는 시공간이 있다면, 그곳은 둘 중 하나다. 게임 공간이거나, 사후(死後) 공간. 게임과 현실, 게임과 텍스트가 교호, 교류, 호환되(하)는 문보영의 시 텍스트에서 농담은 진담과 구분되지 않는다. 목숨이 왔다 갔다 하는 긴급한 "불안" 속에서도 "미소에 소질이 있"거나 어떠한 상황 속에서도 여유롭게 농담을 즐길 수 있는 사람이야말로 고로 "무서운 사람"이다. 현실 세계에서는 가장 불안한 사람이 게임에서는 가장 침착할 수 있다. 추락과 바닥을 무서워하지 않는, 오로지 공평하게 추락으로 전쟁을 시작하는 인간들에게 '자연'은 생존보다 중요하지 않다. 날씨와 지형은 게임 서사나 유저들의 기분 상태에도 크게 영향을 미치지 않는다. 그러나 개인적 기호와 적응도 내지는 '∞맵'이 더 아름답다는 심미적 기준은 오로지 각자의 심리 속에서만은 각각 다를 수도 있을 것이다.

시인은 자연을 감탄과 찬양, 경이의 대상으로 격상하거나 그렇다고 해서 격하하지도 않는다. 다만 자연은 관심 밖에, 저 멀리에 배경으로 펼쳐져 있다. 자연은 시인에게 정복의 대상도 아니다. 앞서 살펴본 손택수 시인이나 이전의 대부분의 서정 시인들의 경우처럼 자연과의 합일이나 심리적 동화를 이끌어 낼 필요도 없다. 문보영 시인의 시적 주체는 대자연에 위축되지도 반대로 생명 탄생의 경이에 감동, 감탄하거나, 풍경의 아름다움을 찬양하지도 않는다. 자연으로부터 대출받은 것이 없으니 당연히 갚아야 할 이자나 원금 따위가 문보영을 위시한 작금의 젊은 시인들(송승언, 김승일 등)에게 존재할 리 만무하다. 이들은 자연보다는 기계에 집중한다. 이들 시인들에게 자연은 신의 창조물도 아니며, 시인에게 영감을 주는 뮤즈도 아니다. 다만, 플레이그라운드로서의 자연, 배틀(battle) 즉 전투를 할 수 있는 전장으로서의 그라운드(ground) 혹은 그 배경으로만 제시될 따름이다.

자연을 파괴하거나, 자연으로부터 괴리된 문명을 비판하거나 혹은 자기반성을 이끌어 내지도 않는다. 어지간해서는 환경오염, 기후위기, 생태계 파괴 등도 소재로 등장하지 않는다. 시인뿐 아니라 게임 내에서의 유저들 역시 자연에서 자원을 채굴하지 않는다. 다만 그들은 땅에 떨어져 있거나 건물에 숨겨져 있는 총과 무기, 의료용품 등의 일명 '보급품'들을 주워서 적을 소탕하는 데에 이용할 뿐이다. 게임에서 플레이어들이 자연을 파괴하거나, 개발, 훼손하는 일은 없다. (아이러니하게도 게임은 그런 의미에서 어느 정도 친환경적일 수 있다. 그러나 물론 게임의 종류에 따라 다를 수 있다.) 문보영 시인은 게임 시편들에서는 자연에 그다지 큰 의미를 두지 않으며, 이를 예찬하거나, 비판하거나, 원망하지도 않는다. 자연맵은 맵으로서만 존재할 뿐이며, 시인은 자연맵을 시적 배경으로 차용할 따름이다. 시인에게 자연은 그저 이번 판에서의 '나'의 목숨이 죽어있거나, 살아있는 배경에 지나지 않는다. "너무 이해하고 있다는 게 병의 원인일지도 모르"는 생각이 자연에도 적용되는, 따라서 기본적인 개념만 알고 있으면 되는 어디까지나 배경으로서만 존재하는 자연이다. 따라서 "사막은 뭔가 희박하다는 것을 의미하"는 정도의 개념과 진술만으로도 충분히 그 기능을 만족시킨다.[28] 사막 한가운데 서 있는

---

28 "사막에/모래보다 더 많은 것이 있다./모래와 모래 사이다.//사막에는/모래보다/모래와 모래 사이가 더 많다.//모래와 모래 사이에/사이가 더 많아서/모래는 사막에 사는 것이다.//오래된 일이다." - 이문재, 「사막」 전문, 『지금 여기가 맨 앞』, 문학동네, 2014, 12쪽.
    문보영 시집의 배경이 되는 사막에 대한 묘사와 진술과 달리, 이문재 시인의 사막은 어떠한가. 자연에서의 수많은 모래 한 알로 구성된 사막, 시적 주체는 모래와 모래 사이의 '간격'을 본다. 인간 존재 간의 간격과 관계성을 시인은 자연을 빌려 상징적으로 그러나 있는 그대로 보여준다. 전통 서정시의 계보를 잇는 시인들에게 자연은 꼭 필요한 영감의 원천이자, 자원으로 기능한다. (다소 전통적인) 서정적 주체들이 자연을 통해 이끌어내는 이러한 존재론적 인식과 새로운 관찰과 발견은 그 나름대로 독자들에게 감동과 통찰, 교훈과 공감, 경이와 경외에서 나오는 효용과 쾌감을 준다. 이문재 시인 역시 앞서 살펴본 손택수 시인 못지않게 자연과 일상에서 번뜩이는 서정과 통찰, 생에 대한 깊이 있는 아포리즘을 세심한 언어로 이끌어내는 데에 능란한 시인이다. 언어에 관한, 자연에 관한, 생에 관한, 타자에 관한 애착과 공감, 연대, 겸허 등이 섬세한 시선과, 밀도 있는 통찰을 통해 시적 순간을 심미적으로 잡아내는 데에 탁월한 감탄을 자아낸다. 그러나 '게임'과 넷플릭스 정주행에 바쁜 일군의 젊은 시인들, 다소 매니악, 오타쿠, 덕후적인 개인, 때로는 현실의 이름보다는 캐릭터와 아이디만으로 존재하는, 일군의(때로 인생이 존버의 연속인) 젊은 시인들에게 우리가 자연의 신비와 생명의 아름다움, 자연이 주는 숭고미와 비장미, 가족과 타자, 공동체와의 연대와 공감의 필요성, 누이와 어머니의 젖가슴으로 상징되는 모성 신화 예찬, 환경운동 등을 강요하거나 기대할 필요와 당위는 없다. 시는 자유의 영역이고, 배반과 모순의 장르이다. 일찍이 『시경』에서 공자는 시를 사무사(思毋邪)의 장르라고 정의한 바 있지만, 시에서 추와 악을 배제하고 선의 영역만을 기대한다는 것은 폭력이다. 미래파 아니, '무서운 아해'의 원조격인 이상의 시에서조차 자연의 아름다움 자체에 탐닉하는 혹은 자연으로부터 어떤 교훈과 교시를 얻어내거나, 자연에서 감정의 정화와 승화를 이끌어내는 '시적인 무엇'을 찾아보기는 어렵지 않은가. 시에서 '사막'은 사막이라서 사막으로 기능한다. 사막이 갖는 기표든 기의든, 상징이든 비유든, 상징계든 실제계든, 상상계든, 그것의 의미는 독자들이 쓴 저마다의 안경에 그들이 원하는 사막을 비춰준다. 시인은 물론 일반인들에게조차 인생의 고비로 흔하게 비유되는 저 유명한 고비사막도 언어의 물질성과 이미지, 일상의 비의와 피로가 덧입혀진, 고루하면서도 고루하지만은 않은, 일정량의 진정성과 진실을 함유하고 있기 때문이다. 그러므로 문보영의 시집에서 사막(자연)은 아무 것도 상징하지 않는 상징을 수행할 수 있는 순수 매개물로 기능한다.

징후의 시학, 빛을 열다

식물이 꼭 선인장일 필요는 없으며, 그것은 사과나무이거나 감나무여도 상관은 없다. 언제든 대체가능한, 단지 물질적 기표로서의 '사과', '사과나무'라고 할 수 있다.

> 한 알의 사과를 하늘을 향해 던진 다음
> 또 한 알의 사과를 던져
> 맞추면
> 처음의 사과는
> 영영
> 땅으로 돌아오지 못한다

- 문보영, 「배틀그라운드 - 사막맵」 전문

'사과'는 게임을 시작하기에 앞서 사격을 연습하기 위해 경유해야 하는 코스에서 꼭 필요한 저격물에 해당한다. 그러나 반드시 사과일 필연성은 없다. 설원맵에서는 눈덩이로 대체되기도 한다. 그밖에도 야구공이거나, 종이컵이어도 전혀 상관없을, 이미지일 뿐이다. 앞서 소개한 게임맵으로서의 자연처럼 어디까지나 설정일 따름이다. 그러나 시인은 여기에 의미를 부여하기도 한다. 시인이기 때문에. 이를테면 게임 속의 "나는 사과 한 알을 든 곤고한 자"가 되는데, 사과로 인해, 게임에 참전할 수 있게 된 "나"는 이번의 게임에서 존재감 있는 구성원이 되며, 적어도 "사람들이/나를/보고도 모른 척하는 일은" 쉽게 "발생하지 않"는다는 경험에 근거하여 이같은 인식은 가능해진다. 즉 현실에서의 왕따들, 루저들은, 게임에서만큼은 특히 시작과 동시에 존재감 있는 존재로 그것도 매번 거듭날 수 있는 것이다. 문보영의 시는 현실과 가상, 가상과 현실을 교호하거나 뒤엎는 데서 오는 전복적인 상상력을 독자들에게 선사한다. 게임 아이템처럼 독자들은 그것들을 '줍줍'(줍고 줍는다의 줄임말, 다른 말로 득템)할 수 있다.

　　상처는 일관성이랄 게 없으므로 아무렇게나 묘사해도 괜찮다고 쓴다. 어쩌면 너무 이해하고 있다는 게 병의 원인일지도 모른다고 생각이 말한다. 사막은 뭔가 희박하다는 것을 의미하며 모래사막은 바람으로 이동한다. 다시 사과나무 아래, 내가 있다. 너, 나무 아래서 회복되는 중이니?라고, 너는 말하지 않고, 넌 그냥 죽어있는 게 나을 것 같다,라고 너는 말하지 않고, 나는 가만히 주저앉아 있을 뿐인데, 가지 마 가지 마, 거기 사람 있어, 라고 너는 말한다.

　　　　　　　　　　　　　　　　　- 문보영, 「배틀그라운드 - 원」 부분

　한편 문보영의 시에 등장하는 "나"는 1인칭으로 보이지만, 3인칭을 가장한 1인칭에 가깝다. 호환 가능한 인칭이다. 게임을 하는 나와 게임 속의 나는 동일인인 동시에 분리 역시도 가능하기 때문이다. 위의 시에서도 "저기 사과나무가 있다"고 "나 왕밍밍은 말한다"라고 진술하고 있지만, 꿈과 게임에서 "나"는 나로부터도 "소외되는 상황"을 종종 겪고 있는 것으로 보아, "죽으면 다른 사람 시점"이 되기도 하는 등, 게임에서와 마찬가지로 시 텍스트 내에서의 "나" 역시도 1인칭 단수의 고정된 시점의 "나"로 규정할 수 없는 것이다. 문보영의 시에서 자연은 "나"의 전언 속에 혹은 게임 중인 "나"의 의식 속에 존재한다. 즉 자연은 게임 내에서 움직이는 원을 기준으로 이동해야 하는 하나의 영역에 지나지 않는다. 설원맵의 경우를 보자.

　　눈으로 덮인 섬이라네

　　우리의 현생은 우리의 전생보다 면적이 작네 그것이 우리 듀오를 공포로 몰아넣네 사람을 더 자주 마주칠 거야 섬이 눈부셔서 무섭네 너, 송경련 말하네 말하는 네가 뒷모습이네

                                    – 문보영, 「배틀그라운드 – 설원맵」 부분

　　사막에서의 모래는 설원에서의 눈(雪)으로, 사과는 눈덩이로 대치(代置)된다. 다른 지점이 있다면 "섬이 눈부셔서 무섭네"라고 말하는 '나'가 지금 여기에도 여전히 존재한다는 점일 것이다. 자연에 대한 언급은 초반에만 배경으로 제시될 뿐, '나'는 "뒷모습"에 대해서만 진술한다. 게임 속의 혹은 텍스트 속의 "송경련"도 "나"도 "뒷모습"만을 보인다고 토로한다. 그러나 그 사실은 중요하지 않고 "필요한 건" "사람을 만나

도 죽지 않는 경험"일 뿐이고 그런 세상은 애초에 불가능하다는, 사람과 사람이 만나면, 둘 중 하나는 반드시 죽어야 하므로, 게다가 적에게 등을 보인다면, 죽임을 당하는 동시에 내 등의 전부를 털리게 되는 경험을 맞닥뜨리게 될 것이므로. 등은 곧 '나'의 전부가 되는 것이다. 그런 의미에서 시인에게, 플레이 중인 게이머에게는 '자연'보다도 우월한 것은 너와 나와의 '등'이 된다. (황병승 시인에게 '뒤통수'와 '항문[29]'이 존재를 증명하는 부분 대상이었다면, 문보영 시인에게는 '등'이 '다발성 심장[30]'보다 희소가치가 높은 주요 장기이자, 갈고 닦아야 할 빛나는, 강력한 무기가 된다.) 이밖에도 3부와 4부에 해당하는 초원맵이나 정글맵의 경우, 초원이나 정글에 대한 묘사 자체를 찾아보기 힘들다[31]. 시인에게 자연맵의 설정과 구분은 사실, 중요하지 않다. 보다 중요한 것은 게임의 실재, 게임에서든 현실에서든 생존 그 자체이다.

---

29 "나의 진짜는 뒤통순가 봐요/당신은 나의 뒤에서 보다 진실해지죠 (중략) 나의 또 다른 진짜는 항문이에요 (중략) 뻐끔뻐끔 항문으로 말할까 봐요" – 황병승, 「커밍아웃」 부분, 『여장남자 시코쿠』, 랜덤하우스중앙, 2005, 18쪽. 황병승뿐만 아니라, 여타의 미래파 시인들에게서도 자연은 더 이상 중요한 시적 대상이 되지 못한다. 자연은 시의 배경으로조차 거의 등장하지 않는다. 다만 그들은 불온하고 불완전한 가족/고착, 퇴행, (반)성장 서사, 주체의 분열, 다중 주체, 혼종성, 하위문화, 타자성, 환상성, 젠더의 교란 및 역전, 혼돈, 세계와의 불화/불협, 위악과 그로테스크의 시학으로 대략 설명할 수 있다. 하여 미래파 시인들 역시 자연에 빚진 것은 없다. 그러나 자연이 그들에게는 지극히 안중에도 없다는 점이야말로 자연을 대하는 그들만의 특징이라 할 수 있으며, 이러한 특이 사항이야말로 빚이라면 (원한에 가까운) 빚이라고도 할 수는 있겠다. 결국 인공의 혹은 가상의 기계가 아닌, 실존하는 자연이 위악을 불온한, 그들을 낳았으므로.

30 "송경련의 연보 : 971년~?/심장이 여러 개인 다발성 심장병을 앓음. 너무 많은 심장으로 사막을 건너고 설원을 지남. 반려 낙타는 콧구멍을 여닫는 것으로 애정을 표현. 날마다 죽지만 언제 최종적으로 죽을지는 게임을 끝까지 해봐야 알 수 있음." – 문보영, 「배틀그라운드 – 겹친 3년 · 2」 부분. 앞의 책, 61쪽.

31 이들 장에서는 사후 세계, 죽은 자의 시점, 관전, 죽는 장면 다시 보기, 산 자와 죽은 자 구분법, 죽음 경험담 등이 오히려 자주 등장한다. 그러나 게임에서의 죽음은, 자연에서의 생물학적 죽음이나 사회적 죽음과도, 일정 부분 분명한 교집합을 이룬다.

요컨대 문보영의 시 텍스트에서는 이처럼 자연은 어디까지나 가상현실, 가상공간의 배경 이미지로만 기능하는 것을 알 수 있다. 사막, 설원, 초원, 정글 등 이들 지형 중 어디에 착지하더라도 게임의 전략과 전술에 크게 영향을 미치지 않기 때문이다. 게임에서든 시집에서든 자연보다는, 오히려 '나' 자신의 자질(전투력이나 경험치)과 구성원의 자질, 구성원과의 팀워크, 약간의 운 등이 생존 또는 승패를 가름하는 주요 변수가 된다.

4. 에필로그 : 지금은 바야흐로 '저만치'의 거리가 필요한 때

　"산에/피는 꽃은/저만치 혼자서 피어 있네" (김소월, 「산유화」 부분) 학자들은 "저만치"의 의미를 두고 의견이 분분하다. 일반적으로 "저만치"는 대상과의 좁힐 수 없는 거리를 의미하며, 그 거리가 자연과 시적 주체와의 거리를 표상하고 있음을 알 수 있다. 시인도 독자도 이제는 다시 자연을, 자연과의 거리를, 생각해 보아야 할 때이다. 자연은 무궁하지 않다. 도산과 파산이 가능한 유한한 자연이다. 시인도 인간도 모두 자연의 일부이다. 우리가 이 순간 숨을 쉬고 있는 대기도 자연이며, 우리의 몸속에 흐르는 혈류도 자연이며, 우리의 의식과 생체 리듬도 자연의 그것과 다르지 않다. 시인이 자연 아닌 곳에서 영위할 수 있는 삶은 사실상 어디에도 없다. 게임이나 영화, 웹툰 등의 가상공간에도 자연은 존재한다. 다만 다양한 변용을 거쳐, 혹은 황폐한 모습으로 제시되곤 할 뿐이다. 결국 삶도 예술도 어떤 형식으로든 자연을 차용(借用)한다. 그 어떤 심오한 예술도 우주와 자연이 존재하기에, 그 안에 인류가 있어, 지속 가능한 것이 아니었던가. 시 역시도 결국 자연이 시인에게 써준 차용증의 한 형식이다. 그 차용증의 양상, 즉 최근의 시인들에게서 호명되거나 차용된 자연의 양상에 대해 본고에서는 개략적으로만 살펴보았다.

창세기 1장 28절, "생육하고 번성하여 땅에 충만하라, 땅을 정복하라, 바다의 물고기와 하늘의 새와 땅의 움직이는 모든 생물을 다스리라 하시니라"의 말씀은 더 이상 정언명령이 아니라, 재앙의 묵시록이 되었음을 이제는 누구라도 제대로 인식해야 하지 않을까. 더 큰 재앙이 닥치기 전에.

월간 『시인동네』, 2020년 4월호

징후의 시학, 빛을 열다

2부

폐
허
에
서

징
후
를

찾
다

징후의 시학,
'시'는 언제 도착하는가

- 병 속에 든 얼룩, 경고, 징후들에 관하여

1. 프롤로그 : '시'는 언제 도착하는가

그러니까 그 나이였어…….

시가

나를 찾아왔어. 몰라. 그게

어디서 왔는지, 모르겠어.

겨울에서인지 강에서인지.

언제 어떻게 왔는지 모르겠어,

아냐, 그건 목소리가 아니었고, 말도

아니었으며, 침묵도 아니었어,

하여간 어떤 길거리에서 나를 부르더군,

밤의 가지에서,

갑자기 다른 것들로부터,

격렬한 불 속에서 불렀어,

또는 혼자 돌아오는데,

그렇게, 얼굴 없이

징후의 시학, 빛을 열다

그건 나를 건드리더군.

- 파블로 네루다, 「시」 부분, 『네루다 시선』, 정현종 역, 민음사, 2017.

지젝에 의하면, 아니 더 정확히 라캉에 의하면 편지는 항상 그 목적지에 도착한다고 한다. 지젝은 『당신의 징후를 즐겨라!』에서 라캉의 편지를 조난 당한 자가 보낸, 병 속에 든 메시지에 비유한다. 난파되거나 무인도에 고립된 상황에서, 병 속에 넣어 조류에 띄워 보내진 편지에 주소가 있을 리 없다는 것이다. 즉 편지의 주소는 그것을 집어 든 사람에게 와서야 비로소 완성되는 것인데, 달리 말하면 편지의 수신인(수취인)이 바뀌면 주소 또한 바뀌게 되는 이치이다. 하여 지젝은 편지의 "진정한 주소는 말하자면, 그것을 받거나 받지 않는 경험적인 타자가 아니라 편지가 순환 속에 집어넣어지는 그 순간, 즉 송신자가 자신의 메시지를 '외화'하는, 그 순간 그것을 받는 큰 타자(The Big Other), 즉 상징적 질서 그 자체[1]"라고 말한다. 필자는 시 또한 시인이 문예지라는 상징적 질서에 '이것은 시'라고 발표하는 그 순간 그것은 시로 공표(상징화) 되는 것이며, 따라서 시집으로 인쇄되어 나온 책의 물성 자체도 특정된 수취인의 주소가 없기는 마찬가지라고 본다. 시선(詩選)이라고 부르는 출판 체계 역시 잘 위계화, 공고화, 상징화된 질서로 볼 수 있겠다. 최초의 발신자가 시인이라 치고 그렇다면 시가 도달해야 하는 주소 즉 수신자는 아

---

1   슬라보예 지젝, 『당신의 징후를 즐겨라!』, 주은우 역, 도서출판 한나래, 1997, 46쪽.

마도 (잠재) 독자가 될 것이다. 지젝은 이어 '얼룩'에 대해 이야기하는데, "편지가 그 목적지에 도착할 때, 그림을 더럽히는 얼룩은 없어지거나 지워지지 않[2]"으며, "실제 '메시지'는, 즉 우리를 기다리는 실제 편지는 얼룩 그 자체라는 사실[3]"에 있다고 논의한다. 지젝은 "편지 그 자체가 궁극적으로 그러한 얼룩, 기표(sig-nifier)가 아니라 상징화에 저항하는 대상, 잉여, 주체들 사이를 돌아다니며 자신의 순간적인 소유자를 더럽히는 물질적 잔존물이 아닐까[4]"라고 그만의 위트 섞인 아이러니 화법을 사용해 전언한다. 수신자와 발신자를 떠나, 편지 그 자체는 메시지가 외화되는 순간, '얼룩'으로 상징계에 기입(記入) 된다는 것인데 필자는 지젝의 이 같은 논의에 동조하면서, 상징계 내에서의 메시지의 전달 그리고 독서라는 메시지의 수취 과정, 답장이라는 수행성과는 별개로 시라는 장르 자체가 지니는 '소통 불가능성을 타전하는 가능성', '전달 불가능성의 가능성', 그리고 그 사이에 끼어 있는 도착과 발견을 기다리는 텍스트의 '징후들'에 대해 착목해 보고자 한다. 얼룩과 번짐, 징후는 메시지를 감추는 기능을 한다. 억압을 은폐하고 독해를 지연시키고 방해하는 동시에 그것들은 균열 사이로 일순간 광채를 내비치는데, 이는 또한 독자로 하여금 매혹과 중독으로 이끄는 기능을 한다. 그것(의미)을 궁금해하고 해석하는 것은 오롯이 독자의 역량과 몫, 자유에 달려 있다. 편지가 도착하는 환상은 독자에게서 완성된다. 답장의 여부를 결정짓는

---

2 앞의 책, 43쪽.
3 앞의 책, 43쪽.
4 앞의 책, 43쪽.

징후의 시학, 빛을 열다

것도 독자의 의지에 달려 있다. 발신자와 수신자, 전언과 형식, 코드와 맥락이 존재하는 시는, 이처럼 형식상 의사 소통 구조(발화 체계)를 지닌다. 일상어와는 달리, 시는 중층적이고도 심층적인, 암시와 징후로 코드화, 맥락화, 형상화되어 있다. 쉽게 말하면, 시는 암호를 풀어줄 독자를 기다리는 주소 없는 편지와도 같다. 발송된 메시지이지만 동시에 메신저 그 자체인 편지, 수신자가 있어야 완성되는, 그러나 도착하는 순간 폐기되고 다른 도착지와 또 다른 독자를 찾아 새롭게 생성되기를 반복하는 상징계에 속해 있다. 하지만 동시에 상징계에 저항하는 '얼룩의 현전'으로서의 시(詩), 퍼즐 조각이나 홀로그램처럼, 독자는 상징과 암시와 징후들을 맞추는 역할을 수행한다. 징후는 억압을 뚫고 현시되지만, 그것을 애당초 보려고 하지 않는 사람들 눈에는 보이지 않는다. 모든 징후는 자물쇠이자 열쇠이다. 도착(到着)을 위한 도착(倒錯), 잡히길 바라지만 끊임없이 미끄러지거나 도망가는 기표들, 기표와 기의의 틈새 사이에 징후들이 있다. 당신을 기다리는 편지가 있다. 시(詩)가 있다.

2. 징후로서의 시, 읽기와 놀기

시는 암호와 징후, 더러는 (시대적) 병리와 증상을 내포한다. 징후(symptom)로서의 시, 일반적으로 "symptom"은 징후, 증상으로 번역된다. 징후로 번역될 때에는 어떤 상황이나 일에 있어서의 겉으로 드러나는 낌새, 조짐, 징조 등을 의미한다. 증상으로 번역될 때는 일종의 병리적인 현상으로써 질병과 관련된 이상 반응이나 상태 변화 등을 지시한다. 구토나 현기증, 두통은 대표적인 증상이다. 증상은 대체로 타인의 눈에는 보이지 않는다. 편두통을 호소하는 환자에게서 편두통을 확진할 수 있는 눈에 보이는 표징은 없다. 증상은 고로 언어로만 전달될 뿐이다. 반면 징후는 타인의 눈에도 어느 정도 보이는 영역이다. 한편 정신분석학에서 symptom은 "'억압'이라는 특별한 정신적 과정의 작용에 의해서, 의식에 받아들여질 수 없었던 고통스럽고 불쾌한 것이 반복적으로 귀환하는 방식이며 (중략) 라캉에 따르면 증상은 일종의 암호화된 메시지, 수수께끼이며, 억압된 것의 귀환이다. 이 증상은 언어처럼 구조화되어 있으며, 은유의 메커니즘을 갖는[5]"것으로 정의된다. 자, 그런데도 symptom이 어떤 의미로 번역이 되든 간에 중요한 것은, 이 단어가 과거와 현재, 미래의 시간성을 동시에 혹은 초월해서 작동하는, 또한 눈에 보이는 물질성과 눈에 보이지 않는 자각 또는 환상의 영역에 이르기까지 즉 가시성과 비가시성을 함께 지닌 아이러니한 개념이라는 데에 있다. 즉, 일면 모순되어 보이는 양립 불가능한 두 지점들, 예컨대 의식과 무의식을 잇는 경계, 과거와 현재, 현재와 미래, 시간과 시간 사이의 과도기, 방향성과 흐름, 경유 혹은 적체(積滯), 과정, 상징계에 있지만 상징계에 얼룩으로 존재하는 이러한 증상과 징후들은 텅 빈 주체에게 순간적으로 표출되거나 잉여를 남긴다는 것이다. 지젝은 '이데올로기라는 숭고한 대상'조차도 증상이며 피할 수 없으니(벗어날 수 없는) 그것들을

---

5   한국문학평론가협회, 『인문학용어대사전』, 국학자료원, 2018, 1542쪽.

'즐기라'고 전언했다. 증상이든 징후든 간에 이 둘은 주체에게 혹은 어떤 대상에게 다가오는 시간, 도래할 변화들, 병증, 위험 등을 예고하고 그에 따른 예의(銳意) 주시를 요한다는 점에서, 어쩌면 사후적인 것의 반대편, 생의 충동 쪽에 있기에 더 중요하다고 할 수 있다.

어쨌거나 시는 언어의 한 형식이며, 약호화된 발화, 즉 담화와 담론의 한 양식이다. 시는 형식만으로(어떤 시는 이미지, 도상만으로 구성되기도 한다) 혹은 내용(메시지)만으로도 존재할 수 있지만 혹은 이 둘의 결합 또는 분리를 통해서도 존재가 가능하기는 하다. 일종의 약호화된 신호, 기호인 것인데 발신인과 수신인, 메시지, 언어가 있다는 점에서 편지와 유사하다. 편지의 경우에도, 반드시 내용(담론)을 명시, 내포해야 하는 것만은 아니다. 편지는 형식만으로도 내용을 전달할 수 있다. 발신자 A가 수신자 B에게 글자라고는 한 자도 포함되어 있지 않은 백지 한 장을 봉투에 담아 보냈다고 치자. 우리는 이것을 편지가 아니라고 단언할 수 없다. 봉투만 보내진 편지라고 할지라도 편지는 발송된 시점에서 편지로 규정되며, 수신자에게 도착된 시점에 다시 한번 봉투는 봉투만으로도 이미 충분히 편지로 기능하는 동시에 임무는 완성된다. 최초의 기원이나 발신인을 알 수 없는 '행운의 편지'처럼 설령 그것이 불특정 다수를 향한 복제된 메시지라고 할지라도 세상에 동일하게 수신되는 편지는 없다. 즉 편지의 오리지널리티 역시 보장되지 않는다. 편지가 쓰여지는 순간과 그것이 도착되는 시간, 수신자 역시 특정될 수만은 없기 때문이다. 작가가 죽은 뒤, 출판된 서한들의 수신자는 불특정 다수의 독자로 재편된다. 이러한 논리대로 시 역시 독자를 특정하지 않는, 주소지가 불

명확한 일회성의 편지라고 할 수 있겠다. 가제트 형사에게 보내지는 편지처럼, 그러나 시는 수신인에게 메시지가 전달되는 순간, 그것은 임무를 완수하고 즉시 폭발, 자동폐기된다. 수신자가 그것을 펼쳐 읽지 않는다면, 폭발할 일이 없는 잠재된 폭발물로서의 위험한 우편물이 바로 시(詩)인 것이다. (논외로 그러한 의미에서 『일 포스티노』라는 영화는 상징적이다.) 한편 수신되는 즉시 폐기되지만, 텍스트는 또 다시 생성되어 가제트 형사에게 새로운 임무를 지시하고 명령하는 전언으로 전달되기를 반복한다. 사실 만화 영화 속 가제트 형사에게는 발신인이 누구인지는 중요하지 않다. (가제트 형사는 전달 받은 메시지를 읽고 아무데나 던져버리는 일 외에는 관심이 없다.) 그는 전달된 메시지를 읽는 것으로 1차 임무를 마치고, 2차 임무는 메시지를 읽은 다음 곧장 폐기함으로써 답장을 완성(대신)한다. 우리는 여기에서 텍스트로서의 편지는 폐기되지만, 독서와 읽기가 가제트 형사의 행위를 변화시키는 즉각적인 작용과 반응에 주목할 필요가 있다. 독서는 사건을 발생시키는 주요한 변인이 된다. 같은 독자가 같은 텍스트를 반복해서 읽는다고 하더라도 동일한 텍스트, 동일한 독서, 동일한 효과를 기대할 수는 없다. 같은 텍스트라 할지라도 읽을 때마다 산출되는 효과는 다르다. 어쨌든 편지를 읽은 행위 즉 독서는 적어도 효용론적 관점에서는 독자에게 유의미하고도 유용한 효과를 산출하고 있음을 알 수 있다.

이쯤에서 다시 징후의 시, 읽기, 즐기기, 놀기를 감행해 보자. 이상의 시는 징후의 글쓰기를 타전한 해독하기 어려운 편지 중에 대표적인 사례에 해당한다. 언캐니(Uncany)한, 즉 친숙하면서도 낯선, 「오감도－시

징후의 시학, 빛을 열다

제1호」를 읽어보자. 이 시는 1934년 『조선중앙일보』에 「오감도 – 시제1호」부터 「오감도 – 시제15호」까지 연작시 형태로 발표되었던 작품 중 첫 번째 발표작으로 한 번쯤은 접해봤을 것이다. 이상의 텍스트는 거의 한 세기가 지난 지금에 읽어도 그 난해함과 낯섦은 독자들을 새롭게 긴장시킨다. 무한히 다르게 읽히는 징후들, 어쩌면 징후는 시의 장수, 생명 유지, 안티 에이징의 비밀이자 비밀이자, 우리가 고전이라고 부르는 명작들의 공통된 비결일지도 모른다.

第十一의兒孩가무섭다고그리오.

第十二의兒孩도무섭다고그리오.

第十三의兒孩도무섭다고그리오.

十三人의兒孩는무서운兒孩와무서워하는兒孩와그렇게뿐이모였소.

(다른事情은없는것이차라리나았소.)

그中에一人의兒孩가무서운兒孩라도좋소.

그中에二人의兒孩가무서운兒孩라도좋소.

그中에二人의兒孩가무서워하는兒孩라도좋소.

그中에一人의兒孩가무서워하는兒孩라도좋소.

(길은뚫린골목이라도適當하오.)

十三人의兒孩가道路로疾走하지아니하여도좋소

– 이상, 「烏瞰圖 – 詩第一號」 부분

근·현대시사에서 이상의 시만큼이나 난해하고 까다롭고 징후적인 시도 드물다. 띄어쓰기도 배제되어 있고, 한자와 영어 기호와 숫자 암호와 징후로 가득한 이상의 시는 두 가지 첨예한 "가역 반응"을 일으킨다. 거부와 비난 또는 매혹과 중독. 연구자들에게는 학구열을, 창작자들에게는 흉내내기와 모방욕을 고양시키기도 한다. 그러므로 이상의 텍스트를 읽어낸 어제의 독서와 오늘의 독서, 오늘 오전의 독서와 오후의 독서는 다를 수밖에 없다. 이상의 시 텍스트에서 우리는 '징후'들을 단서들을 찾으면서 탐정 놀이 하듯이 읽어보도록 하자. 징후는 감춤과 노출 사이에 있으므로 섬세하고도 치밀한 독해를 필요로한다. 일단, 기표들에 유의하자. 반복되는 주어에 해당하는 "13인의 아해"는 무엇을 의미하는 것일까? 숫자 "13"을 완벽하게 해독할 길은 없어 보인다. 유수의 연구자들과 평자들이 숫자 "13"의 의미는 물론, 제목에 해당하는 "오감도"에서의 새 '조(鳥)'가 아닌 까마귀 '오(烏)'자를 사용한 까닭을 다각도에서 분석, 논의하고 있지만, 어차피 명확한 정답은 없다. 해석은 어디까지나 독자의 몫이다. 다만 위 텍스트에서 유일하게 의미가 휘발되지 않는, 텍스트의 징후를 직간접적으로 드러내는 핵심 키워드는 바로 "무서움"이라는 하는 정동과 허용을 의미하는 서술어 "좋소"에 있다고 본다. "13인의 아해"를 어떻게 정의하든 그것은 독자 저마다의 해석의 자유에 달려 있다. 하지만 부정할 수 없는 부분은 언술 주체가 느끼는 "무서움"의 정동과 "13인의 아해"를 내려다보고 있는 언술 주체의 "좋소"(반어)라고 반복 진술하는 정언, 그리고 독자들이 느끼는 섬뜩한 반응 그 자체에 있다고 할 것이다. 공포와 두려움의 상황을 "좋소"라는 서술어로 종결하는 제

징후의 시학, 빛을 열다

삼자의 시선은 적어도 "13인의 아해"에 속해 있지 않은, 어쩌면 실험실의 쥐를 내려다보는 (대)타자의 시선일 확률이 크기 때문이다. 한편 만약 위의 텍스트를 효용론적 관점 즉 독자반응비평으로, 학교 폭력의 피해를 경험한 바 있는 누군가에게 읽힌다면, "무서운아해"와 "무서워하는아해"는 가해자와 피해자, "막다른골목"과 "뚫린골목"은 도망쳐야 하는 위급한 공간으로 독해될 수도 있을 것이다. 야콥슨의 6가지 발화 기능 중 어디에 중점을 두더라도, 혹은 다양한 이론적 방법론을 적용해서라도 이상의 시는 얼마든지 새롭게 읽힐 수 있다. 이상의 시는 충분히 증상적이며, 징후적 독해가 얼마든지 가능한 열려 있는 텍스트인 것이다. 표현론적 관점이나 모방론적 관점에서 읽어도 징후들은 여러 가지 단서들을 독자들에게 보여준다. 이상의 짧고도 불행했던 생의 일대기를 대입해서 읽거나, "무서운아해"에 일제를 "무서워하는아해"에 조국을 대입해서 읽어도 얼마든지 독해는 성립된다. 장소에 해당하는 "도로" "막다른골목" "뚫린골목", "무서운아해", "무서워하는아해", "질주"와 "적당"의 유무 역시 하나의 진실로 고정되거나 고착되지 않는다. 시간성을 살펴보면, 「오감도－시제1호」에는 과거나 미래의 시간성은 배제되어 있음을 알 수 있는데, 이 같은 현재형의 진술들(무섭다, 무서운, 무서워하는)이 텍스트의 현재성을 더욱 부각시키고 있는 것이다. 생성되고 부정되고 흩어지고 다시 생성되고 모이기를 반복하는 의미들의 살아있는 유기체로서의 시. 두려움과 공포로 조성된 결코 "좋지"만은 않은 구도와 분열증적인 상황 속에서 "좋소"로 서술되는, 부정을 동반한 긍정으로 귀결되는, 이토록 이상하고도 기이한 형식 사이에 되돌아옴, 억압과 회귀의 차이와 반복들, 꿈과 깨어남, 쌓기와 무너짐, 생성물과 폭발물 그 사이에 「오감도」라는 시가, 그로테스크하게 놓여 있다. 편지가 아니 시(詩)가 '지금 여기' 당신 앞에 도착해 있다.

이처럼 시는 변덕스럽고 위험하고 불온하고 언캐니(Uncany)한 형식과 내용으로 그 존재를 증명한다. 또한 읽는 동시에 폐기된다. 시는 증상과 징후를 드러내면서 감춘다. 시는 퍼즐 조각들처럼, 전달되기를, 판독되기를, 짜맞혀지기를, 완성되기를 기다린다. 다시 말해, 시는 시인이 시를 탈고하는 순간, 즉 발송되고 출발하는 그 순간에 1차 완성되고, 다음으로 독자에게 수신되고 도착하여 열람되는 그 순간에 다시 한번 완성되는 셈이다. 이처럼 읽자마자 폐기되는 N번의 완성과 N번의 폐기를 반복하는 기이한 발생물, 인간(혹은 신)이 발명한, 언제나 완전하면서 언제나 불완전한 이 생명체(혹은 산출물)를 시(詩)라고 불러도 될까. "이것은 시에 정합된다", "이것은 시가 아니다"로, 시를 정의하거나 속단하거나 반(反)정의할 수 없다. "시는 이래야 한다"라는 형식과 내용에 있어서의 필연적인 규격성, 합목적성, 시라는 장르의 규범성을 제한하는, 이를 테면 KS마크나 HACCP마크 따위가 시에서는 성립되지 않는다. 시인이라는 자격증, 등단이라는 절차도 어쩌면 형식적인 치레에 지나지 않는다.

어쨌든 1930년대 독자들에게 이상의 시는, 시로 받아들여지기에는 파격적이고 낯선 형식이었음에는 분명해 보인다.(독자들의 항의로 연재는 중단되었다.) 그런데도 개 발자국, 소 발자국도 (특히 저명한) 시인이 시로 발표하면 그것은 (다분히 실험적인) 시가 되고 시인이 같은 텍스트라도 소설로 발표하면 소설이 된다. (유명한 예술가가 대걸레에 먹물을 묻혀 바닥을

징후의 시학, 빛을 열다

쓱 청소하면 예술 작품이 되듯이) 그러나 우리가 소설이나 희곡, 웹툰이나 드라마 대사들에서도 시적인 요소들을, 반대로 시에서 서사적인 요소들을 추출 해 낼 수도 있다. 그때의 시적인 요소는 '서정'만을 의미하는 것이지만 어쨌거나 시는 소설보다는 그 정의항이 열려 있고, 오히려 형식에 있어서도 개방성을 지닌다. (누군가는 BTS나 아이유 노래의 가사를 시 또는 시적인 것으로 받아들인다.) 여기 도착을 기다리는 편지 한 통이 있다. 드러남과 감춤, 억압하면서 욕망하는 은밀한 '징후의 장르'로서의 시(詩). 당신은 봉인된 편지를 열어보시겠습니까?

3. 소통 불가능성을 타전하는 시

우리는 일반적으로 시가 소통의 장르라고 생각한다. 그러나 앞서 말했듯이 시는 편지처럼 그 구조와 형식에 있어서, 의사 소통의 구조(틀)를 지닐 뿐, 메시지와 전언 자체가 소통과 이해를 지향하거나 독자의 해석, 이해와 전달을 목적으로 해서 창작된다고 전제할 수는 없다. 모든 시가 소통과 이해, 주제 전달, 교훈과 감동을 위해 창작되고 읽혀야 한다는 전제는 오산이고 폭력이다. 오늘날 일부 시들은 단절과 독백, 중얼거림, 파편화된 이미지들, 통사 구조의 파괴, 발화 주체의 모호함, 요설스러움, 번역체, 산문화된 경향, 유체 이탈 화법, 유령 화자, 복수 화자 등등을 내세워 오히려 독서를 방해한다. 국어 시간에 익히 학습해 온 바에 의하면 모든 글에는 주제와 서술자라는 것이 응당 있어야 마땅한데, 최근의 시편들에서 우리는 단일한 주제와 서술 주체, 화자를 찾아내기가 쉽지 않다. 주제는 사유와 언어의 구슬들을 꿰는 통일성과 일관성 유기성의 근거, 즉 의미 있는 기표들, '서 말의 구슬'들을 하나의 '보배'로 묶어내는 실이자 연결의 실마리, 매듭이 주제라고 배워왔는데, 오늘날 시편들에서, 우리가 명확한 주제와 단일한 주체를 찾아볼 수 있는 시는 없거나 드물다. 시의 주제와 주체는 사실상 중요하지 않다. 다만 징후 같은 시, 매혹적인 시, '서스펜스'가 있는 시, 독자를 당혹하게 하면서도 시선을 묶어두는 충격적이고도 아름다운 시, 연애편지를 만나는 일은 왜 이토록 요원할까.

자 이제, 시 읽기가 주는 달콤함 말고 '매운맛'에 대해 얘기해 보자. 지젝의 말마따나 편지는 얼룩이고 오염이다. 시 또한 그러하다. 어떤 시는 모국어 자체에도 저항하고 모든 관습과 규범에 균열을 내는 안티테제로 실재하기도 한다. 시는 더 이상 소통을 지향하지 않는다. 시는 관습화, 상징화된 체계에 균열을 내고, 언어의 그물망을 더러는 훼손시키기까지 한다. (이 경우 우리말을 파괴하고 분해하는 위험에 상쇄하는 더 큰 효과가 있어야 함) 시는 이른바 큰 타자에 복속된 상징계의 튼튼한 지지대가 아니다. 시는 잃어버린 팔루스나 젖가슴의 대체물도 아니다. 아무것도 없음, 아무것도 '아님'으로 상영되는 그 아무것의 대잔치, 눈이 아닌 응시(gaze)[6] 속

---

6 "응시는 주체의 자기현존과 그의 시각적 전망(vision)을 보장하기는커녕 그 투명한 가시성을 방해하며 나와 그림의 관계에 있어 환원 불가능한 분열로 이끄는, 그림 속에 있는 하나의 오점이자 얼룩으로 기능한다. 결코 그림이 나를 응시하고 있는 지점에서 내가 그림을 볼 수는 없기 때문이다. 즉 눈과 응시는 구성에 있어 비대칭적이기 때문이다. 대상으로서의 응시는 내가 안전하고 '객관적인' 거리를 두고 그림을 바라보지 못하게 하는, 그림을 내 시각이 파악한 배치에 따라 프레임화하지 못하게 하는 얼룩이다. 말하자면 응시는 관찰되는 그림의 '내용' 속에 (내 시각의) 틀 자체가 이미 각인되어 있는 하나의 지점이다." - 슬라보예 지젝, 『비딱하게 보기』, 김소연·유재희 역, 시각과언어. 1995, 254쪽.

징후의 시학, 빛을 열다

에서 언뜻 보였다가 다시 사라지는 스크린에 자막으로 새겨졌다가 사라지는 일회성 메시지, 1인용 환상을 상영하는 1인용 독서 극장과 부재와 현존이 동시에 기재 되는 무대, 이 모든 것을 즐기는 퍼포먼스 전체가 바로 시적인 순간이자 시 자체일 수 있다. 다시 말해 어쩌면 시와 시의 환상을 동시에 즐기는 이중적 순간이야말로 징후적 독서, 시가 도착하는 순간이 아닐까.

　　이제 변기는 그만 울고 이 도시가 울 차례야

　　아침마다 기둥에 금 가는 소리
　　지붕이 내려앉고
　　집이 그릇처럼 깨져도
　　흰 토끼 모양 변기는 울지마
　　울음을 참느라 고막에 피가 맺힌다
　　변기는 이렇게 슬픈데 왜 이 도시는 슬프지 않은가
　　바람도 울지 않는데
　　변기들은 이제 그만 울지마

- 김혜순, 「불쌍한내방광위에올라앉은수심에찬토끼한마리의뇨의에 대하여」 부분,

월간 『현대시』 2023년 1월호.

　　위의 텍스트 역시 독자들에게 저마다 다른 전언으로 도착 혹은 불시

착 가능하다. 필자는 방금 도착한 위의 편지를 임의로 해석해 보고자 한다. 자 여기, "토끼한마리의뇨의"에 대한 시 한 편이 놓여 있다. "흰 토끼 모양 변기"의 "울음"들에 대해, 언술 주체는 계속해서 "변기는 울지 마"라고 총 13회에 걸쳐 명령한다. "변기"가 울지 않는다면, 물을 내리지 않는다면, 도시의 오물들, 각 가정의 오물들은 어떻게 처리해야 한다는 말인가. 나아가 "변기"는 6연에서 "변기 여자들"로 한정되는데, "변기 여자들" 즉 하위 주체들에 의해, 도시와 각 가정들이 정화되고 있는 폭력적이고도 불합리한 현실에 대해, 시적 주체는 이제는 변기들이 아닌 변기들이 울어야 한다고 고발하는 전언을 던진다. 이 사회에서는 "그냥 안 보이는 척 지내는 게 좋"은 비존재로서의 "변기"들에 대해 언술 주체는 더 이상 우는 기능을 하지 말 것, 울지 말 것을 종용한다. 즉 위의 텍스트에서 읽어낼 수 있는 표층적 전언은 "이제 변기는 그만 울고 이 도시가 울 차례"라는 것인데, "이 도시" 전체, 즉 우리를 둘러싼 세계, 나아가 오염된 전부가 정화 되기 위해 필요한 것은, 일부에 해당하는 "변기"들의 "울음"이 아니라, "변기"의 외부에 있는, 나머지 전체들이 울어야 한다는 실천적 조건과 당위 즉 심층적 전언으로서의 심각한 '경고(警告)와 '증상'들이 이 시에는 육성화되어 있는 것으로 읽어낼 수 있다. 사유의 전복과 역설, 경고와 징후와 증상들을 통해 텍스트를 읽는 독자에게 반성과 실천까지를 요구, 인식의 전환과 행동 변화를 촉구하는 수행성을 지닌 텍스트로 읽어낼 수 있다. "변기"가 "변기"가 아닌, "변기"로 호명되는 "이데올로기라는 숭고한 대상"을 즐길 수 있을 때, 텍스트는 독자에게 비로소 수신되는 것이 아닐까. 시에서의 의미란, 독자에게 미확인으로 영구히 남거나, 또는 어쩌면 지극히 편파적으로 일부만 발견되거나, 아예 착각, 오인된 채로 읽히거나, 반대로 읽힐 수도 있지만, 해석의 자유는 보장된다. 그런데도 단 한명의 독자에게 언젠가는 한 번 제대로 발견되기를 기다리고 있는, 해독(解毒)과 해독(解讀)을 기다리면서 떠도는 편지, "표면과 심층 간의 대립을 초월하는[7]" 암호화된 기표들이 바로 시가 아닐까.

네가 그린 네모 칸들이 달려간다.
네가 그린 물음표들이 매달린 이 칸.

만화에 비 오고 물 넘친다.
만화의 서정이 한강을 건너간다.
쿠콰콰아앙 하고 싶은데 고양이가 먼저 운다.

너는 빨리 적어라.
최대치의 의성어를.
내 슬픔 말로 할 수 없다고 적어라.
(중략)

---

7   앞의 책, 377쪽.

절대로 이 나라엔 다시 오지 마라.

강물 위에 오른 만화가 한 칸 한 칸 철교를 지나간다.

이가 부러진 물음표들이 쿠콰콰아앙.

천장에 매달려 흔들흔들 떠갈 때

비가 내리니 만화가 우는 것 같다

만화가 비에 젖는 것 같다.

나는 이 네모를 나가는 법을 모른다.

이 만화용 신발에는 발자국이 남지 않는다.

─ 김혜순, 「일인용 만화 정원」 부분, 계간 『청색종이』, 2022년 겨울호.

시는 단지 원고지의 (공백은 아닌) 빈칸, 즉 증상과 징후로만 존재한다. 시는 필러(filler)가 아니라 구멍이고 결핍이며, 빈칸, 영원한 미완의 형식으로 존재한다. 김혜순의 시는 빈 칸의 시학, 허무의 시학, 종말의 시학, 생성의 시학, 충만의 시학을 동시에 보여준다. 위의 시에서 세상은 만화의 "한 칸 한 칸"으로 묘사된다. 나아가 한 사람의 인생 또한 만화용 종이 "한 칸"으로 제유된다. 시를 쓰는 원고지 "한 칸"보다는 커서 다행이라고 볼 수 있을까. 사람들은 "네모"에 갇혀서 더러는 "물음표"를 남발하면서도 결국에는 현실에 순응하며 살아간다. 사람들은 "칸 칸"의 지하철을 타고 한강의 이쪽 저쪽을 오간다. 네모 안에 갇힌 삶은 시계

추처럼 메너리즘에 의해 기계적으로 움직인다. 나라운이 없으면, 만화 용지는 그림이 채 그려지기도 전에 수학여행 가는 배 안에서 침수되어 찢어지거나 이태원 거리 한복판에서 구겨져 버려지기도 한다. 시적 주체는 "칸 칸"들에게 "절대로 이 나라엔 다시 오지 마"라고 전언한다. 아마도 시인이나 화가는 창조주 다음으로 그 빈 칸, 공백을 견디지 못하는 존재들일 것이다. 이 같은 세계 참견적 존재들에게 "너는 빨리 적어라/ 최대치의 의성어를/ 내 슬픔 말로 할 수 없다고 적어라"라고 시적 주체는 쓰기를 종용한다. "쿠콰콰아앙 하고 싶은데" 때로는 "고양이가" 시인보다 "먼저 운다"라고 "고양이의" 울음보다 뒤늦은 감각이나 표현 등을 시적 주체는 다급해하기도 한다. 우리는 김혜순의 텍스트 역시 편지의 한 형식으로 읽어낼 수 있다. 시는 발표되는 순간, 김혜순이라는 발신인을 떠나 독자에게로 향한다. 「일인용 만화 정원」과 「불쌍한내방광위에올라앉은수심에찬토끼한마리의뇨의에 대하여」라는 제목을 단 편지가 여기 방금 도착했다. 편지는 도달되지 않는 도달의 불완전한 형식으로만 존재한다. 부유(浮游)한다. 부재로 드러나는 현존, 현존에 기입된 부재로 떠돈다. 영구(永久), 완성(完成), 도달(到達)이 없는, 아이러니한 미완의 형식, 내용 없음의 내용 충만, 어긋남, 균열, 얼룩(stain)과 번짐, 수취인 불명의 수취 확인, 실패로 완성되는 실패, 되돌아옴, 시착과 불시착, 이것들이야말로 편지의 쓸모와 용도, 경로 없음의 경로를 지나 도착(倒錯)과 도착(到着)을 거듭하는 과유불급(過猶不及)이 허용되지 않는 흘러내리는 잉여가 주는 쾌락, 텅 빈 주체가 매번 탄생하는 메커니즘, 이탈하면서 궤도를 도는 이토록 아이러니한 모순의 순환이야말로 바로 시(詩)의 여정이 아닐까. 지젝은 편지가 상징화에 저항할 때, 비로소 목적지에 도착할 수 있다고 했다. 관습화된 시 읽기, 상징화된 시 이해에 실패할 때, 어쩌면 우리는 목적지에 맞게(맞춤형 플랫폼) 도착할 수 있을지 모른다.

앞서 살펴본, 이상의 시, 김혜순의 시는 얼룩, 경고, 징후들을 잘 감추면서 드러내고 있는, 잉여가 끊임없이 생성되고 탈코드화되는 징후적 텍스트들이다. 징후적 텍스트는 시대성을 드러내면서 동시에 시대성을 초월하는, 보편성과 독자성을 동시에 충족시켜 독자를 매혹시킨다. 징후는 매혹과 겹친다. 그러나 문학에서의 징후는 정신병이나 광기와 구분된다. 또는 구분되어야 한다. 간과할 수 없는 지점들, 그냥은 지나칠 수도 지나쳐서도 안 되는 표징들, 신호들, 조심하고 경계하고, 유념해야 할 변화의 조짐들, 때로는 암호, 기호, 암시, 복선, 낌새, 균열까지 포함한 복잡하고도 중층적인 잡히지 않는 모호한 개념으로서의 징후가 바로 시의 징후가 아닐까. 돌이킬 수 없는 과거, 이미 지나간 사건들, 파국들, 끔찍한 트라우마들, 암흑 저편에 억압된 것들, 상흔들, 현재의 나, 미래의 나와 접속, 연루되어 억압을 뚫고 의식 세계로 불쑥불쑥 올라올 때, 정신분석학에서는 그것들을 징후라고 부른다. 물론 우리는 잘 상징화된 억압을 승화라고 부른다. 그렇다면 우리는 이상의 텍스트, 라캉이 읽어낸 제임스 조이스나 포우의 텍스트들을 승화의 텍스트로 볼 수 있을까. 무의식은 언어로 구조화되어 있고, 기표와 기의 사이, 메울 수 없는 영원한 틈새 사이로 드러나는 증상과 징후들이 떠받드는 심미적 구축물들이 더러 있다. 증상과 징후의 텍스트들은 모호하고 불안하지만 매혹적이다. 당신이 유독 이같은 텍스트들에 이끌린다면 이 또한 독서의 취향과 흥미, 취미를 반영한 것이므로 당신의 취향이 곧 징후가 될 수도 있다.

시와 징후라고 했을 때, 징후가 부정적인 결과와 암울한 미래만을 진단, 암시하는 것은 아니라는 점에 유의해야 한다. 우리가 시를 읽고 시에서 발견한 징후들, 이를 테면, 시대의 위기(危機), 전지구, 전인류가 겪고 있는 병리의 증상들을 인지하고 현실에서 개선점을 모색한다면 위험은 기회로 바뀔 수도 있다는 것, 징후가 가진 수행성과 예방 효과에 유의하자. 징후가 문학의 미래, 우리 시의 어제와 오늘, 내일, 오지 않은 시간성에 대한 담보한, 그러나 과거까지 소급하여 배태한 이상(異常) 상태를 의미한다고 할 때, 우리는 그것들을 긍정과 부정으로만 보는 이분법적 시선을 너머, 보다 능동적으로 활용하고 주시해야 할 것이다. 증상도 징후도 결국 현재에 대한 얼룩인 동시에 미래에 도래할 사건들에의 암시와 전조(前兆), 경종들에 해당하기 때문이다. 그렇다면 그 같은 낌새와 조짐들을 미리 파악하고 능동적으로 조정하고 대처한다면, 파국의 크기를 줄이거나 방지할 수 있을 것이다. 이상의 『烏瞰圖』는 닫혀 있거나 죽어 있는 것들, 혹은 질주하거나 멈춰 선 것들, 막히거나 뚫려 있는 장소에 대한 공포와 두려움까지 징후와 증상을 통해 시대를 초월하여 드러내지만 완벽하게 해결되거나 해소되지 않고, 여전히 우리에게 잉여를 남긴다. 삶과 죽음, 순간과 영원을 뫼비우스의 띠로 연결한 징후의 시들은 난해하지만 매혹적이다. 그러나 모든 징후가 매혹적이지는 않다.

문학을 넘어 예술을 넘어, 세계 역시 지금 여기, 징후로 존재한다. 지금은 세계를 둘러싼 거시적인 보다 거대한 징후와 (대체로 불길한) 징후들의 흐름과 약동에도 흐름과 약동에도 관심과 이목을 집중할 때이다. 당장 인류가 마주한, 이상 기후, 팬데믹, 난민, 전쟁, 기아 등 넘치는 징후들, 증상들, 이 거대한 난제들을 해독할 열쇠와 처방은 어디에 있을까. 구조를 기다리는 조난한 자가 보낸, 병 속에 든 편지는 언제 도착하는가. 처음부터 주인 없는 편지, 주소가 적혀 있지 않은 편지, 어쩌면 당신 손에 들려 있는 그 종이 쪼가리가 바로 편지이고 방금 도착한 시(詩)일 것이다. 이제 막 창간된 이 책, 계간 『P.S』를 펼쳐 든 지금, 이 순간의 당신, 당신의 손 안에도 편지 한 통이 이미, 도착해 있다. 망망대해 위에 들려 있는, 한 편의 시를 보라. 건져 올려라. 그리고 그것들의 징후, 아니 나아가 거기에 비친 당신의 징환(Le sinthome)[8]들까지를 흠뻑 마시고 즐겨라. 읽고 쓰고 느끼는 삶이 주는 주이상스가 마약보다 안전하고 즐겁고 가성비 좋다는 것을 충분히 아는 당신이 바로 이 편지의 주인이다.

계간 『시와징후』 2023년 봄호

---

8   "징환이란 징후, 즉 해석을 통해 해독되는 약호화된 메시지가 아니라, jouis_sense, 즉 '의미 속의 쾌락(enjoyment-in-meaning)', '의미화된 쾌락(enjoy-mant)'을 직접적으로 야기하는 무의미한 문자다"- 슬라보예 지젝, 『삐딱하게 보기』, 김소연·유재희 역, 시각과언어, 1995. 259쪽 본문.
"징환(Le sinthome)이란 징후와 환상을 합성한 신조어다. 라캉은 쾌락으로 가득 차 있는 기표를 지칭하기 위해 이 말을 만들었다. 화자가 자신의 징후를 말로 나타낼 수 있을 때 징후는 사라진다는 것이 일반적인 생각이지만 때로는 해석을 했는데도 사라지지 않고 지속되는 징후가 있다. 이는 그 징후가 약호화된 메시지일 뿐만 아니라 환상을 통해 주체가 자신의 쾌락을 조직하는 방식이기도 하기 때문이다. 주체는 징후를 통해 쾌락을 어떤 의미화 작용적 상징 형성에 결속시킴으로써 광기를 피하는 것이다. 이것이 '징후'와 구분되는 '징환'의 차원이다." - 슬라보예 지젝, 『삐딱하게 보기』, 김소연·유재희 역, 시각과언어, 1995. 259쪽 역주 참조.

시,

폐허에서 징후를 찾다

1. 프롤로그 : 폐허에서 시작하기

"이 근처에 폐허가 있나요?" "문을 찾고 있어요." "이 문은 닫아야만 하는 거잖아요." 최근에 상영된 일본 애니메이션 『스즈메의 문단속』(신카이 마코토, 2023) 초반부에 나오는 대사들이다. 폐허를 찾아다니며 앞으로 일어날 재난의 문을 닫아 사고를 막아 내야 하는 막중한 임무를 가지고 태어난 청년 '소타'와 동일본대지진으로 12년 전 겨우 네 살에 엄마를 잃은 채 헤매던, 상실의 기억을 트라우마로 떠안고 살아가는 소녀 '스즈메'가 마을 어귀에서 우연히(필연적으로) 만나 서로 주고받는 대사들이다. 당신에게 "이 근처에 폐허가 있나요?"라고 누군가 다가와 묻는다면, "폐허"라는 말에 당신은 아마도 당혹감에 주변을 두리번거리게 될 것이다. 그러나 생각보다 폐허는, 당신 가까이에 있다. 누구나 마음속에 폐허를 품고 산다. 영화에서는 재난으로 인해 이미 황폐하게 버려진 폐허 속에 아직 일어나지도 않은 미래의 더 큰 재난의 불씨가 숨겨져 있는 설정으로 나온다. 폐허 속에 잠재된 폐허가 있다는 상징은 그 자체로 의미심장하다. 재난이 완전히 지나갔다고 안도하거나 방심했을 때, 필경 더 큰 재앙이 되풀이될 수도 있기 때문이다. 그러므로 지나간 재앙을 돌아보는 일, 과오를 돌아보고 '문단속'을 단단히 하는 일은 아무리 반복하고 되새겨도 부족하지 않다.

최근 코로나가 인류에게 안겨준 팬데믹의 상황 역시도 마찬가지이다. 이제 우리는 코로나로 인해 경험한 끔찍한 공포와 혼돈, 패닉(panic)의 시간들을 돌아보며 쓰디쓴 교훈들을 되새겨야만 한다. 지나간 재해와 재난의 사건들, 상흔들을 기억해야 하고 되새기는 동시에 실수나 과오, 오류와 한계가 있었다면 그것들의 진실을 규명하고 점검하고 바로잡아 잠재된 재난들에 예비하고 다가올 위기에 대처해야 한다. 또한 수많은 희생에 대하여, 상실과 상처와 고통을 치유하고 애도하는 일 또한 당연히 필요하다. 트라우마를 트라우마로 두지 않는 것, 부상자와 생존자를 돌보고 고통에 연대하는 일은 남겨진 자들의 임무이자 몫이다.

다시 영화 얘기로 돌아가자. 재난의 문을 봉인하는 막중한 임무를 가업으로 이어받아 태어난 '소타'는 임무 수행 중에 하필 다리가 세 개인 의자로 변하는 저주에 걸리고 만다. 다리가 세 개인 의자로 변한 '소타'는 서 있는 것도 누워있는 것도 잠을 자는 것도 불편한 상황에서 그런데도 다리가 세 개인 채로도 재난을 막기 위해 삐걱삐걱 뒤뚱거리며 사력을 다해 돌진하는 장면을 연출하는데 이는 우스꽝스러우면서도 그로테스크하기까지 하다. 이 장면에서 필자는 이성복의 시 「구화(口話)」를 떠올렸다. 부재와 장애와 모순으로 가득한 세계 속으로 뒤뚱뒤뚱 부족한 다리로 "걸어가는 시(詩)"와 어쩌면 그 모습이 닮아서였을지도 모르겠다.

앵도를 먹고 무서운 애를 낳았으면 좋겠어

걸어가는 詩가 되었으면 물구나무 서는

오리가 되었으면 구토嘔吐하는 발가락이 되었으면

발톱 있는 감자가 되었으면 상냥한 공장工場이 되었으면

날아가는 맷돌이 되었으면 좋겠어 죽고 싶어도 짓궂은 배가 고프고

끌려다니며 잠드는 그림자, 이맘때 먼 먼 저 별에 술 한 잔 따르고 싶더라

내 그리움으로

별아, 네 미끄럼틀을 만들었으면 좋겠어

여섯 살도 채 안 되어 개구리 헤엄을 배웠어

자꾸만 물 속으로 가라앉았지 깨진 유리병이

웃고 있었어 그래 나는 엄마를 불렀고

물결이 나를 넘어뜨렸지 내 이름을 삼켰어

배꼽이 우렁이처럼 열리고 내 팔을 깨물었어

피리 소리가…… 밀밭에서 죽은 개가 울고

여러 번 낫질해도 안 쓰러지던 그림자 나는

우주宇宙보다 넓은 房에 갇혀 있었지

— 이성복, 「구화口話」 부분

이성복의 시에 펼쳐진 폐허의 들판에는 그야말로 은유와 환유, 상징
과 징후들이 넘쳐난다. "걸어가는 詩", "물구나무 서는/ 오리", "구토(嘔

吐)하는 발가락", "발톱 있는 감자", "상냥한 공장(工場)", "날아가는 맷돌", "웃고 있"는 "깨진 유리병"까지 이 모든 희화적(戲畫的) 수사들은 시대적 '징후'를 내포한 상징이자 은유들로 볼 수 있다. 가시적, 현시적인 징후도 존재하지만, 대부분의 징후는 고도의 암시와 복선으로 은밀하게 감춰져 있다. 보물찾기가 그러하듯, 그러므로 그것들은 징후를 찾으려고 애쓰는 사람들에게 그 의미와 존재, 정체를 더 잘 드러내기 마련이다. 시는 폐허에서 시작하는, 증상(症狀)과 징후(徵候)의 장르이다. 시와 폐허는 징후가 숨어있기에 좋은 은닉처(隱匿處)이자 은신처(隱身處)가 된다. 시인은 폐허 속에서 '징후'를 찾아 시를 쓰고, 독자들은 다시 시 속에서 감춰진 '징후'를 찾아 읽어야 한다.

상한 갈대라도 하늘 아래선
한 계절 넉넉히 흔들리거니
뿌리 깊으면야
밑둥 잘리어도 새순은 돋거니
충분히 흔들리자 상한 영혼이여
충분히 흔들리며 고통에게로 가자

(중략)

고통과 설움의 땅 훨훨 지나서
뿌리 깊은 벌판에 서자

징후의 시학, 빛을 열다

두 팔로 막아도 바람은 불 듯

영원한 눈물이란 없느니라

영원한 비탄이란 없느니라

감감한 밤이라도 하늘 아래선

마주 잡을 손 하나 오고 있거니

– 고정희, 「상한 영혼을 위하여」 부분

    열여섯 살의 '스즈메'가 네 살의 '스즈메'를 만나 위로하는 장면에서는 불현듯 고정희의 시 「상한 영혼을 위하여」가 떠올랐다. 시를 포함한 예술 역시도 결국에는 상실에의 애도와 위로, 고통의 공감과 치유와 승화를 위한 주체의 심미학적인 "문단속"과 다르지 않다고 본다. 영화와 시는 이렇듯 폐허 속에서 만난다. 작가와 독자도 결국 폐허 속에서 마주치게 된다. 영화 속에 재현된 폐허를 들여다보다가 문득 이성복과 고정희의 텍스트들이 소환된 이유 역시도 같은 맥락에서이리라. 그렇게 예술은 장르를 초월하여 폐허 속에서 시작되고 서로 교섭하기도 하는 것이리라.

    폐허는 그러나 물리적인 장소만을 의미하지는 않는다. 폐허는 사람의 마음과 의식 안에도 있고 사람과 사람 사이의 관계 안에도 그 자장들 속에도, 안팎으로 존재한다. 폐허는 마치 동물과도 같아서, 그것은 서로를 삼키며 더 큰 폐허로 번식을 하기도 한다. 폐허는 폐허를 낳기도 하는데, 가령 엄마를 잃은 아이에게는 세상이 폐허로 바뀌겠지만 동시에 아이 자신의 일부도 폐허가 되기 마련이다. 자식을 잃은 부모라면 그 폐허의 끝 간 데는 감히 짐작할 수조차 없다. 자신은 물론이거니와 그를 둘러싼 모든 세계, 어쩌면 전쟁과 후생까지도 전부 폐허가 집어삼키고 말 테니 말이다. 전쟁을 겪은 사람들에게도 휴전이 되고 종전이 된 이후라도 "초연(硝煙)이 쓸고 간 깊은 계곡" "비목(碑木)"과도 같은 폐허가 허허벌판으로 남게 될 것이다. 사람은 누구나 살면서 크고 작은 폐허를 마주한다. 폐허(廢墟), 한자 그대로 무너지고 부서진 황량한 기슭이나 터, 그 커다란 막장과 공허를 마주했을 때, 그런데도 시작(始作)은 시작된다. 특히 시인은 그 폐허의 잔해 위에 언어의 돌탑을 다시 쌓아 올리는 자들이다. 시지프스의 돌처럼, 심지어 신의 진노 끝에 무너져 내린 바벨탑 아래 각기 다른 언어로 흩어진 상황에서라도 그들은 포기를 모르고 폐허 위에 시를 짓고 노래를 부른다. 극한의 상황에서 혹은 텅 빈 폐허 속에서 그들에게 다가올 "마주 잡을 손 하나"(고정희)는 아마도 시(詩)의 손목, 간절한 시(詩)의 동아줄이 아닐까. 자 이제 "뿌리 깊은 벌판", "캄캄한 밤"의 폐허 속에서 절망을 '문단속'해 줄, 희망의 징후들, 절망을 잠그면서 동시에 희망을 열어낼 징후의 이중 '열쇠'들을 찾아보도록 하자.

2. 시, 징후 속에서 희망을 노래한다는 것

마음이 집을 떠나면

그때부터가 풍찬노숙이다

하늘을 바라 둔지미

흙바닥에 몸을 눕히는 순간

필시 임금이 아니면

점령군이다

달팽이다 집 없는 천사다

- 정희성, 「나는 왕이로소이다」, (『시와징후』 2023년 봄호) 전문

시적 화자는 말한다. "마음이 집을 떠나면" 이주한 곳에서 어떠한 삶을 살게 된다 하더라도 결국엔 "그때부터가 풍찬노숙"의 시작이라고 말이다. 풍찬노숙(風餐露宿)이란 바람을 먹고 이슬에 잠잔다는 뜻으로 일반적으로 객지를 떠돌며 하는 모진 고생을 의미한다. 알다시피 "둔지미"는 지금 용산(龍山)의 옛 지명이다. "둔지미" 마을에 살던 사람들은 식민지 시절, 일제에 의해 터전을 잃고 강제 이주를 당했다. 마을은 없어지고 이곳은 군사기지로 활용되었는데, 해방 이후까지도 한 세기가 넘도록 "둔지리"라는 마을의 이름은 물론 터전에 살던 사람들의 일상과 보금자리는 한 번도 복구되지 못하였다. 용산(龍山), 그 옛날의 둔지미 마을은 온데간데 없고 오히려 지금은 대통령이 집무실로 사용하고 있는 상

황이다. "왕", "임금", "점령군"의 의미는 독자들에게 해석의 몫으로 남긴
다. 그러나 시인은 용산이 아닌 아직도 "둔지미"를 기억하고 있다. 시적
화자는 "흙바닥의", "풍찬노숙"이 아닌 "하늘을 바라"는 "천사"들의 목
소리를 그리워하고, 이내 시를 통해 "집 없는 천사들"의 묵음(默音)처리
된 목소리들을 되살려 내고 있음에 주지하자. "점령군"이 주둔한 폐허
속에서 "천사"의 징후를 찾아내는 시인의 부단한 시도와 노력은 그러므
로 그 자체로 희망의 역설을 보여준다. 자 이제 폐허마저 공평하게 덮어
버리는 "희고 부패를 모르는" 새하얀 징후의 시, 희망의 징후를 보여주
는 "폭설"의 시를 만나 보자.

희고 부패를 모르는 눈은 밤낮없이 내려서
어느 산골 마가리에서 나타샤를 기다리던
시인 백석처럼
나는 가버린 나타샤를 그리기도 하고
눈이 너무 와
집집마다 눈몸살을 앓아도
사람들은 또 눈이 오기를 기다리는 것이다

– 이상국, 「영동 폭설」, (『시와징후』 2023년 봄호) 부분

이 시에서는 "희고 부패를 모르는 눈"이 "너무 와"서 사람들과 동물들

과 제설차들이 모두 분주해지는 우왕좌왕한 풍경들이 생동감 있게 묘사되고 있다. 폭설로 인해 "미시령"마저 허리가 아파 "구불구불 드러눕"는다는 익살스러운 풍경 묘사와 더불어 "신부가 지각한 결혼식장"에서 "국수만 먹고 오"는 하객의 이야기, "휴교한다는 방송에 아이들"이 내지르는 "환호"의 웃음소리가 바로 앞에서 왁자지껄 들려오는 듯 생생하게 진술되고 있다. 백석의 시편들에서처럼, 따뜻하고 환한 고향이 이상국의 시편들에는 한가득 들어 있다. 시인의 마음속에 자리한 고향은 흰 눈처럼 소복하고 풍성하고 "희고 부패를 모르는" 설원으로 가득하다. 그것은 어떤 폭력이나 외부의 힘에 의해서도 제압되거나 결코 훼손될 수 없는 시원의 세계와도 같은 것이리라. 지독한 "눈몸살을 앓아도" 저마다의 마음속에 있는 "산골 마가리"에서 시인은 아니 "사람들은" 여전히 "눈이 오기를" 기다린다. 그런데도 다시 "또 눈이 오기를" 그리고 "가버린 나타샤"가 언젠가는 찾아오기를, 혹은 오지 않더라도, 마음은 희망은 그렇게 밝은 징후가 되어 줄 등불 같은 눈이 다시 내리기를 기다리는 것이다. 시는 내리는 흰 눈처럼 누구에게라도 공평하게 어둠을 밝혀 준다. 앞서 살펴본 정희성의 시에서 언급된 "둔지리" 마을처럼, 마을의 이름과 마을의 주인이 사라진 폐허가 된 마을이라고 할지라도, 시인은 폐허에서 망각하고 주저앉기보다는 희망의 징후를 기다리거나 직접 찾아나서기를 감행하는 언어의 사도들이다. 그러기 위해 시인은 지금보다 더 깊고 더 어두운 "계단"을 하염없이 성큼성큼 내려가기를 주저하지 않는다. 최문자 시인의 「계단을 내려가는 사람」을 읽으며 징후를 찾아 함께 그 심연 속으로 내려가 보자.

산다는 건

격렬한 것

몇 계단 내려와 두리번거렸다

자꾸 내려가면

나의 무엇이 남나?

무엇이 낮아졌나

하나님은 아직 저 아래 있다

무너지듯 잠들어 있다

사람들은 무더기무더기 계단을 오르고

나는 몇 계단 더 내려간다

계단이 갖고 싶은 건 오르는 발바닥이 아니지

오르다 서면 울컥 튀어나오는 말

그런 지나간 말들을 이해하고 이해하는 중

(중략)

발을 내려놓고

몇 계단 더 내려간다

아득한 것이 많은 곳으로

징후의 시학, 빛을 열다

슬픔이 많은 곳으로

기억할 것이 아직 많이 남아있는 곳으로

묻혀야 한다면

어차피 땅에 닿아야 한다

- 최문자, 「계단을 내려가는 사람」, (『시와징후』 2023년 봄호) 부분

시인은 "아득한 것이 많은 곳", "슬픔이 많은 곳", "기억할 것이 아직 많이 남아있는 곳" 즉 폐허 속으로 걸어 들어가는 존재이다. 시인은 가장 어두운 폐허 속으로 연이어 "계단"을 내려간다. 시적 화자는 "하나님은 아직 저 아래"에 있다고 전언한다. 한없이 낮은 곳에서, "무너지듯 잠들어 있"는 신의 얼굴을 본 적이 있는가. 하필 잠들어 있는, 세계에 무관심한 게으른 신(神)이라니. 맹목과 욕망으로 가득한 "사람들은 무더기무더기 계단을 오르고" 시인은 도리어 계속해서 계단을 내려간다. 그렇게 시인이란 신보다 더 낮은 곳까지 내려가 심연의 밑바닥에서 그 모든 '그런데도'의 절망을 지나 언어의 등불을 밝혀 노래한다. 폐허에서 찾은 희망의 징후들, 언어로 엮인 열쇠 꾸러미를 허공에 높이 치켜드는 존재가 바로 시인이다.

회한 다음에는 무엇이 오는가? 나는

공연히 한숨이 인다 숨결이 사방으로 흘러간다

(중략)

그 속에도 바람 부는지 잘린 가지들이 조금 흔들린다

덩달아 유리도 흔들린다

나는 문득

바람 속에는 가지가 있구나 그게…

바람의 마음이 아닌가… 노래가 아닌가…

생각한다

노래 사이로, 하늘이 파랗다

노래 사이로 해가 진다

노래 사이로 밤이 온다

밤의 다음에는 무엇이 있는가

무엇이 없는가

그 일이 있은 후 깊은 회한에 잠겼다고

너는 말한다.

- 이경림, 「그 일이 있은 후」, (『시와징후』 2023년 봄호) 부분

행복에 겨운 순간에도 사람들은 기쁨과 환호의 시를 짓고 노래를 부른

다. 그러나 시는 노래는 절망과 폐허와 "회환"의 순간에 아니 "그 일이 있은 후"에 오히려 더 절박하고 깊은 공명으로 찾아오곤 한다. 상실 이후, 더 이상 무엇도 남겨진 것이 없다고 여겨지는 폐허와 허무(虛無) 속에서도 계속해서 여진처럼 흔들리는 것, 이경림 시인은 그것이야말로 "바람의 마음", "노래가 아닌가"를 묻는다. 폐허 속에서도 봄이 오면 풀이 돋고 꽃이 핀다. 시인은 폐허를 헤치고 허리를 숙여 찾아낸, 네잎 클로버 하나를, 아니 징후의 노래를 두 손에 건넨다. 그 모든 바람의 징후 속에는 노래의 홀씨가 들어 있다. 보려고 하는 자에게만 보이고 들으려고 귀를 기울이는 자에게만 들리는 "노래"이다. "노래 사이로" "해가 지고" 새로운 해가 뜬다. "노래 사이로" "밤이 오"고 밤이 간다. 진부하지만 그런데도 포기할 수 없는 '내일'이라는 진리, 그것을 다시 희망이라고 부르기로 하자. 시인은 희망을 노래하고 그 희망의 전언의 수취인은 바로 그 자신 "나"이면서 다시 "너"가 된다. 병 속에는, 구호를 요청하는 SOS이거나 절절한 사랑을 고백하는 연서가 담겨 있다.

시라는 붉은 색이 있다

- 송재학, 「너에게 속삭이는 말이면서 나에게 하는 말 중에」,
(『시와징후』 2023년 봄호) 전문

한 줄, 이토록 간명한 시적 전언이라니, 시론이라니. "너에게 속삭이는 말이면서 나에게 하는 말 중에"는 사랑한다, 고맙다, 감사하다, 미안하다, 등 등 수많은 말들이 존재한다. 다시 영화『스즈메의 문단속』의 한 장면을 떠올린다. 열여섯의 '스즈메'가 네 살의 '스즈메'를 만나 이렇게 말한다. "있잖아, 스즈메. 너는 앞으로 누군가를 아주 좋아하게 되고 너를 좋아하는 누군가와 많이 만나게 될 거야. 지금은 한없이 캄캄하기만 할지 모르지만 언제가는 꼭 아침이 와. 아침이 오고 또다시 밤이 오고 그것을 수없이 반복하며 너는 빛 속에서 어른이 될 거야. 틀림없이 그렇게 돼. 그렇게 되도록 다 정해져 있어. 앞으로 무슨 일이 일어나도 그 누구도 스즈메를 방해할 수 없어. 너는 빛 속에서 어른이 될 거야. 나는 너의 내일이란다." 이처럼 미래의 '내'가 과거의 '나'에게 말하는 이 전언의 구조는 '내'가 '너'에게 하는 말인 동시에 시간을 초월하여 영화를 보는 관객에게 던지는 작품 자체의 메시지가 되기도 한다. 시 역시도 마찬가지이다. 시는 시인이 독자에게 또는 시인이 시적 주체에게, 또는 텍스트 그 자신이 독자에게 말하는 동시에 듣는, 쌍방향의 "너에게 속삭이는 말이면서 나에게 하는 말"이기 때문이다.

여기서 시인은 "시"를 하고많은 색깔 중에 왜 하필 "붉은 색"이라고 표현했을까. 이를 해석하는 일 역시 오롯이 독자들의 몫이다. 시를 읽어 내고 해석해 내는 데에 정답은 없다. 다만 붉은 색의 실로 이어진 인연(因緣)을 홍연(紅聯)이라고 하고 아침 햇빛, 석양의 붉은 연기를 또한 홍연(紅煙)이라고도 부르는데, 그러한 "붉은 색"의 연결과 번짐을 "시"의 파장이라고 연결 지어 볼 수 있겠다. 보통 월식 현상에서 우리는 붉은 달을 관찰하게 되는데, 가시광선 중 대부분의 색은 대기의 산란 작용으로 인해 소멸되는 데 반해 유일하게 붉은 색만이 그대로 통과하여 달까지 도달하는 까닭에 달의 표면이 붉게 보이는 것이라고 한다. 또한 붉은 색은 먼지와 안개까지도 뚫고 통과해 그 빛을 오래 유지한다고 한다. 즉 가시광선 중에 붉은 색의 파장이 가장 길어 산란 현상에도 흩어지거나 소멸되지 않고 멀리까지 전달된다는 것인데, 좋은 시(詩) 역시 붉은 색의 파장처럼 오래 읽히고 향유되는 고전으로서 그 생명력을 유지하는 것이리라. 시공을 초월하여 '나'에게서 '너'로 그렇게 면면히 전해지는 시의 붉은 파장과 붉은 염료는 시커멓게 탄 폐허 속의 당신에게 빛과 온기를 수혈해 줄 수도 있을 테니 말이다. 화전민(火田民)의 그것처럼, 폐허에서 시작하는 문학이 있다. 지금 여기, 당신과 나의 간절한 마음 역시도 시(詩)라는 붉은 실 하나로 연결되어 있을 지 모른다. 그 모든 "붉은" 연결들이 바로 희망의 징후, 미래를 여는 열쇠가 아닐까.

3. 에필로그 : 희망의 시학, 징후에서 사건으로

이제 어느 틈에도
더 이상 사람이 들어갈 자리는 없다
본래 짐승들의 자리였던 곳
바람의 통로를 막고 구름의 길목이었던 곳에
수십 년 무단으로 터를 잡았던 시간들은
용서하기로 했다

언어의 물길도 생각의 지류를 따라

지워버리기로 했다

말끔하게 기억이 지워진 자리엔 태초의

눈물 자국만 한 제비꽃 한 송이만 피워두기로 했다

드디어 텅 빈 백 년의 허무가 완성되었다

- 김남권, 「빈집」, (『시와징후』 2023년 봄호) 부분

종말과 폐허에서 '시작'이, 절망과 허무에서 '희망'이 싹 튼다. 끔찍하고 잔혹한 상흔으로 인해 어떤 폐허는 아주 더디게 봄을 피워내기도 한다. 에즈라 파운드의 "4월은 잔인한 달"(「황무지」)을 굳이 떠올리지 않더라도 우리는 알고 있다. 삶은 잿더미 속에서도 결국엔 꽃대를 밀어 올릴 것이라는 사실을 말이다. 김남권의 "빈집" 역시도 하나의 폐허를 노래한다. 더 이상 사람이 살지 않는, 허물어진 폐가(廢家) 한 채가 누렇게 낡은 신문지 조각처럼 금방이라도 바스러질 듯 겨우 형체를 유지하고 있다. 바람 한 점에도 시적 주체는 위태로운 집의 골조(骨組)와 내려앉은 지붕을 떠올린다. "이제 어느 틈에도" "더 이상 사람이 들어갈 자리는 없"는 낡은 집이라도, 그러나 동식물들에게는 여전히 안식처가 되어 줄 수 있다. "먹구렁이", "부엉이", "개구리", "고라니", "토끼", "너구리", "오소리"까지 불러 모아 시인은 어느새 "빈집"을 가득 채운다. 시적 주체는 "본래 짐승들의 자리였던 곳"을 인간들이 "무단으로 터를 잡아" 무례

하게 점령했던 지나온 모든 시간을 반성한다. 그 마저도 "용서하"고 "언어의 물길"마저도 생각의 지류를 따라" 모두 다 "지워버"린 연후에 시인은 이제 그 허허롭게 비워진 허무의 공간에 희망의 "제비꽃 한송이만"을 징후처럼 심어둔다. 인류는 이제 폐허에 빌딩을 세울 것이 아니라, 꽃과 나무를 심어야 할 때가 아닐까. 찾아낸 '징후'는 이제 '사건'으로 이어질 일만 남았다. 그것은 위기처럼, 두 갈래의 길을 내포하고 있다. 당신이 찾아낸 노래의 징후가 부디 체념과 절망이 아닌, 재생과 희망의 문을 여는 변화와 실천의 통로와 열쇠가 되길, 간절히 염원하고 응원한다.

계간 『시와징후』 2023년 여름호

시의 징후들을
점자로 더듬다

 이 글은 사적인 고백에서 시작된다. 한 계절과 한 계절 사이 그리고 죽음과 삶, 그 두껍지만 얄팍한 틈 사이, 지독하게 긴 어두운 터널 안에 홀로 갇혀 있던 때를 떠올린다. 막장 같은 사면초가의 순간들은 누구에게나 있다. 그러나 그때마다 내 곁에는, 항상 시(詩)가 있었음을 기억한다. "하늘에 계신 우리 아버지"로 시작되는 기도의 수신자는 저 높은 곳에 멀찍이 있는 위계의 신, 수직의 신(神)으로 건재(健在)한다. 그러나 지상에서 통곡하며 몸부림을 치는 기도와 신음과 객혈의 발신자인 저지대의 한 인간에게, 더듬더듬 출구를 알려주는 점자로 된 화살표, 손끝에 와닿던 간절한 즉물성의 그것은, 신이 아닌, 다름 아닌 시(詩)였다. 하늘의 별이 아닌, 지극히 가까운 곳에서 손에 잡히던 수평의 시(詩), 물성의 시(詩)를 잊을 수 없다. 손과 발과 눈꺼풀과 입술 위에 돌올하게 새겨진 시(詩)의 온기와 각인, 촉감은 몸이 더 잘 기억하는 법이다. 일부러 눈을 질끈 감았던 순간에도, 왼쪽 손목을 응시하던 주저의 순간에도 시선의 방향을, 칼끝의 방향을 돌려주던 문장의 힘을 기억한다. 한 권의 책 그리고 한 줄의 시가 있어 출구 없는 미로 속에서, 높이를 알 수 없는 깊은 우물 안에서도 희미한 빛에 기대어 기어이 바깥으로 나올 수 있었던, 그런 아득한 밤들이 있었다. 어디에서라도 어느 상황에서라도 한 줄 문장으로 버틸 수 있는 삶이란 몹시도 애처롭지만, 이 얼마나 다행스러운가. 질식할 것만 같은 순간에, 숨비소리로 터져 나오는 언어의 불꽃들은 또한 얼마나 눈부시게 아름다운가. 그 인화성의 징후들을 점자로 더듬으며 헤쳐왔던 과거의 순간들을 짚어 본다. 쳐낼 수 없는 꼬리처럼 넝마처럼 너저분하게 주렁주렁 매달린 긴 절망의 터널들에도 언젠가 점화의 순간이 온다면, 그때는 공중으로 높이 쏘아 올린 화농의 화약을 터뜨리며 덜 아픈 방식으로, 독자들과 형형한 공공의 불꽃놀이를 밤새 즐길 수도 있으리라.

　2023년 봄 창간된 계간 『시와징후』가 이번 호로 어느덧 4호를 맞는다. 사정상 과월호에서는 리뷰 대신 영월에서의 작가와의 만남 대담 원고를 정리해 참여했다. 계간 리뷰나 특집 원고도 의미가 있지만, 작가로서의 삶에 대한 리뷰와 현장에서 인터뷰를 질박하고 진솔하게, 구어체 그대로 담아낼 수 있어서 필자에게는 오히려 더 자연스럽고도 의미 있는 작업이었다. 비교적 이른 나이에 등단했지만, 이래저래 느껴왔던 소회들과 문단 및 문학에 대한 견해들, 시와 일상에 대한 소소한 얘기들, 습작생들에게 하고 싶은 말들로 독자들과 현장에서 직접 소통했던 대화의 순간들을 지면으로 남겨 다른 독자들과도 공유할 수 있어서 좋은 기회였다. 문자 텍스트로 정련되어 발표된 글이나 작품들은 말이나 강연보다는 휘발되거나 폐기되기 힘들고 여러모로 공적인 기록으로 남게 되다 보니 단어 하나 하나 신중하게 다듬게 된다. 작가라면 누구나 발표하고도 후회하지 않을, 오래 읽히고 감동을 줄 수 있는 탄탄한 글, 고전이라 불리는 그런 불멸의 글을 남길 수 있길 누구나 꿈꾼다. 고전 텍스트의 작가가 되고 싶은 욕망도 결국엔 후세까지 남고 싶은 인정욕의 범주 안에 드는 허세라고 생각하면 일말의 세속성을 완전히 배제하기는 힘들기에 작가의 정체성이 허무해지고 낯부끄러워지는 것도 사실이다. 그러나 그런데도 필자는, 인정욕을 떠나, 묵묵히 쓰는 사람으로 살고 싶다. 문학이 생의 파국 속에서도 한 줄기 빛을 준다고 여전히 맹신하는 순진한 사람 중 하나라고 누군가를 비웃을런지도 모르겠다. 그렇게 언제나 펜촉이 밝혀주는 빛을 희망하고 그 빛을 끌어안고 나아가기를 바랄 뿐이다. 어둠은 지양하고 빛만을 추종하던 맹목의 필자에게 다음의 시는 다른 시선, 다른 인식에의 충격을 신선하게 안겨주었다. 결국 "별빛이 추락하지 않는 것은" 별빛 아래에 깔려 있는 "묵 같은 어둠" 때문이라는 시적 진술은, 일순 어둠과 빛의 위치를 바꿔 놓기에 충분했다. 깊은 어둠이야말로 "별빛"을 환히 떠받드는 지지대 역할을 하는 것임을, 어쩌면 촛대의 심지처럼 어둠의 질긴 힘줄이야말로, 어둠 바깥으로 빛을 타오르게 하는 촉매제와 재료가 될 수 있다는 이토록 뒤늦은 이치와 깨달음이라니.

별빛이 추락하지 않는 것은
찰랑거려도 찢어지지 않는
묵 같은 어둠 덕이었다.
아무런 무게 없는 그 어둠이
검붉은 벽돌의 낡은 역사驛舍에도
틈 없이 팽배해있었던 것.
헛기침 소리에도 삐져나올
그런 어둠이 역사 안에도 그득했다니.

징후의 시학, 빛을 열다

그걸 상처 하나 없이 그래도

화폭에 옮겨놓았다니.

(중략)

그를 품은 것도

오래 묵은 그 어둠이었을 것.

아기처럼 품었을 것이다.

– 설태수, 「수색역」, (『시와징후』 2023년 가을호) 부분

시인은 고(故) 원계홍 화백의 작품인 「수색역」(캔버스에 유채, 45.4 × 53.2, 1979년)을 모티프로 하여 동일한 제목으로 이 텍스트를 썼음을 주석을 통해 밝히고 있다. 그림에 대한 조예가 없어 인터넷으로 해당 작품을 찾아보니, 빨갛게 색칠된 단층 시멘트 건물의 역사 안에는 총 8개의 창문과 중앙의 커다란 출입문 안쪽으로는 "어둠"들이 저마다 짙게 켜져 있다. 바깥은 어스름한 새벽이거나, 저녁 무렵이거나, 아니면 흐린 날의 늦은 오후로 건물의 주변은 옅은 베이지색으로 화사하다. 그림을 실제로 접하지는 못했지만, 역사 안의 캄캄한 어둠 때문에 상대적으로 역사 외부를 둘러싼 붉은 벽면들과 바깥의 풍경들이 외려 밝게 보이는 그런 미묘한 음영과 색채의 대비를 효과적으로 보여주는 작품이었다. 내부의 어둠이 역사 전체를 촘촘하게 채워 외려 밀도 있는 어둠들이 외부의 빛들을 탄탄하게 떠받들고 있는 듯한 단단한 인상이 돋보이는 그림이었다. 시인은 표층적으로는 1970년대 말, 수색역의 역사를 묘사한 그림에 대해 말하고 있지

만, 심층적으로는 외부의 빛을 지탱하는 어둠의 질료, 즉 빛의 비계(飛階)가 된 어둠의 힘에 대해 묘사하고 진술한다. "아무런 무게 없는 그 어둠"으로 인해 "낡은 역사"가 외려 중후한 질량을 갖게 된 것에 시인은 주목한다. 시인의 시선은 이어 화가의 마지막 순간까지도 그려 낸다. 화가가 마지막으로 붓을 놓았을 그 순간, 뿜어낸 담배 연기마저도 그를 함부로 떠날 수 없었을 것이라는 상상적 진술이 그것이다. "수색역"이 건물 안에 어둠을 품고 있었기에 오랜 세월 견고하게 버텼듯이, 화가를 "품은 것도/ 오래 묵은 그 어둠이었을 것"이라고 시인은 말한다. 그 "어둠"이 그를 "아기처럼 품었"기에 긴 세월 동안에 그는 역사(驛舍)처럼 굳건하게 버티고 서서 그림을 그렸으리라. 수많은 기차들과 사람들을 떠나보내고 맞이하고 또 다시 이별을 견뎌냈을 역사(驛舍)가 껴안고 있는 역사(歷史)와 풍경들, 그 짙은 어둠들과 질곡의 시간들이 견고한 빛을 받들고 있는 것이라고 시인은 전언한다. 예술가라면 그 또한 외부는 화려한 장식과 포장의 옷을 껴입고 있을지언정 결국 빛을 내기 위해서는 내부에 그만큼의 견고한 어둠을 끌어안고 있어야 한다는 비극의 아이러니를 위의 텍스트는 담박하게 보여준다. 설태수의 「수색역」은 그런 의미에서, 숱한 상처와 짙은 어둠들이 아교처럼 철근처럼 얽히고 섞혀 지탱하는 삶, 어둠을 태워 빛을 발하는 작품, 더러는 빛조차 없이 막장에 묻히고 마는 쓸쓸한 어둠들에 관해서까지 사유하게 하는, 삶과 예술, 예술가의 원천, 어둠의 생산성, 그 어둠의 사후까지도 생각하게 한다. 화폭과 화가의 삶에 대해 말하고 있지만, 제유의 이미지와 상징를 통해 예술과 예술 작품과 예술가 또는 한 사람의 인생 전반에 대한 은유까지 비춰 보여주는 역동적인 텍

징후의 시학, 빛을 열다

스트가 아닐 수 없다.

　과월 호 리뷰에서 필자는 '폐허'에 대해서, '폐허'에서 찾을 수 있는 시적 징후들에 대해서, 아니 폐허 속에서 누군가에게는 시 자체가 희망의 징후가 될 수 있음을 역설한 바 있다. 폐허 또한 어둠이다. 어둠 또한 폐허 속에 있다. 잿더미 속에서 작은 불꽃을 찾을 수 있다면, 우리는 이를 희망의 징후라고 할 수 있다. 누군가는 비웃을 수도 있을, 작은 빛에 대한 이토록 순진한 맹신과 맹목. 잿더미 위에 손가락으로 쓰여진 글씨들, 지금 여기 이 순간, 시를 마주하고 느끼고 그 결들을 보듬고, 진맥하는 동시에 수혈하는 이 시간 또한 어둠에 불을 밝히는 징후의 시간이다. 가장 어두운 순간에 가장 밝게 빛나는 희망의 징후들, 시적 아이러니 또한 그러하다. 글을 읽고 쓸 수 있는 삶, 적어도 촛불 하나, 성냥 한 개비를 밝혀 문학을 할 수 있는 삶이란 그럭저럭 버틸만한 삶인 것이다. 이 우주에 생명체의 개체 수만큼 생은 다채롭고, 고통의 모양도 다 다르다. 저마다 굴곡지고, 때로는 급경사에 바닥을 향해 굴러가다가도 이내 완만해지거나 다시 언덕이 높아지기를 반복하며 생은 그렇게 흘러간다. 흘러가는 것이 "뱀"인지, "뱀의 얼룩무늬"인지, 한 줄의 시(詩)인지, 흘러내리는 것이 "아이스크림"인지 "아이"인지, 아이를 잃은 어른의 피눈물인지 명확하게는 알 수 없다. 징후로 말하는 문학의 화법은 그다지 명징하지 않다. 징후를 즐기거나 상상하거나 해독하는 건 오롯이 독자의 몫이고 선택 또한 취향을 반영한다. 필자가 지난 계절, 특별히 눈여겨 읽는 징후의 시는 윤태원의 「뱀의 얼룩무늬가 반복해서 흘러간다」와 「아이스크림」이다.

뱉는 말들은 흩어져 주문으로 되돌아온다 예상치 못한 그릇이 마련되면 스스로 놀랐다가 운명이려니 생각하고 입으로 넣는다 인형들이 달라붙어 뜯어말린다 불가능을 인식하고 부동자세로 돌아간다 집에서 생명체가 사라졌다 부스러기를 열심히 나르는 개미들은 저승사자의 하수인 구멍이 여기저기 보인다 영혼이 잘게 나뉘어 빠져나갔다 죽어 있는 신경은 영양분을 빨아들이지 못하고 늘어져 있다 무디어진 촉수가 맛을 느끼지 못하고 자동 흡입하는 동안 기억은 회로를 맴돈다 뱀의 얼룩무늬가 반복해서 흘러간다 마귀에게 안겨 강제로 먹여진 이유식은 세포 안에서 썩고 있다. 흉측한 웃음의 주름이 뇌의 활주로를 점령하였다 하녀가 되었다가 손님이 되었다가 일인극을 펼치고 있다

– 윤태원, 「뱀의 얼룩무늬가 반복해서 흘러간다」,

(『시와징후』 2023년 가을호) 부분

이 시에서 반복해서 흘러가는 것은 "뱀"이 아니라, "뱀의 얼룩 무늬"다. 사람들은 살면서 많은 말들을 뱉어내고 게워낸다. "뱉는 말들"에 대해 다시금 곱씹어보면 흘러가거나, 흘러들어와 '나'에게 충격을 주는 것은 결국 그 사람 자체가 아니라 그 사람의 말과 행동, 그것들이 뿜어낸 동태들과 뉘앙스, 남겨놓은 말의 "무늬들", 어쩌면 역겹기까지 한 말의 잔해들인 것을 우리는 경험을 통해 잘 알고 있다. 사람들이 함부로 뱉어낸 숱한 말들 또는 힘겹게 토로하거나 고백해 낸 진술들, 혹은 작가들이 번지르하게 생산해 낸 텍스트에도 때로는 사악하고 때로는 매혹적인 뱀의 "무늬"들이

존재한다. 그렇다면 위의 시에 시적 화자가 마치 주문이나 주술처럼, 혹은 고해하듯 거침없이 진술하고 있는 "뱀"과 "뱀의 얼룩무늬"란 과연 무엇을 상징하는 것일까. 그것은 어쩌면 주체의 주체 없음을 지시하는 말의 빈 껍질을 상징하는 것일지도 모른다. 말의 주체는 사라지고 말의 기표들만 뱀의 허물처럼 남겨져 무한히 흘러넘치고 있는 대책 없는 상황, 억압된 무의식의 과잉 분출, 범람하는 기표들이 "하수구 없는 요리"처럼 마구 전시되는 상황은 봉쇄된 전쟁통을 방불케 한다. 막혀 있는 "하수구"가 아니라 아예 하수구가 존재하지 않는 꽉 막혀 있는 무의식의 포화상태를 자막처럼 반복해서 지나가는 "뱀의 얼룩무늬"로 치환하여 진술하고 있다. 시인은 그 자신의 꿈과 무의식과 원형, 죄의식을 "뱀의 얼룩무늬"로 상징, 즉 한 방향으로 지나가는 자막의 연쇄인 양 형상화해 낸다. 지루하고도 끔찍한 장면이 반복되는 비디오 화면을 시청하는 듯한 효과를 독자들에게 전달하는 시각적인 텍스트라고 할 수 있겠다. 반복되는 뱀의 이미지, 특히 "뱀의 얼룩무늬" 이미지는 패턴의 패턴을 이중적으로 드러낸다. 시각적이면서도 몽환적이고 억압과 강박을 드러내는 동시에 감추는, 증상적이고 징후적인 발화인 것을 시인 스스로도 자각하고 실험한 듯해 보인다. 계속해서 시적 주체는 "뱀", "마귀", "저주", "저승사자" 등의 시어들을 통해, 죽음을 담보로 한 생의 위악을 토로하지만, 초자아에 의한 깊은 죄의식까지도 직접적으로 드러낸다. "하녀가 되었다가 손님이 되었다가"의 진술에서 알 수 있듯이 시적 주체는 주인, 주체가 아닌, 객체로서의 삶에 대해서도 충분히 자각하고 있다. 생물학적으로는 살아는 있지만 가사(假死) 상태로 존재하는 위태로운 존재의 아슬아슬한 수위와 수동성에 대해서도 묘사한다. "저주스런 댐의 수위가 위험 상태를 넘어가" 범람하거나 방출되기 직전의 위태로운 상태, 어쩌면 시인은 그 순간에 대해서 터뜨리는 용도로 발화하고자 한다. 지나가면서도 계속해서 지나가지 않고 반복되는 형벌에 가까운 말의 과잉들, 기표들의 넘침에 대해, 말의 포화 상태에 질겁한 그는, 즉 "하수구 없는 요리가 계속 만들어지는" 그러한 상황 속에 직면한 자신을 독대한다. 흘러가는 것이 아닌, 정체되고 적체된 말의 오물들이 역류하기 직전의 위협들에 대해, 한없이 커지기만 하고 아직 터지지 않은 부푼 풍선에 대하여 스스로에 대한 처방과 진단을 반어적으로 표현한 징후적 텍스트인 것이다.

하수구 없는 요리가 계속 만들어지는 지금, 밤의 도박사도 휘청거리며 집으로 가는 시각이다 거울을 보는 순간 무기질의 혹성이 나타난다 저주스런 댐의 수위가 위험 상태를 넘어가 치마의 색깔이 변한다 토하고 토하고 또 토한다 쏟아진 과거는 충돌 후 어지럽게 해체된 기차다 순서를 알 수 없고 인과가 무시된 순간들이 방안에 뿌려진다 톳물이 만든, 출구 없는 미로를 눈으로 확인한 후에야 참혹한 거래는 끝장이 난다

- 윤태원, 「뱀의 얼룩무늬가 반복해서 흘러간다」,

(『시와징후』 2023년 가을호) 부분

해석되거나 해독되지 못하고 소화되지도 못한 기표들, 기의들, 상징들은 이제 난독증과 구토를 유발한다. "토하고 토하고 또 토"할 수밖에 없

는 "쏟아진 과거들"은 이제 토막 토막 "해체된 기차"의 이미지로 전환되고 "뱀"과 "기차"의 붕괴는 프로이트적 남근의 상징은 차치하고라도 리비도와 생의 역동이 파괴되고 있음을 드러내는 하나의 역설로 읽어낼 수 있다. 이는 위험의 수위를 경고하는 사이렌이자 징후로서 읽어낼 수 있다. "출구 없는 미로를 눈으로 확인"해야 하는 매일 매일의 패턴화된 삶, 그러나 "참혹한 거래"는 살아있는 한 언제나 무한 반복된다. 그러나 살기 위해서는 사면초가와 오리무중을 헤매는 와중에도 희미하게나마 더듬더듬 작은 등불을 밝히고, 없는 하수구를 만들고, 없는 출구를 뚫어서라도 주체는 바깥으로 나가거나 수문을 열어 억압된 무의식의 찌꺼기들을 흘려보내야 한다. 앞을 볼 수 없는 절망 속에서 "뱀의 얼룩무늬"라도 볼 수 있고, 더듬더듬 만져보거나 상상할 수 있다는 것은 그 자체로 악몽을 뚫고 나올 탈출의 이정표가 될 수 있다. 어쨌거나 뱀의 말, 문학, 시(詩)라는 선악과를 먹고, 다른 눈을 뜬 우리라면, 이제 그 "출구 없는 미로를" 벗어나야 한다. 이전과 다른 새로운 "눈으로 확인"하고 이전보다 자명하게 절망해야 할 일만 남았다. 영생과 맞바꾼 이토록 "참혹한 거래", 혹은 밑지는 거래였다 치더라도, 당신과 나, 우리는, 이제 그로 인해 오히려 쾌락과 더불어 속죄와 구원(救援)을, 상징적 죽음을 선물로 받았으니, 이 또한 기꺼이 즐겨야 할 일이다.

아이스크림을 사고 있는 아이가 있다 신발 끈을 고쳐 매고 일어나니 아이가 없다 광장 어디에도 없다 아이스크림 트럭 주변을 살핀다 바퀴 사이 지붕 위 내부 곳곳을 두리번 아무도 없고 아이스크림 기계만 남아 있다 어디로 빨려 들어갔나 아이가 없다 아이가 사라졌다 아이가 증발했다 없어진 게 또 있을까 아이마저 없어진다면 음악도 설레임도 없어질 텐데 분수대는 무슨 말을 지껄이고 있는 것이냐 어릴 적 나도 없어져 누군가를 쭈뼛하게 만든 적 있었다 농담과 미소를 거두게 한 적 있었다 팽이만 남고 줄은 사라진 마당의 허허로움 위로 드리운 느티나무 그림자에 지워진 적 있었다 바퀴 주변의 흙 자국을 살핀다 남겨진 단서는 나의 영혼 바깥에 있을까 눈빛을 떠올려보자 그러고 보니 눈을 보지 못했다 아니 눈이 없었다 그러면 없어진 확률은 줄어든다 내가 또 없어졌나 내 눈이 없어졌나 더 정확히 아이만을 볼 수 있는 내 눈의 일부가 없어졌나 기도와 주문 사이를 진자가 되어 숨차게 달린다 징소리 울리는 굿판을 벌이기엔 퇴마사의 지팡이가 너무나 멀리 있다 벌써 해가 중천이다 지평선 위에 아이스크림 트럭과 나, 태양만 남았다

- 윤태원, 「아이스크림」, (『시와징후』 2023년 가을호) 전문

"아이스크림"과 "아이"는 '동음이의'적이다. 아니 어쩌면 반대로 "아이"와 "아이스크림"은 '이음동의'적일지도 모르겠다. 필연적으로 아이는 언젠가 사라지게 마련이다. 아이는 자라서 어른이 되거나 어른 속에 숨는다. 어른들은 사라진 아이를 어디에서 잃어버렸는지 어디에 유기했는지, 어느 곳에 숨겼는지에 대해 저마다 기억하지 못하고 망각한다. 아이는 언제나 성장 과정 속에만 혹은 특정한 추억 속에 존재하고 언제 어디에서 아이가 사라지는지 그에 대해서는 그 누구도 확실하게 증언할 목격자 또한 없다.

우리는 나 자신이 "아이"였던 날들의 종료 시기를, 그 성장의 비밀을 명확하게 알 수 없다. 곤충의 유충처럼 1령, 2령, 3령이 있는 것도 아니고, 허물을 벗고 탈피하는 순간 또한 명확하지 않으니, 세상 모든 아이들의 성장 알리바이는 신비에 감춰져 있다고 해도 과언이 아닌 것이다. 어떤 아이는 미아가 되어 사라지거나 유괴되고 어느 순간 흔적도 없이 증발하기도 한다. 피터팬증후군으로 남아 어른 속에서 계속 살아가는 아이들도 물론 있겠지만, 대부분의 아이들은 세월의 흐름 속에 존재를 감추게 된다. 공포 영화에서는 빨간 풍선을 든 삐에로가 아이들을 유혹하고 아무도 모르게 납치하곤 한다. 아이의 미소는 전단지의 사진 속에서 빛바라 간다. 헨젤과 그레텔에서는 마녀가 데려가 화덕에 구워 과자로 만들고, 피리 부는 사나이는 무리의 아이들을 몰아서 어딘가로 잠적한다. 그 많던 아이들은 어디로 무엇을 쫓아갔을까. 무더운 땡볕의 여름날 오후라면, 빨간 풍선보다는 파스텔 톤의 달콤하고 시원한 아이스크림콘이 아이를 유혹하기에 더 매혹적이지 않을까. 여기, 아이스크림 트럭이 한 대 서있다. 냉동고에서 막 꺼내진 먹음직스러운 아이스크림, 한 스쿱의 아이스크림은 아이의 눈앞에 실재(實在)해도 좋고 상상 속에서만 이미지로 떠올라도 좋다. 아이는 침을 꿀꺽 삼키며, 아이스크림을 향해 걸어간다. 뜨거운 태양이 내리쬐는 한낮의 놀이공원, 하필 회전목마 앞에 세워진 아이스크림 트럭, 그 앞에 어린 당신이 서 있다. 여름날 당신 손에 들려진 아이스크림의 운명, 아이도 아이 손에서 녹아내리는 아이스크림도 결국에는 사라지는 시나리오. "지평선 위에 아이스크림 트럭과 나, 태양만 남았다"고 시적 주체는 상황을 단정하고 종료한다. 결국 사라짐 자체, 단서조차 남지 않은 이 실종 사건은 징후적일 수밖에 없다고 누군가는 말한다. 시가 아니라, 시나리오가 아니라, 아이들은 실제로 우리들의 눈앞에서 사라지거나 죽기도 한다. 징후가 아니라, 실제의 실종들, 각종 학대와 유기, 살인, 재난과 전쟁과 천재지변과 기아까지, 문학이 아닌, 아이의 사라짐을 눈앞에서 목도하는 일, 현실은 문학보다 참혹하고 잔혹하다. 금기된 장면, 그것에 대해서는 시인이 아닌 신이라고 해도 함부로 말하거나 묘사할 수 없다.

일제 때 서대문형무소에서 정치범들을 고문하던 모포를 당신도 덮었다
고 한다 피로 얼룩진 모포는 그 뒤 어찌 되었을까
이태원역 1번 출구 앞을 지난다
어떤 고통은 묘사하는 것 자체가 죄스럽기만 하다

- 손택수, 「백기완의 흡혈 모포」, (『시와징후』 2023년 가을호) 부분

빈대와 진드기와 이가 사나운 이빨을 드러내고 바글거리는 모포 한 장은 추운 겨울, 쇠창살도 얼어붙는 냉골의 감옥 안에서는 또 하나의 잔혹한 고문의 도구로 쓰였다고 한다. 어떤 슬픔, 어떤 잔혹함은 작가에 의해 세밀하게 묘사되거나, 객관적 상관물을 통해 재현되거나 형상화될 수 있다. 1연에서 서대문형무소 그리고 모포에 대해 충실히 묘사하던 시인은 고쳐 말한다. "어떤 고통은 묘사하는 것 자체가 죄스러"운 일이라고. 차라리 가족의 고통을, 나 자신의 투병과 죽음을 시로, 소설로 묘사하고 쓰는 것은 충분히 그럴 수 있다. 그러나 타인의 고통을 글 안에 들여오는 작업

에 관해서는, 아무리 신중을 기하고 표현의 숙고를 거쳐도, 조심스러울 수밖에 없다. 누군가의 고통이 함부로 예술 작품의 소재와 글감으로 차용되거나 소비될 수는 없다. 역사의 애도와는 별도의 문제이다. 누군가가 겪고 있는 고통의 현장이나 끔찍하게 죽어가는 장면을 상세하게 묘사하는 것, 그것은 유가족들에게 고통을 상기시키는 것만으로도 또 하나의 가해가 될 수도 있기 때문이다. 극단적인 예이긴 하지만, 누군가를 살해하고 불을 질러 타오르는 장면을 화폭이나 사진, 영상 또는 글에 담아놓은 텍스트가 있다고 치자. 과연 우리는 그것을 '범죄'가 아닌 '예술'이라 부를 수 있을까. 예술을 빙자한 어떤 말은, 어떤 텍스트는 그 자체로 폭력과 가해의 도구가 되기도 한다. 시인이라면, 더욱더 첨예하게 말들과 싸워야 한다. 모든 변기가 '샘'이 될 수는 없다. 배설로 쏟아놓은 말의 더미들이 다 예술이 되는 것은 아니다.

말이 그냥 말일 때는 말에 불과하지만

어느 입에서는 독 묻은 가시가 되고

마음 내키는 대로 휘두르면 심장 가르는 칼이 되고

때로는 쥐를 키우는 시궁이 된다

말과 싸우다 보면 신에게 감자라도 먹이고 싶다

이왕 사람에게 무기를 줄 생각이었으면

무화과 씨를 혀에 묻혀두거나

무씨 배추씨라도 뿌려뒀으면 세상이 얼마나 순할까

누군가 만나서 따질 게 있을 때

말 대신 농익은 무화과 하나 불쑥 내밀거나

잘 숙성된 김치라도 한 접시 건네면

너와 나의 거리距離가 얼마나 꽃밭 같을까

스스로 신을 만들었다는 사실을 잊어버린 사람들이

오늘도 말로 말을 이기게 해달라고 기도한다

                    - 이호준, 「말ᄅᆖ의 연원」, (『시와징후』 2023년 가을호) 부분

　위의 텍스트는 다소 교조적인 어조와 메시지를 지니고 있긴 하지만, 시인들에게 경종을 울리는 전언을 담은 작품이라 할 수 있다. 그 어느 때보다 우리는 말의 홍수 속에서 살아간다. 오늘날 한국의 서정시 또한 계속해서 길어지고 산만해지고 있다. 비슷비슷한 시인과 시집들이 쏟아져 나온다. 노아의 방주는 이제 폭우와 호우로 인한 홍수의 대비책, 피난처로써가 아니라, 이 시대에 넘쳐나는 말의 홍수, 언어의 물난리 위에 지어져야 할, 침묵과 묵언과 절언의 방주로 새롭게 띄어져야 할 신개념 구명호여야 하지 않을까? 시인의 말마따나 시끄러운 말의 언쟁보다는 "농익은 무화과 하나 불쑥 내밀거나" "잘 숙성된 김치라도 한 접시 건네"는 그런 세상이라면, 지구는 지금보다 훨씬 깨끗하고 평화롭고 고요해지지 않을까.

　상담은 이쯤에서 그만두는 게 옳다는 결론

　분홍색 솔은 애초에 벗어버리는 게 옳다는 결론

그렇습니다

맨발로 산 정상을 향하는 무히가

나를 향해 무섭게 다가와도

딱딱 까아악

메두사는 눈을 부릅뜰 줄 알기에

내향인 이건 아니건 상관없어지지요.

- 한연희, 「분홍색 숄」, (『시와징후』 2023년 가을호) 부분

누구나 아끼는, 보루와도 같은 아름답게 직조된, 따스하고 포근한 "숄" 하나쯤 가지고 있다. 숄이 아니라, 어떤 종류의 외투라도 상관없다. 그 "숄"을 그 외투를 걸치면, 걸치고 말을 하면 우리는 '보다' 안전하다고 느끼곤 한다. 무서운 상담사 앞에서라도 말이다. 외피를 감싸주는 두꺼운 "숄"은 말의 기교들로 지어지기도 하고, 지난 밤 꿈의 교직으로 직조되기도 하고, 눈 앞에 보이는 신문의 헤드라인이나, 아무렴 막 지어낸 거짓말로 짜여져도 상관없다. 색깔 또한 아무 색이라도 괜찮다. 시인은 "분홍색 숄"에 "안심"하고 애착했던 것으로 보인다. "분홍색"은 따뜻하지만 "여리고 여린" "두려움이 웅크려 있는" 나약한 색으로 진술된다. 그러나 독성과 정렬, 자제력을 담은 강한 색깔 "분홍". 시인은 메뉴얼 대로 외향과 내향을 진단하고 조언하는 무의미한 "상담"을 그만두기로 한다. 자기 검열의 "분홍색 숄" 또한 과감하게 벗어 버리고 대신 "메두사의 눈"과 "메두사의 목소리"를 장착하기로 한다. 눈앞의 놓인 장애물, 괴물, 거대한 산을 그동안에는 에돌아

갔다면, 이제는 정면으로 맞닥뜨리고 직면하여, 앞으로 뚫고 나아갈 것을 선언하는 그러한 새로운 국면과 다짐, 치유의 시로 필자는 위의 텍스트를 읽어보았다.

직업상, 필자는 강단에서 "분홍색 숄"을 두르고 얕은 지식을 쉴 새 없이 떠들곤 한다. 때로는 노란색 숄을 두르고 때로는 초록색 숄을 두르고 말과 글을 현란하게 늘어놓는다. 지금, 이 순간에도 검은색 망토를 껴입고 노트북을 켜놓고 탄소를 배출하며 분량 넘긴 글을 주저리주저리 쓰고 있다. 삶을 다시 가동하기 위해, 길 없는 길을 내기 위해, 빛없는 빛을 찾기 위해 조심스레 그러나 끊임없이 무언가를 쓰면서 어둠을 헤치고 "출구 없는 미로" 바깥으로 조금씩 나아간다고 말하면 변명이 될까. 리뷰를 쓰겠다고 타인의 시편들을 임의로 펼쳐놓고 마음대로 끼워 맞추고 헤집고 내 방식대로 읽어내고 있는 밤이다. 사위는 어둡고 고요하다. 시를 읽는 시간은 때로는 평화롭고 때로는 괴롭고 때로는 신묘하다. 같은 작품이라도 읽을 때마다 보이는 징후들이, 반응하는 몸의 정동들이 다 다르다. 손에 잡히는 열쇠의 음각들도 시시각각 다 다르다. 점자로 된 징후의 열쇠들을 더듬는 밤이다. 이 어둠을 더듬더듬 짚어내며 약간의 밝음 쪽으로 나아간다. 미명을 향해 나아가는 이 지난한 밤의 여정을, 다시 오지 않을 이 모든 징후의 순간들을 후회 없이 더욱 힘껏 껴안기로, 기꺼이 사랑하기로 한다.

계간 『시와징후』 2023년 겨울호

3부

뿌리은 절망을 먹고 자란다

날씨 안에서 생성되는
'뿔노래'에 관하여

- 장석주의 시 세계

    순간은 모여서 세월이 되고, 오늘 날씨는 시와 노래가 된다. 한 번 시인은 죽을 때까지 시인으로 영원을 살다. 간다 시인은 마지막 순간까지도 시인으로 죽길 원한다. 시인에게 하루치 양식은 시로 충분하고, 시를 덮고 시인은 잠이 든다. 오늘의 날씨를 자급하며 오늘치 창작의 지복을, 시의 농업을 마무리한 시인의 저녁은 안온하고 더없이 행복하리라. 시인에게 시가 없는 삶이란, 불행이자 암흑이다. 시인은 자신의 삶을 견인해 온 벅찬 운명 앞에서 언제나 의연하고 때로는 아이처럼 투명하고 해맑다. 견디고 버티고 인내한 그 모든 순간의 고통이 이제 단 하나의 "뿔노래"가 되어 보상될 때, 시인은 슬픔을 잊고 다만 천진하게 웃는다. 시인에게 "뿔"은 승화의 기관이다. "뿔"은 자라거나 쇠퇴하거나 제거되기도 하지만 시인은 언제나 매일 아침 새롭게 태어난다. 새로 태어난 시인이 마주한 백지와 백치는 그를 설레게 하는 동시에 공포에 떨게 한다. 지난날, '자살까지도 생략(니체)'하고 비애와 허무의 폭풍우를 극복해 낸, 그들에게 오늘 날씨는 아무리 잔잔할지라도 "뿔" 안에 각인된다. 시인은 오롯하게 시로 버티고 시로 호흡하면서 시를 위해 상처의 "뿔"을 키우고 날씨의 악기를 단련한다. "뿔노래"를 위해 "뿔" 이외 나머

징후의 시학, 빛을 열다

지의 삶은 조공(朝貢)된다. 비록 생활은 "뿔"로 인해 허기지고 궁핍해져만 가더라도, 날렵한 언어의 "뿔" 하나를 보듬고 다듬고 문지르면서 '영원한 시', '순간의 미학', 절명의 문장 한 줄을 얻기 위해서 시인은 매일의 날씨와 연년(年年)의 기후를 관측하며 견딘다. 시인은 모든 고통을 버티거나 그마저도 누리면서 단 하나 알라딘의 램프를 만들어낸다. 지니의 다른 이름은 뮤즈, 뮤즈의 다른 이름은 지니이다. 아, 그러나 현실 세계에서 "뿔"의 뮤즈는 "재능이 아닌" 재난과 재앙을 풀어놓는다. 시인의 "뿔"은 시의 "안테나", 그것은 먹이를 구하는 데에는 쓰이지 않으므로 시인은 자주 배가 고프다. 쓸모없음의 쓸모를 재료 삼아 자라나는, "뿔"은 어쩌면 혹부리 영감의 혹에 가깝다. 때로는 거추장스럽고 무겁기만 한 "혹", 종양 속에 그러나 아름다운 노래가 들어 있다. 시인은 "차라리 나의 가난"도 "뿔"에서 기인한 것이라고 실토한다. 그러나 "뿔"의 씨앗, 그 모든 시작은 운명의 마주침에서 시작된다.

네루다의 시 「시가 내게로 왔다」를 떠올린다. 시와 '나'의 관계성에 주목한다. 번개 혹은 벼락처럼 쏟아져 내린, '시', 시와의 만남은, 응전이 아닌 무방비하게 내리꽂힌, 감전의 형식으로 온다. "그러니까 그 나이였어… 시가/나를 찾아왔어. 몰라, 그게 어디서 왔는지"(네루다)라고 시인은 머뭇거리듯 노래한다. 감전된 순간을 기억하기는 쉽지 않다. 도대체 시가 "언제 어떻게 왔는지 모르겠"으며, 다만 시인은 이제 시에 사로잡혀서 마치 '피리부는 사나이'에 이끌려 절멸하는 쥐떼처럼, 혼이 나간 아이들처럼 시에 이끌려 시의 미궁 속으로 걸어(빨려) 들어갈 뿐이다. 그러나 그 누구도 시인에게 희생이나 순교를, 삶의 방식이나 방향을, 훈

수하거나 다른 삶으로의 전향을 감히 강요할 수 없다. 다만 그들은 그들의 삶을 향수하며 시를 감내하고 향유할 권리가 있다. 시인들에게 다행히 "뽕노래"에 대한 '언어세'는 징수되지 않는다. 무엇보다 그들에게는 나날의 삶이 세금으로 징수된다. 간혹 시를 한 줄도 쓰지 못하는 날에는 존재의 가벼움과 무거움을 동시에 느끼며 사라지고 싶어질 때도 있다. 그러나 숨이 붙어있어야 한다. 그래야 한 줄의 시를 낳을 수 있고, 그것들은 때로는 한꺼번에 쏟아지기도 하므로 시인에게 기다림은 입질을 기다리는 낚시꾼의 그것과도 닮아 있다. 시인은 다시 언어의 씨앗을 파종하고 오늘치의 사유와 독서로 그것들을 무의식의 인큐베이터 안에 배양한다. 혹여 시인에게 시보다 다급하고 중요한 가치를 지니는 무엇이 존재한다면, 목숨도 아깝지 않은 최상의 무엇이 존재한다면, 결국 그것은 시와 동급의 가치를 지니는 귀중한 단 하나의 '그것'이리라. 시가 된 '그것'을 독자들은 훗날 역사 속에서 만나게 된다. 예컨대 이육사 시인처럼 조국 독립이 시보다 우선될 때 그에게 시는 조국이 되고 조국은 곧 시가 된다. 시인은 감옥에서 홀로 죽지 않는다. 그는 시와 함께 조국 광복을 위해 기꺼이 순교한다. 시인은 베냇옷이자 수의인 시의 옷을 입고 끝까지 시와 함께 단 한 번이면서 영원인 생을 버틴다. 그는 혼자가 아니다. 시와 더불어 싸우고 견디고 더러는 전장에서 더러는 시장에서 타협을 하기도 한다. 나라를 팔거나 권력에 곡학아세(曲學阿世)하는 시인도 있다. 연명하거나, 절명하거나, 요절하거나 장수하거나 저마다 그들은 모두 그들 노래의 주인이자 시인이다. 시인은 과거, 현재, 미래의 시를 위해 지금을 호흡한다. 이 세상에는 언제나 다수의 시인들이 존재하고 그들이 길러낸 "뿔"에는 저마다 방금 길어 올린 신선한 "뿔노래"가 산양의 젖처럼 흘러넘친다. "태초의 평화"와 "기쁨의 무한"은 모두 시인의 "뿔"에서 흘러나오는 신성한 "뿔노래"이다. 자 이제, 우리는 누구보다 능숙하지만 언제나 소년의 노래를 하는, 장석주 시인의 "뿔"과 "뿔노래"의 열락(悅樂)과 비밀을 더 가까이에서 살펴보고 향유해 보자.

뿔은 나의 재능이 아니다.
차라리 나의 가난이다.

뿔은 고독이 세운 두 개의 안테나,
뿔이 두 개라면 하나에는 모자를 걸어두겠지.
뿔 없는 세계에는 꿈도 없겠지.
뿔은 없어도 불에 타는 뼈는 있겠지.
뿔이 없다면 초식동물의 세상도 없겠지.

뿔은 장미꽃 봉오리 두 송이,
뿔은 침묵에서 퉁겨나온 야생 늑대,
뿔이 없다면 뿔노래를 만드는 사람도 없겠지.
뿔이 없다면 우리는 단식광대처럼 굶겠지.
뿔이 없다면 엊저녁은 굶고 거리를 떠돌겠지.
뿔이 없다면 상심한 마음은 어디에 걸어둘까.
뿔은 뿔노래와 함께 온다, 저기에서 여기로

뿔은 뿔노래와 함께 온다, 과거에서 미래로

뿔은 누리에 퍼지는 태초의 평화,

뿔은 누리가 가득한 기쁨의 무한!

- 장석주, 「뿔이 없다면 뿔노래도 없겠지」 전문

   시인의 시 본문에 있는 "뿔"들에, "시"를 대입해 본다. '시가 없다면 시 노래도 없겠지'로 바꿔 읽어도 반향과 틈이 크지 않다. 만약 세상에 시가 없어진다면 노래도 꿈도 저토록 천진한 시인들도 전부 다 없어질 것이다. 시가 없는 세상은 얼마나 캄캄하고 삭막한 세상이겠는가. 니체를 빌려 말하자면, 시인이 없는 세상은, 낙타도 사자도 독수리도 아닌, 바로 어린아이가 사라진 희망 없는 세상과도 같으리라. "불에 타는 뼈"들만 뒹구는 황량한 사막에 별자리 하나 없는 밤길을 떠올려보라. "뿔"과 "뿔노래"가 없는 "초식 동물의 세상"은 지옥과 혼돈 그 자체일 것이다. 시인의 전언에서처럼 우리에게 "뿔이 없다면 상심한 마음은" 또한 세상 "어디에 걸어둘" 수 있단 말인가. "뿔"은 꽃으로 피어나기도 한다. 생텍쥐페리의 『어린 왕자』에 등장하는 장미꽃처럼, 그러나 아직 피어나지 않은, "뿔"에서 피어난 존재의 잠재성을 응시한다. 그러한 "뿔은 장미꽃 봉오리 두 송이"로 존재의 마디에 맺힌다. 마침내 개화될 한 송이 장미꽃은 시인에게, 나머지 한 송이는 독자에게 전해질 것이다. 곧 피어날 아름다움의 가능성이 등불 같은 봉오리로 영글어 있다. "기쁨의 무한"

                                   징후의 시학, 빛을 열다

이 될 "뿔"과 시의 결정들은 꽃봉오리 안에 맺힌다. 자, 그렇다면 태초의 "뿔"은 대체 어디에서 오는가. 시인은 "뿔"은 "재능이 아닌" "가난"에서 오고, "고독"에서 오고, "침묵"에서 온다고 전언한다. 여기에서 그의 시의 연원에 관한 비밀이 풀린다. "뿔은 뿔노래와 함께", "저기에서 여기로", "과거에서 미래로", 그것은 때로는 가까이에서 오기도 하지만 "천고의 뒤에/백마 타고 오는 초인(超人)"(「광야」, 이육사)의 그것처럼 험난하고 험준한 머나먼 시공을 초월해 오기도 할 것이다. "뿔"은 누군가 먼저 뿌려둔 "가난한 노래의 씨"(「광야」)앗 하나에서 시작되기도 한다. 그 작은 씨앗 하나에서 출발한 노래가 후대의 시인에게 도착해 뒤늦게 발아되기도 하는 것이다. "뿔"은 무의식의 원형(Archetype)과 유전을 반영하기도 한다. "뿔노래"는 "뿔노래를 만드는 사람"의 공명(共鳴)에 앞선다. "뿔"은 "뿔노래"에 앞서거나 뒤에 존재하기도 하지만, "뿔노래"와 동시에 오가기도 한다. "뿔과 뿔노래"의 운명 안에 시인은 갇힌다. 시인은 그 운명 안에 수인(囚人)이 되어 "뿔" 안에 자발적으로 감금되고 "뿔" 바깥으로 흘러 나갈 곡조의 "뿔노래"를 지어 간헐적인 탈옥의 해방을 맛본다. "뿔"은 시인의 목울대이자 성감대이자 뮤즈의 노래를 파동으로 하는 고막이 되기도 하다. "뿔"과 "뿔노래"에 감염된 자는 고질적인 감염원에 구속되고 노래 속에서만 해방의 구원을 얻는다.

이 세상 모든 시인에게는, "한 송이 국화꽃", "대추 한 알", 먼지 한 올조차도 당연한 것은 없다. 나와 지금 여기, 마주 보는 모든 것들에게 최대한의 의미, 특별하고 극진한 운명을 부여하는 자가 또한 시인이다. 그들은 시(詩)를 창조하는 자신의 운명을 애증한다. 시인은 운명애

(Amor pati)의 신(神)이다. 시인은, 모두 그들 삶의 신(神)이자 제물로 존재하며, 그들만의 세계를 작품 안에서 (재)창조해 낸다. 미당은 "노오란 네 꽃잎이 피려고/간밤엔 무서리가 저리 내리고/내게는 잠도 오지 않았나 보다"(「국화 옆에서」)라고 그의 세계를, 우주를 노래했다. 이처럼 시인에게는 우주 만물의 살아있음, 국화꽃 한 송이조차 단순하고 우연하게 피어나는, 당연한 존재가 아니다. 봄의 소쩍새 울음과 여름의 천둥소리, 초가을 무서리와 시인의 무수한 불면하던 밤들이 모여서, 한 송이 국화꽃은 겨우 꽃 피워지는 것이다. 시인의 불면은, 나아가 그가 겪어온 모든 불행조차 국화꽃 한 송이(시)의 개화에 헌신하고 기여한다. 자, 여기에 물에 빠져 허우적거리는 한 사람이 있다고 치자. 그가 필사적으로 부여잡으려 하는 대상을 시(詩)라고 하자. 지푸라기 하나, 썩어 빠진 동아줄 하나라도 그에게는 쓸모없지 않다. 무엇이든 그에게는 다급하게 필요한 절실한 구명환이 된다. 시는 그렇게 누군가에는 간절한 구원이자 해방이 된다. 앞서 〈한 송이 국화꽃〉을 노래한 시인의 시에 등장하는 거울 앞에선 누님에게 "무서리 저리 내린" 파란만장한 삶이 있었다 치자. 누이의 신산한 삶조차 시인에게는 시를 위한 쓸모가 되는 아이러니로 전환된다. 시인에게 모든 세계는 하물며, 불행과 연민과 슬픔과 치욕까지 모두 시의 재료와 질료가 된다. 이 모든 불행과 역경들은 "뿔"이 되고 "뿔노래"가 되어 다시 시인의 삶을 찬란하게 비춘다.

　시인은 언어의 꽃을 피운다. 한때는 날카로운 가시로 뒤덮힌 붉디 붉은 장미의 노래였을지도 모를, 그러나 지금은 원숙하고 온화한 "노오란" 국화꽃으로 돌아온 누님을 닮은 시와 노래. 시인도 시인의 노래도

　　　　　　　　　　　　　　징후의 시학, 빛을 열다

그렇게 우주의 심장 박동 속에서 함께 황금빛으로 무르익어 간다. "대추 한 알"처럼 대자연을 수용하고 견뎌낸 그것은 자기 생을 빛깔과 색깔로 채워나간다. 절망과 좌절, 희망과 공포의 태풍과 폭풍은 수도 없이 대추나무를 흔들었을 것이다. 대추 열매는 떨어지지 않기 위해 안간힘으로 가지 위에서 아슬아슬하게 그 자기 생의 무게를 견디고 버텨냈을 것이다. 그런데도 온 우주가 협력해도 시인의 불면이 없으면, 미당에게는 한 송이 국화꽃은 결코 피어날 수 없는 존재인 것이다. 김춘수의 꽃 역시도 시인이 불러 주지 않으면 그 꽃은 꽃이 될 수 없는 무명의 존재인 것에 반해, 장석주의 "대추 한 알"은 시인의 불면과 자의식과 특권, 호명 없이도, 다만 스스로 대자연 속에서 생겨나 존재하고 붉고 탄탄하게 익어간다. 아내와 누이와 어머니의 신산한 생을 끌어오지 않아도 그대로의 "대추 한 알"은 대자연 속에서 익어간다. 장석주의 「대추 한 알」에는 신적 자아의 개입 없이도 날씨와 기후만으로 충만하게 익어가는 생명이 깃들어 있다. 한 알의 열매에는 그가 견뎌낸 매일의 날씨와 나무의 노력이 알알이 깃들어 있다. "대추 한 알"이 빨갛게 익어가는 데에 우주적 자아, 영웅적 자아, 초월적 자아의 개입이나 선언이 필요치 않다는 인식은 이전의 (대)시인들과 장석주 시인 간의 차별적 지점이다. 태풍, 천둥, 벼락, 무서리, 땡볕, 초승달 몇 개면, 그것들도 충분하다. 누군가의 불행도 시적 화자의 불면과 고뇌와 자의식도 불필요하다. "애비는 종이었다"(「자화상」, 서정주)로 시작되는 자조와 한탄 없이도, 병든 수캐의 헐떡임이나 문둥병이나 천형에 뉘우침이 없어도, "대추 한 알"은 "대추 한 알"의 자족적 세계를 이루며 붉게 익어간다. 이성복 시인 또한 "네 고통은 나뭇잎 하나 푸르게 하지 못한다"라고 하지 않았던 가. 그런데도 자연에는 "저절로"와 "저 혼자"가 없다는 인식, 대추는 대추대로 붉게 시인의 고통은 시인의 고통대로 푸르게 저마다 지극하게 빛난다.

저게 저절로 붉어질 리는 없다.
저 안에 태풍 몇 개
저 안에 천둥 몇 개
저 안에 벼락 몇 개

저게 저 혼자 둥글어질 리는 없다.
저 안에 무서리 내리는 몇 밤
저 안에 땡볕 두어 달
저 안에 초승달 몇 낱

– 「대추 한 알」 전문

그러나 이제, 당신이 한 그루의 대추나무, 혹은 "명자나무"라면 이야기는 달라진다. 당신의 모든 불행은 당신의 열매들을 위해 봉사해야 할지도 모른다. 어리고 여린 열매를 뒤흔드는 태풍과 폭우 속에서 당신은 한 알의 낙과라도 살리기 위해, 지독한 날씨와 악천후를 버텨야 한다. 죽지 않고 견뎌낸 시간과 노력은 숭고의 열매를 더 단단하고 붉게 하고,

징후의 시학, 빛을 열다

슬픔은 어느덧 높은 브릭스를 자랑하는 아름다운 문장이 되어 독자들을 감동으로 이끈다. 태풍과 천둥, 벼락의 날들, 무서리 내리는 차디찬 밤들과 뜨거운 땡볕의 날들, 초승달 몇 낱의 날카로운 베임 앞에서도 당신이 생을 포기하거나 굴복하지 않고, 기필코 이토록 지리멸렬의 생을 아기처럼 보듬고 간신히 버텨냈을 경우의 이야기다. "대추 한 알"이 붉게 익어서 자글자글한 지문과 손금과 주저흔으로 가득 찬 당신의 양손 안에 공손하게 놓여 있다. 그 안에 깃든 우주, 생명은 당신이라는 생명 안에 오롯하게 담겨 있다. 세상 모든 만물들에게, "저절로"와 "저 혼자"의 있음의 존재론적 원리는 가능하지 않다. 모든 것들은 서로 이어져 있고, 긴밀하게 상호작용한다. 누가 가르쳐주지 않아도 "종달새"는 "종달새"의 노래를 부르고 "사자 새끼"는 "사자 소리"를 내고 소년은 그날의 날씨를 호흡하면서 한 뼘 한 뼘 성장해 나간다.

　장석주 시인의 「대추 한 알」 외에도 「명자나무」를 좋아한다. 그의 시는 메타시다. 신작시 「뿔이 없다면 뿔노래도 없겠지」도 같은 맥락에서 시인의 시론을 담은 메타시로 읽힌다. 장석주 시인, 그의 "뿔노래" 들에는 "뿔"의 전생들이 각인되어 있다. 그 "뿔"은 계속해서 자라난다. 그는 "뿔은 나의 재능이 아니다", "차라리 나의 가난이다"라고 겸허하게 전언했지만, 대다수의 시인은 재능으로서의 "뿔", 말재주의 기관으로서의 "뿔"을 기교로써 연마하는 데에만 공을 들인다. 그러나 장석주 시인의 "뿔"은 다르다. 그의 "뿔"과 "뿔노래"는 기교와 재능이 아닌, 존재의 존재성을 증명하는 모든 행위와 노력과 과업, 노동과 열락(悅樂)이 함께 있는, 일이면서 제의이면서 놀이인 것인데, 이는 어린아이와 소년의 투명한 유희에 더 가깝다. 그는 죽음에도 허무와 비극에도 더 이상 사로잡히지 않는다. 필자가 읽어낸 장석주의 시편들에는 죽어가는 것들, 쇠락한 것들보다는 우주의 움틀 거리는 온갖 생명들, 발아하고 발화하고 열매 맺고 익어가는 것들, 여름의 농익음과 가을의 결실들, 아름다운 생명의 노래들로 풍성하고 그득하다. 그는 수많은 산문에서 결핍과 절망과 허무에 관해 '우아하게 말하는 방식'으로 그것들을 폭발적으로 써 내려갔지만, 그의 시에는 절망과 허무보다는 낙관과 희망으로 가득 차 있음에 놀라게 된다. 시로 충만한 삶에의 감사, 생에의 낙관, 생명에의 경이, 매일의 감사와 신비, 안분지족의 삶, 그날 그날 날씨와 자연 만물에의 새로운 놀람과 호기심, 그에 대한 번뜩이는 문장들과 사색과 명상, 산책과 여행과 책 읽기에서 오는 소소한 기쁨만으로도 이미 그의 삶과 시는 초월적이며, 동시에 행복으로 충만해 보인다. 장석주 시인의 최근 시들의 발화 양식은 그의 시의 발화 양식은 갈수록 더욱 젊어지는 데 비해 내용은 더욱 웅숭깊어지고 있음을 알 수 있다. "뿔노래"의 생기와 아름다움은 독자들에게도 고스란히 전달된다. 시인의 "뿔"과 "뿔노래"를 듣는 일은 독자들에게도 행복이다. 한편, 단단하고 뾰족한 "뿔"의 무게는 사막을 걸어가는 낙타의 그것처럼, 시인이 오롯하게 버티고 짊어지고 가야 하는 혹이자, 생의 무게로 체감되기도 하는 것이리라. 그러나 "뿔"은 시인에게는 최상의 무기이자 악기, 안테나, 나침반, 별자리, 저장고인 것이 분명하다. "뿔은 고독이 세운 두 개의 안테나", 즉 시인에게 "뿔"은 어두운 길을 밝혀주는 등불, 등대, 좌표, 더듬이이면서, 더없이

든든한 친구가 되어준다. 이제 시인은 나와 당신에게 묻는다. 당신은 당신의 "뿔"과 "뿔노래"를 지녔는가. 당신은 그것들이 주는 "태초의 평화", "기쁨의 무한"을 누려본 적이 있는가. 또한 당신은 당신의 봄날에 당신의 "종달새의 노래에"도 "귀를 기울여 본" 적이 있는가?

당신은 종달새입니까? 당신은 저 푸른 보리밭 너머에서 노래를 하나요? 물고기에게 헤엄을 가르칠 수 없듯이 당신에게 노래를 가르칠 수는 없어요. 안뜰의 모란에게 누가 저토록 붉은 꽃을 피우라고 했나요? 뒤뜰의 석류에게 누가 홍보석으로 속을 꽉 채운 붉은 열매를 맺으라고 했나요? 아무도 그렇게 하지 않았죠. 백합꽃은 희고 동백꽃은 붉어요. 누가 백합에게 흰 꽃을 피우라고 했나요? 누가 동백에게 붉은 꽃을 피우라고 했나요? 아무도 그렇게 하지 않았죠. 누가 거울을 보고 빛을 반사하라고 시켰을까요? 한가로운 봄날 가랑가랑 내리는 가랑비는 왜 한사코 검은 매화나무 가지를 적실까요? 진눈깨비는 왜 물기를 머금고 무겁게 검은 눈썹에 달라붙을까요? 까마귀의 날개깃은 왜 흑단처럼 검고, 새싹은 왜 온통 초록색일까요? 아무도 그렇게 하라고 명령하지 않았죠. 세상은 자유롭고 다들 제멋대로지요. 봄날엔 종달새 노래에 귀를 기울여보세요. 광대한 어제를 박차고 스프링처럼 튀어 오르는 종달새, 오늘의 죽음을 물고 전속력으로 달리는 종달새, 녹색 세계의 총아인 천진한 종달새, 하늘에 뿌리를 내린 저 명랑한 꽃들! 세상의 캄캄한 귀들아, 저 찬란한 미로에서 운모처럼 점점이 반짝이는 종달새의 노래를 들어라! 태초의 혼돈에서 피어나는 착한 꽃들아, 종달새의 노래를 들어라! 당신이 야만

인을 조금만 덜 미워하고, 오늘 죽을 자에게는 며칠 더 살아서 이 누리의 빛과 향기를 누리도록 허락하라! 세상은 조금 더 살만하고, 최후의 심판의 날도 며칠 더 늦춰지겠지요. 이것은 우리가 누려야 할 아름다움의 사치지요.

- 장석주, 「나의 종달새에게」 전문

  종달새는 누가 가르쳐주지 않아도 "종달새의 노래"를 한다. "뿔"은 "뿔노래"와 함께 "뿔노래를 만드는 사람"을 거쳐 울려 퍼지지만 자연은 그렇지 않다. 자연은 누가 가르쳐주지 않아도 그 스스로가 자신의 노래를 짓고 부른다. "뿔"의 노래는 "종달새"의 노래로 전유된다. 시인은 다시 당신에게 묻는다. 아니다. 이번에는 권유한다. 당신의 귀를 열라고. 당신은 종달새의 노래를 들은 적이 있는가? 만약 없다면, 당신은 이제 "저 찬란한 미로에서" "운모처럼 점점이 반짝이는 종달새의 노래를 들"을 것을 시인은 종용한다. 그렇다면, 자연이 자연을 살아내듯, 시인에게 시를 가르치는 것은 가능한 일인가를 물어볼 수도 있다. 누군가 너는 시인이 되라고 시인의 삶을 강요할 수 있을까. 앞서 언급한 네루다의 시에서처럼 그것은 불가능하다. 장석주 시인 역시 "물고기에게 헤엄을 가르칠 수 없듯이 당신에게 노래를 가르칠 수는 없어요"라고 시인이 시인을 가르칠 수는 없는 한계성과 불가능성을 이 시를 통해 고백한다. 오히려 시인을 가르치는 것은 날씨와 기후, 파도와 바람, 흙과 농작물

징후의 시학, 빛을 열다

일지 모른다. 종달새의 하루가 생명의 찬가를 부르는 것만으로 가득 찬 것도 아니다. "오늘의 죽음을 물고 전속력으로 달리는 종달새"가 도달하는 최후의 지점은 냉혹하게 말하자면 결국 "죽음"의 순간이 아닐 수 없다. 이처럼 종달새가 종달새의 노래를 하지 않는 순간에도, 그 입에는 "죽음"이 물려 있음을 시인은 알고 있다. 설령 내일의 죽음이 내일을 기다리고 있을지라도, 당신은 "광대한 어제를 박차고 스프링처럼 튀어 오르는 종달새"의 오늘의 도약을 바라보고, "천진한 종달새"의 노래에 귀를 기울일 일이다. 그리하면 "세상은 조금 더 살만" 해지고, "우리가 누려야 할 아름다움의 사치"는 다름 아닌, '지금 여기', 자연이 주는 "빛과 향기"를 마음껏 누리는 것. 그 이상도 이하도 아닌 게 된다. "최후의 심판의 날"을 자연을 포함한 인간은 알 수는 없다. 다만 종달새가 종달새의 노래를 하고, 사자 새끼가 사자의 울음을 울 듯, 당신은 당신만의 노래를 당신 안에서 치열하게 길어 올릴 일이다. 그런 의미에서 시인은 무명의 독자에게 그리고 앵무새의 흉내를 흉내 내는 가짜 시인들에게 자명종 같은 울림과 각성의 메시지를 전하고 있는 셈이다. 이제 시인이 쓴 "시인"에 관한 시 한 편을 읽어 보자.

겨우 하나의 삶이라고 하자.
아니면 아름다운 전쟁이라고 하자.
혹해 날씨는 흐리거나 맑겠구나.
누군가는 술과 담배를 원하고
하늘에서는 커다란 손이 떨어진다.

응달엔 눈이 파랗게 살아 있다.

각급 학교가 개강을 시작하면

조카는 문법 공부에 열중한다.

나는 향신료를 넣은 고기 파이를 싫어하고

봄비 소리를 듣는 순한 귀를 좋아한다.

빗소리에 귀를 기울이면 비는 그친다.

베란다 반려식물들에 물을 주고 돌아설 때

시간은 있다, 아직 시간은 있다.

한 취사병이 부대원이 먹을 음식에 침과 오줌을 섞고

길고양이는 새벽에 문밖에 와서 운다.

오, 나는 너고, 너는 나다.

고양이가 없는 세상은 상상조차 어렵다.

길모퉁이에서 나는 당신과 헤어진다.

아무리 작은 슬픔도 그냥 사라지는 법은 없다.

편의점에서 우산 몇 개가 팔린 시시한 하루,

비 갠 오후 나는 납골당에 가지 않았다.

- 장석주, 「시인」 전문

시적 주체는 삶이 "겨우 하나의 삶"일 뿐이라고 전언(傳言)하지만 이는 반어에 가깝다. 오히려 인생이 "겨우", "하나"에 불과하다면 오히려 다행이 아닐까. 시가 아닌 현실의 문맥에서라면 전쟁은 아름다움의 보조관념이 될 수 없다. "아름다운 전쟁"이 가능한가. "겨우"와 "아름다운"은 삶 자체를 빗댄 반어적 수사로서만 아름다울 뿐이다. 시는 불가능성의 가능성, 쓸모없음의 쓸모를 노래한다. 시인의 눈은 없는 것을 본다. 다른 사람들의 시선 밖에 있는 것들, 이를 테면 위의 텍스트에서도 시적 주체는 "응달엔 눈이 파랗게 살아 있"음, 아무도 주목하지 않는 응달의 눈을 응시한다. 어둡고 차가운 응달이 생명의 장소로 바뀌는 시적 순간이다. 생명은 양지에서만 자란다는 편견이 있다. 그러나 더러는 어둠이 지켜내고 키워내는 생명도 있다. 나와 너는 서로에게 타인으로 존재한다. 타인은 타인의 취향으로 인해 타인이고 시인은 시인의 취향으로 인해 시인이다. 시적 주체는 "향신료를 넣은 고기 파이를 싫어하고", "봄비 소리를 듣는 순한 귀를 좋아"한다고 편식과 편애를 고백한다. 이 또한 시인의 취향이지만, "빗소리에 귀를 기울이면 비는 그치"게 되는 순간까지도 모든 것은 자연의 순환과 원리에 속한다. 그런 의미에서 시인은 박애주의자가 아닌, 지독한 편애주의자이다. 시인은 비와 빗소리를 좋아하거나 싫어하고, 고양이를 좋아하거나 싫어한다. "향신료를 넣은 고기 파이"는 싫어하지만, 향신료 자체는 좋아할 수 있다. "나는 너고, 너는 나"이지만 그 둘은 간헐적으로 헤어지고 종종 다시 만난다. 시인은 "아무리 작은 슬픔도 그냥 사라지"게 하지 않는다. 그들은 집요하고, 슬픔은 시의 누룩이 되어 시로 발효되고 빚어진다. "편의점에서 우산 몇 개가 팔린 시시한 하루", "비 갠 오후" 어떤 "나는 납골당에 가지 않았"어도, 그 "나"는 "시인"이므로, 그는 이미 "납골당" 안에 살고 있다. 그는 다만 기도한다. 단 한 편의 시, "하늘에서는 커다란 손" 하나가 떨어지길, 간절히 바란다. 시인에게 "하늘"과 "바다"는 모든 "날씨"들의 기원이다. 이제 시인이 사랑한 "날씨와 기후"에 관한 시를 읽어 보자.

옥수수 껍질을 벗기는 동안 가을 저녁이
새와 고양이와 식물들과 함께 새로 온다.
저 먼 곳에서 미쳐 날뛰고 춤추는 바다,
어쩌면 바다는 잠잠했을지도 모른다.
오늘의 날씨는 변화무쌍하고
기후가 혼돈을 낳고 날씨는 농담을 낳는다.

먼 데서 아가미 없이 깨어나는 소년아,
날씨가 기후를 이기는 까닭을 묻지 마라.
다만 날씨가 네 영혼을 단련하게 하라!
정원에 죽은 개를 묻고 부엌엔 불을 켜두고 잠 든다.
개가 손등을 핥던 순간을 기억하자.
주검을 위생적으로 처리하는 기술이 자꾸 진화한다.
이 가을 저녁 누가 나에게 말해줄까,
모란과 작약 꽃은 왜 시드는지를,
개는 왜 사람보다 일찍 죽고
장미꽃은 왜 늦여름에 더 붉은가를,

징후의 시학, 빛을 열다

얼마나 견뎌야만 저 영원의 가장자리에 가 닿을까를.

당신은 꿈도 야망도 없이 사는 이웃에게

가서 말하라, 날씨가 기후를 어떻게 견디는가를,

사랑하는 사람아, 기후가 오고 있다고,

가서 말하라, 날씨는 우리가 모르는 곳에서

뱀이 죽듯이 죽음을 맞는다고!

소년은 자꾸 양치류처럼 웃는구나.

내 혈압은 정상이고 맥동은 고르게 뛴다.

내 고독엔 손가락 하나도 대지 마라.

고독이 고독을 위해 차린 소찬을 먹게 하라.

이제 더는 누군가를 사랑할 일이 없겠구나.

나는 세포 단위로 날씨를 견디겠구나.

오늘 저녁은 운동화 끈을 묶고

황혼의 올빼미가 나는 곳까지 걷는다.

당신이 소년이라면 관목 그림자 지는 곳에서

우연히 마주쳐도 나를 아는 척도 하지 마라!

- 장석주, 「날씨와 기후」 전문

시적 주체는 "기후가 혼돈을 낳고 날씨는 농담을 낳는다"고 하였지만, "기후"와 "날씨"가 낳는 것, 산출하는 것은 "혼돈"과 "농담"에만 그치지는 않는다. 날씨와 기후는 오늘의 시(詩), 오늘의 "뿔노래"를 낳기도 하고, 또는 과거와 현재와 미래를 동시에 잉태한 기형의, 혹은 (불)가능성의 시를 낳기도 한다. 먼바다에서부터 다가오는 파도의 시작, 그 최초의 형체를, 소용돌이를 우리는 알 수는 없다. 다만 "미쳐 날뛰고 춤추는 바다"였거나 더없이 "잠잠했을" 고요의 바다를 짐작할 따름이다. 그것들은 '지금 여기'의 시인에게 "가을 저녁"의 얼굴을 하고서 "새와 고양이와 식물들과 함께" 잔잔하고 평화롭게 다가온다. 시인에게는 낯설지만 익숙한, 새날의 풍경이다. "오늘의 날씨는 변화무쌍하고", 시인은 "날씨", 지나온 "기후"들을, 그 모든 천재지변(天災地變)을 그는 사랑하기로 한다. 시인에게 재난의 악보는 더욱 아름답게 새겨진다. 소년은 호명된다. 시인에게 소년은 그 자신의 페르소나이기도 하다. 시적 주체는 시의 안과 밖, 시간의 안과 밖에 동시에 존재하는 소년에게 "날씨가 기후를 이기는 까닭을 묻지" 말 것과 "다만 날씨가 네 영혼을 단련하게 하라"고 전언한다. 그 모든 고통과 고독과 인내의 시간을 시인은 "세포 단위로" 묵묵히 견뎌내고 "저 영원의 가장자리에" 다가가 달게 부를 단 하나의 영원한 "뿔노래", 시(詩)를 기다린다.

나는 일곱 번이나 안으로 접힌 존재,
횡격막 아래 비밀 일곱 개를 숨겼으니
올해 가을엔 시간이 없었지.
아예 입도 뻥긋 못할 만큼 바쁘지.

징후의 시학, 빛을 열다

녹색별의 궤도와 달의 분화구, 구름의 변화와 영리한 소년의 미래, '끝'이라는 단어가 품은 슬픔, 내 것인지도 모른 채 움켜쥔 사유재산, 별의 순간과 당신의 에티튜드, 그 모든 걸 당신과 허심탄회하게 이야기하자.

올해 가을은 벌써 끝나버렸지.
마가목 열매를 따느라고 시간이 없었지.
평범한 날씨와 맥주 첫 잔의 크나큰 기쁨,
기침을 하는 당신의 흰 이마,
별과 깃털이 있는 곤충과 죽어가는 것을
돌보느라 당신은 정말 바빴지.
산골짜기와 강물과 함께
다음 생을 기다릴 여유조차 없이 바빴지.

– 장석주, 「올해 가을은 정말 바빴지」 부분

시적 주체는 지나간 "올해 가을"의 이야기들을 풍성하게 늘어놓지만, 결국 시인은 시인의 일상에 관해서, 인생 전체에 관해서 제유적으로 이야기하고 있음을 알 수 있다. "올해 가을"의 수확 이야기는 올해의 시, 어제와 내일의 시에 관한 이야기로 소급해서 읽어도 된다. 한편 위의 텍스트에서 시인은 언술 주체로, "나"를 내세운다. 그러나 이때의 "나"는 1인칭의 "나"가 아니다. 1인칭을 포월(包越)하는 1인칭 이상의 존재로서의 "나"이다. 곧 소년이면서 시인이면서 "당신" 그 자신이 바로 "나"가 된다. "나"의 이야기이면서 "당신"의 시가 되는, 텍스트 그 자체가 되기도 한다. 그러므로 이 시에서 당신과 나는 이제 수시로 호환된다. "녹색별의 궤도와 달의 분화구, 구름의 변화와 영리한 소년의 미래"를 시인은 그려낸다. "'끝'이라는 단어가 품은 슬픔, 내 것인지도 모른 채 움켜쥔 사유재산, 별의 순간과 당신의 에티튜드, 그 모든 걸" 이야기하기에는 이번 생은 짧고, 벅차고 그런데도 시인은 시인의 노래를 해야만 하는 숙명과 과업을 지닌 존재이다. 오늘의 날씨는 오늘의 날씨가 아닐 수도 있다. 당신은 오늘의 날씨 안에서, 당신만의 "뿔"을 키우고 가꾸고 매만진다. 날씨는 오고 날씨는 간다. 견디거나 즐기거나 그것은 당신의 태도와 선택이다. 시(詩)도 날씨도 기록하는 자, 향유하는 자에게만 즐거움과 의미를 남긴다. 다시 글의 처음으로 돌아간다. 순간은 모여서 세월이 되고, 당신이 즐기거나 견딘 오늘의 날씨는, 이윽고 당신의 "뿔노래"가 되어 "뿔" 안에서 흘러나오리니. 당신은 당신의 오늘의 날씨를 즐겨라. 오늘을 붙잡아라. 시인이 감춘 "횡격막 아래 비밀", 그 "일곱 개의 비밀"은, 바로 '카르페 디엠(carpe diem)'의 전언이 아닐까. 시인은 비밀을 감추고 평론가와 독자는 비밀을 찾아내는 숨바꼭질 놀이를 일단은 여기서 끝맺으려 한다. 놀이는 계속 될 것이고, 당신은 놀이의 긴장감과 쾌감을 즐길 일이다. 자, 이제 필자가 편애한 시, 「명자나무」를 인용하며 아쉽지만 부족한 이 글을 마름할까 한다.

불행을 질투할 권리를 네게 준 적 없으니

징후의 시학, 빛을 열다

불행의 터럭 하나 건드리지 마라!

불행 앞에서 비굴하지 말 것. 허리를 곧추 세울 것. 헤프게 울지 말 것.
울음으로 타인의 동정을 구하지 말 것. 꼭 울어야만 한다면 흩날리는
진눈깨비 앞에서 울 것. 외양간이나 마른 우물로 휘몰려가는 진눈깨비
를 바라보며 울 것. 비겁하게 피하지 말 것. 저녁마다 술집들을 순례하지
말 것. 모자를 쓰지 말 것. 콧수염을 기르지 말 것. 딱딱한 씨앗이나 마른
과일을 천천히 씹을 것. 다만 쐐기풀을 견디듯 외로움을 혼자 견딜 것.

쓸쓸히 걷는 습관을 가진 자들은 안다.
불행은 장엄 열반이다.
너도 우니? 울어라, 울음도
견딤의 한 형식인 것을,
달의 뒤편에서 명자나무가 자란다는 것을
잊지 마라.

— 장석주, 「명자나무」 전문

『한국문학』 2022년 하반기호

당신과 만나는 천국,

시(詩)

- 허연의 시 세계

1. 에필로그 : "검은 피"의 종족을 기억하는 밤

허연의 시 세계를 사랑의 시학이라고 말하지 않을 수 없다. 사랑에 관해, 신에 관해, 당신에 관해, 그리고 시인 자신에 관해, 배척은 다른 이름의 강렬한 희구(希求)이다. 악한이거나 진정 불온한 사람은 자신의 불온에 대해 말할 수 없고, 죄에 관해 말하지 않는다. 그에게 죄라는 개념은 성립하지 않기 때문이다. 악인에게는 자백과 참회가 있을 수 없다. 순수한 영혼의 사람만이 자신을 "나쁜" 사람이라고 자인하며 후회하고 고해할 수 있는 것이 아닐까. "너희 중에 죄 없는 사람이 나와 이 여인을 돌로 쳐라"라고 했던 한 성인의 전언, 삶은 결국 죄를 쌓아가는 시간의 축적이자 축업이다. 죄가 없다면, 죄에 대한 인식과 자책이 없다면, 인간은 죄 사함이나 용서와 구원을 받을 수 없고, 진리 또한 그 근원을 찾아가는 자에게만 언뜻언뜻 그 그림자를 간헐적으로 일부분만 보여주므로 신, 진리, 구원은 이를 찾아가는 자에게만 열리는 어쩌면 세상에서 가장 좁은 문이거나 혹은 지나치게 넓어서 보이지 않는 문일지도 모른다. 그 문은 열려 있으나 잠겨 있고 투명하지만 불투명해서, 문은커녕 문의 열쇠조차 평생토록 발견하지 못하는 사람들이 대다수일

징후의 시학, 빛을 열다

것이다. 어쩌면 구원은 '도둑맞은 편지'처럼 혹은 술래의 손수건처럼 우리의 등 뒤에 태연하게 놓여 있을지도 모른다. 그러나 설령 동굴 속에서 출구의 그림자를 발견한다고 해도, 출구의 그림자에 직면해 그것들을 인간의 언어로 온전하게 정의 내리거나 명확하게 재현하여 그 형상을 명확하게 단정할 수 있기는 하는 것일까. 단지 그것은 절박하고 간절한 자들에게만 일시적 암호로서 개별적으로 나타났다가 사라지는 단회적 암호로서만 그때그때 해석되고 차용되는, 마치 은행에서 발급하는 OTP 카드처럼 단 몇 초만 떴다가 사라지는 일회적이거나 잠정적인 진실 같은 것은 아닐까. 무(無)가 아니고, 존재하지 않는 것은 아닌 그것, 어쩌면 비밀스러운, 천국을 찾아가는 여정 가운데에, 허연 시학의 맹렬함과 집요함과 성실함과 꾸준함이 존재한다. 그것은 결코 포기될 수 없는, 만남에 강렬하고도 도저한 간구(干求)인 것인데, 간절함은 언제나 일종의 제의의 형식을 띤다. 그것은 또한 긴 이별을 더께로 업고 오는 순간의 만남, 노래의 형식을 띠고 온다. "당신은 언제 노래가 되"어 혹은 천사가 되어 우리에게 도착하는가. 그것은 오는 동시에 떠나는 이별이다. 순간의 구원이다. 그러나 제의 중에, 제의 후에 시가 누린다. 우리는 그 잔해를, 시를, 당신을 만나는 진귀한 노래를 음복하고 향유한다.

이별의 종류는 너무 많으니까. 또 생기니까.

너무 많은 길을 가리키고 서 있는 표지판과
너무 많은 방향으로 날아오르는 새들과

너무 많은 바다로 가는 배들과

너무 많은 돌멩이들

사랑해 그렇지만

불타는 자동차에서 내리기.

당신은 언제 노래가 되지.

-「당신은 언제 노래가 되지」 부분, 『당신은 언제 노래가 되지』

(문학과지성사, 2020)

    허연의 시 세계는 이처럼 당신으로 향하는 사랑의 시학이면서 제의와 만남, 구제의 시학으로 점철된다. 시인은 원래 사제나 수도자가 되려고 했다고 한다. 신으로부터 보장받을 은총과 구원의 안온함과 성스러운 광휘, 보장된 구제의 길을 기꺼이 포기하고 문학의 길로 들어선 그다. 천국의 지도와 열쇠를 망망대해에 던져버리고, 그는 스스로가 나침반과 열쇠공이 되기로 자처한다. 그것은 일종의 운명과 기대에 대한 "반기"이자 저항인 동시에 스스로가 일으킨 혁명과 폭풍우 속으로의 새로운 '던짐(企投)'이라 할 수 있다. 그는 난파되기 위해 배를 몰아간다. 추락하기 위해 새처럼 잠시 허공 위를 날아오른다. 소년은 비로소 자신만의 좌표를 찍고, 스스로를 최초로 세계 내에 정립하기 위해, 실존의 길 위에 선

징후의 시학, 빛을 열다

것이다. "트램펄린" 위에 여기 한 소년이 선다. 어른들에 의해 등이 떠밀리기도 한다. 트램펄린이라면 그나마 다행인데, 높이가 번지점프 수준이라면 낭떠러지라면 소년의 안전끈은 안전하게 존재할 것인가. 소년은 추락하기 위해, "트램펄린"에 오르고, 튕겨 나가거나 내동댕이쳐지고, 그러나 "최선을 다해서 일어서"야 한다. 여기서 소년의 꿈은 간단하다. 추락하더라도 내가 떨어질 방향을 직접 고르고 싶다는 것, 무엇이든 타의가 아닌, 자의에 의해 이제는 상처와 고통의 맥락조차 스스로 선택하고 싶다는 것. 그러나 선택의 순간, 무언가를 고르거나 결정할 수 있는 기회조차도 아무에게나 쉽게 주어지는 것은 아니다. 어떤 사람들에게는 선택이란 배당이 애초에 없다. 그것은 목숨을 걸고 찾아 나서야만 겨우 주어지곤 한다[1]. 하여 빈자에게 선택은 유산자들에게만 허용된 사치처럼 보이기도 한다. 한편 선택은 때로는 신, 부모, 사회에 대한 반항이나 저항을 함의하기도 한다. 아담과 이브가 선악과를 앞에 두고, 선택의 기로에 섰을 때처럼, 금기와 위반은 한 패를 이룬다. "나쁜 소년"은 이제 선택을 선택하기로 한다. 그리고 그는 "내가 세상을 고르고 싶어"서, 그가 고른 길로 과감하게 추락의 방향을 튼다. 절망과 비극이 들끓는 구덩이 속으로. 그러나 소년은 최선을 다해서 떨어진다. 시(詩)의 바닥만

---

1 "팔뚝에 문신을 새긴 아이들이/ 벼랑으로 몰린 채 비에 젖고 있었습니다/ 선택이라는 말은 한번도 있어 본 적이 없었습니다 (중략) 그래도 아침이면/ 어느새 능청스러운 햇살이/ 방 한가운데 들어와 있기도 했습니다" - 「상계동」 부분, 『불온한 검은 피』(세계사, 1995). 이 시에서도 시인은 선택 없이 살아갈 수밖에 없는 아이들에 관해 그럼에도 그 안에서 싹트는 희망을 "햇살"을 통해 암시한다. 그런 의미에서 소년을 수식하는 "나쁜"의 반대항에는 '선택할 수 없음'의 아이러니가 있을 수도 있겠다. 선택없는 선택의 기로에 선 소년만이 최악의 가능성으로서의 "나쁜" 항의 선택을 자행할 수 있으니까 말이다.

이 오직 그를 받아준다. 다시 일어서서, 오뚜기처럼, 시지프스처럼, 언덕에 올라 소년은 트램펄린 앞에 설 것이다. 악몽은 반복된다. 그러나 소년은 그 악몽 속에서 소년으로 살기로 결심한다. 단지, 타협이 싫고, '어른 되기'가 싫기 때문이다.

> 트램펄린 밖으로 떨어진 소년
> 최선을 다해서 태연하고 최선을 다해서 일어서는 소년
>
> 그런 것들이다 언제나
> 어른들은 타협하고 소년들은 트램펄린에서 떨어지고
>
> (중략)
> 트램펄린에 날 던지면서 말한다
> "말해줘 가능하다면 내가 세상을 고르고 싶어"

- 「트램펄린」 부분, 『당신은 언제 노래가 되지』 (문학과지성사, 2020)

"불행"과 "치욕"과 "살기"와 "불온"의 혈기들 그 지옥과도 같은 얽힌 항로 속에는, 그가 찾는 "사랑"이 있고, 있었고, 유동의, 그 사랑은 끊임없이 매 순간 흩어지고 격랑(激浪)과 급류(急流) 속에 달아나므로, 소년은 멈출 수가 없다. "지겹도록 솟구치는" "불온한 검은 피"의 소년은 실

존을 향해, 당신을 향해, 자꾸만 달아나는 사랑을 향해, 추락하면서 다시 오르고 추락하면서 다시 기어오르기를 반복한다. 한 점 타협 없이 그것을 향해 맹렬하게 쫓아간다. 더러는 쫓기기도 하면서, "당신을 기다린다는 것", "당신을 테두리 안에 집어넣으려 한다는 것", 그 모든 치열한, 생의 과정들 속에, 그는 "당신"을 갈증 내고, 만나기 위해 찾고 추구하고 뒤따라간다. 그러나 소년은 동시에 사랑에게서 도망치는 중이기도 하다. 아마도 "몰인격한 당신"이라는 신(神)을 (일시적으로나마) 자기 안에 포획할 수 있는 시인만의 "테두리"는 과학도, 철학도 종교도 아닌, 다만 인간의 사유와 언어로 포착해 낸 시(詩)의 지층일 것이다. 신전 위의 번제물이면서 축문인 바벨의 언어, 뮤즈를 쫓아가는 삶은 그러나 순교자의 그것과 다르지 않다. "당신"을 닮아 요원하게 달아나는 시, 소년에게, 시인에게, 혹은 "당신"에게 그것은 구원이 될 수 있을까. 미성숙하고 불완전한 그런데도 아직은 순수한, 소년에게만 찾아오는, 온전치 못한 "나"만이 만날 수 있는 "당신"의 노래, 이는 실패와 이별로만 완성되는 사랑의 노래가 아니라고 말할 수 없다.

내가 앉은 2층 창으로 지하철 공사 5 − 24 공구 건설 현장이 보였고 전화는 오지 않았다. 몰인격한 내가 몰인격한 당신을 기다린다는 것 당신을 테두리 안에 집어넣으려 한다는 것

창문이 흔들릴 때마다 나는 내 인생에 반기를 들고 있는 것들을 생각했다. 불행의 냄새가 나는 것들 하지만 죽지 않을 정도로만 나를 붙들고

있는 것들 치욕의 내 입맛들

합성 인간의 그것처럼 내 사랑은 내 입맛은 어젯밤에 죽도록 사랑하고
오늘 아침엔 죽이고 싶도록 미워지는 것 살기 같은 것 팔 하나 다리 하나
없이 지겹도록 솟구치는 것

불온한 검은 피, 내 사랑은 천국이 아닐 것

- 「내 사랑은」 전문, 『불온한 검은 피』(세계사, 1995)

"불온한 검은 피", "피"라는 말은 얼마나 뜨거우면서도 차가운가. 지
독한 녹조와 안개로 뒤덮인 숨 막히는 강(江), 생명이 깃든 모든 것들을
삼켜버리는 늪, 거품이 둥둥 떠 있는 하천, 끈적하고 뜨거운 폐수가 방
류되는 수풀 속 검은 파이프, 몸속에도 상류와 하류가 있다면 중력을
거슬러서라도 모조리 쏟아내고 흘려버리고만 싶은 몹쓸, 액체도 고체도
아닌 이형성(異形性)의 피. 몸속에 새겨진 죄의 화인(火印), 이마에 찍
힌 낙인처럼 어떤 종족에게만 들러붙어 있는 천형과도 같은 그것, 그것
은 몸에 새겨진 상형문자, 최초의 상징이면서 혀로 쌓아 올린 언어의 신
전, 어쩌면 쌓자마자 와르르 무너질 바벨의 '공든' 탑. 우리는 그것은 "사
랑"이라고 부르거나 '시(詩)'라고 부른다. 그것에 빠지거나 그것을 하거
나 그것을 읽는 행위, 쾌락과 유희와 죄의식을 동반한 독서, 저자의 피

징후의 시학, 빛을 열다

에 독자의 피를 섞는, 신성하지만 불순한 의식. 허연의 시를 읽는 이토록 불온한 독서를 죄의 이종 교배와 번식을, 이 또한 우리가 나눌 사랑의 의식이라고 불러도 될까. 죄의 종족, 감염병자를 서로 알아보고 죄의식을 교류하는 유일한 방법. 우리가 '허연'을 공유하고 그의 시학에 공감하고 읽는다는 것은 일종의 제의에 가깝다. 그것은 또한 '나쁜' 사랑에로의 일종의 자발적 감염이자 소년에게로의 귀환이다. 그가 쌓아올린 언어의 신전, 지나온 모든 사랑과 환멸의 지층들, 그을음들. 제단 위에 올려진 언어의 무늬들, 그 매혹적인 죄의식, 그가 배양한 노래의, 불운과 비참의 바이러스들, 비극에의 향연에 코러스로 동참하게 된, 우리는 이제 "치욕의" "입맛들"에 중독되어 버린, 벗어날 수 없는 같은 패거리이다. "불온한 검은 피"가 흐르는 시인의 혈관, 그 단면들에 접합하여 "나쁜 소년"과의 이종교합을 시도하는 푸른, 날카로운 독서(毒書)의 밤. 온몸을 휘감고 소용돌이치던 검은 피의 향연, 들끓던 타나토스와 파르마콘의 밤들, 언어의 토사물들, 하수구에 함부로 쏟아버리고 새로운 피를 수혈하는 밤, 그 밤은 황홀하다. 하여 어른이 되지 않으려면, "나쁜" 피의 축제를 위해, 소년에게는 더 많은 불행과 이별의 수급이 필요하다. "반기를 들고 있는 것들"과의 친연성과 중독을 끊어내지 못하는 "합성인간"들은 늘 배가 고플 수밖에 없다. 허기와 갈증 많은 소년으로 머물기 위해, "불행의 냄새"를 더 깊숙하게 흡입하기 위해, 성장판이며 아킬레스건까지 시인은 모조리 잘라버린다. 이대로 혈관마저 비운 채 한없이 투명해진 진공의 상태로, 무(無)가 되어 푸른 새벽을 들이쉬거나 그만 숨이 멎어버려도 좋을, 치명(致命)의 시를 갈망한다. "몰인격"의 당신을 원망하는 동시에 사랑하는, 이 양가감정 지독한 기다림과 반항의 시편들, 검은 연기로 매캐한 허연의 시를 읽으면서, 우리는 불온한 소년이 되어 폭풍의 밤, 폐허의 긴 강을 함께 유영(경유가 아닌)하게 된다. 그 밤, 그 강물은 우리로 하여금 열병을 앓게 하고, 무모하고 불온하며, "천국 아닐" 끈적한 지상의 덫 위에서 "지겹도록 솟구치"게 한다. 이내 다시 곤두박질칠 운명이라도, 체념은 없는 지독하고 질긴 "사랑". 우주 가득 부풀어 오른 자아와 세계에 대한 불만만으로도 소년의 겉과 속은 이미 꽉 차버려서 금방이라도 터져버릴 듯 한껏 팽만해져 있다. 그는 이제 어디라도 좌초될 지경이다. 난파 직전, 그 아찔하고도 참혹한 순간에만 당신은 "노래"가 된다. 당신이 오기 전, 꽃, 새, 나비, 아니 먼지 하나조차도 들일 틈조차 없이, 다만 참을 수 없는 존재의 가벼움과 비극성만으로도 이미 충일(充溢)했던 소년의 밤들. 그 빽빽하고도 뾰족했던 불온성(不穩性)의 날들과 토해낸 성좌(星座)들이 시집들을 천국인 양 메우고 있다.

2. 당신이라는 지옥

그런가 하면 시인은 첫 시집을 내고 오랫동안 시에 관해서 소강상태로 지낸다. 난파(難破)된 채로 표류하던 날들의 틈이 제 1시집과 제 2시집 사이에 섬처럼 떠 있다. 시인은 시를 떠났다고 생각하는 순간에도 결국에는 시에게 종속되어 있었음을, 시의 궤도 속에서 다시 시에게로 돌아올 수밖에는 다른 탈출구가 없었을 것이다. 그가 적어도 살아서

징후의 시학, 빛을 열다

존재하고, 실존하는 한에 있어서 말이다. 밤새 토해낸 시어 하나에 온 존재의 실존을 전부 내어 맡기고 뮤즈에게 불행의 값을 흥정하던 날들은 오히려 도취자, 중독자에게는 행복의 날들이다. 난바다에 표류하며 시(詩)의 부목 하나를 붙들고 목숨을 줄여서라도 언어의 신전에 불꽃을 지피고 싶던 그러한 밀매(密賣)와 도박과 중독의 날들은 소년의 피를 더욱 뜨겁게 덥혔으리라.

후두둑. 비닐하우스에서 들었던 위협적인 빗소리. 수소의 몸에서 나는 뼛소리. 내가 알고 어머니가 아는 떠나고 싶은 지옥에서 쏟아지는 빗소리

— 「지옥에서 듣는 빗소리」 부분, 『불온한 검은 피』 (세계사, 1995)

당신이라는 사람이 어디에 있든 그 풍경에서
도망치고 싶습니다. 당신은 지옥입니다.

— 「슬픈 버릇」 부분, 『당신은 언제 노래가 되지』 (문학과지성사, 2020)

허연의 시 세계에서 그 모든 악마와 천사, 지옥와 천국이 결국에는 너, 그대, 당신으로 수렴된다는 것을 우리는 알 수 있다. 언뜻 "당신"이 소거된 것처럼 보이는 첫 시집에서조차, 너, 그대, 당신은 늘 호명되고

있다. 이 또한 독자에게는 저주이자 축복이 아닐 수 없다. 빛이면서 어둠인, 당신을 피해 당신을 찾아가는 한 소년의 뒷모습을 본다. 소년은 "빛을 피해 걸어가"지만, 빛을 의식하는 자만이 빛을 피해 걸어갈 수 있다는 것을 우리는 알고 있다. 어둠 속에서만 빛을, 빛 속에서만 어둠을 알아챌 수 있는 것처럼 말이다.

밤이 되면서 퍼붓는 어둠 속에 너는 늘 구원처럼 다가왔다. 철시를 서두르는 상점들을 지나 나는 불빛을 피해 걸어간다. 행여 내 불행의 냄새가 붉은 입술의 너를 무너지게 했는지. 무덤에도 오지 않을 거라고, 보도블록 위에 토악질을 해대던 너를 잊을 수는 있는 것인지. 나는 쉬지 않고 빛을 피해 걸어간다. 도대체 얼마나 많은 당신들이 저놈의 담벼락에다 대고 울다 갔는지. 이 도시에서 나와 더불어 일자리와 자취방을 바꾸어가면 이웃해 사는 당신들은 왜 그렇게 다들 엉망인지. 가면 마지막인지. 왜 아무도 사는 걸 가르쳐주지 않는지. 나는 또 빛을 피해 걸어간다.

- 「나는 빛을 피해 걸어간다」 부분, 『불온한 검은 피』(세계사, 1995)

"삐뚫어진 세계관"을 도모하며, "왜 아무도 사는 걸 가르쳐주지 않는지"를 물을 수 있는 용기와 패기, 주먹질과 발길질, 그리고 토악질이 있는 그의 시학을 사랑한다. 그러한 '지금 여기'의 우리에게 '그때 거기'의 허연에서부터 '지금 여기'의 허연 시인에 이르기까지 지나온 모든 허연

　　　　　　　　　　　징후의 시학, 빛을 열다

을, 그의 실존 모두를 우리는 사랑하지 않을 수 없다. 고백하건대, 필자가 허연의 시 세계를 사랑의 시학이라고 부른 이유다. 지금 이 순간에도 "불온한 검은 피"로 가득한 첫 시집의 허연을, "나쁜 소년"(제 2시집)의 경로를 지나, "내가 원하는 천사"(제 3시집)를 조우한 그가, 간절했던 '너'를 돌아서서 "오십 미터"(제 4시집)도 채 가지 못하고 멈춰선 시인의 노래에 귀를 기울인다. "노래가 된" 그토록 그립고 애틋한 "당신"(제 5시집)을 이제와 만나기까지 독자들은 순차적으로 혹은 총체적으로 그를 앓아 왔으리라. 허연 시인에게 과거와 현재, 미래의 "나"는 결코 다르지 않다. 처음부터 실존(實存)하는 "나", 단독자로서의 "나"로 여전히 그는 초월자 앞에 고독하고도 반항적인 소년 주체로 서 있고 영구히 서 있을 예정이다. 다만 달라진 지점이 있다면, 이제는 독백이나 방백, 고백이 아닌, 타자에로 연대와 공감에로의 가능성, 외부, 바깥을 향해, 당신으로 향하는 메시지, 노래와 악보가 초기 시에 비해 훨씬 더 유연하게 개방되어 있다는 점을 들 수 있을 것이다. 어쨌거나 허연의 시는 줄곧 우리를 지독하게 앓게 하고 '앓음' 자체로 활로를 열어 독자들로 하여금 그만의 병증으로 인해 더욱 달뜨게 한다. 그것은 상사병이거나 첫사랑의 병과도 유사하다. 이미 조로한, 한번쯤 앓았던 주체들에게도 다시금 열병을 새롭게 앓게 하는, 항체가 없는 기이한 감염의 시학이다. 소년 시절로 돌아가게 하는 그러나 회귀(回歸)도 상기(想起)도 아닌, 언제나 현재성으로 충만한 '소년성의 시학'으로 존재하는 것이다. 순수를 내포한, 불온성의 시학이라 불러도 온당할, 이토록 아름답고 형형한 검은 피의 꽃대를, 강물처럼 잔잔하지만 표면의 잔잔함과는 달리 지옥에 접속하게 하는 급류의 언어의 암호들을 우리는 마주하게 된다. 그의 시에 전율하며 공감할 때, 적어도 우리가 지옥에서 온, 한 종족일지도 모른다는 그러한 생각을 하게 된다.

허연, 그러나 그는 또 너무나 세련되고 도시적이고 댄디(dandy)해서 범접할 수 없는 그만의 아우라로 가득하다. 댄디의 사전적 정의를 찾아보면, 보들레르에 이르러 외향의 우아함, 세련됨의 추구를 너머 그 의미가 "내적인 삶의 충실함을 중시하여 댄디즘을 일종의 정신적 태도 혹은 예술가의 모랄로까지 격상[2]"되었다고 한다. 그는 서울에서 나고 자랐고 독실한 가톨릭 가문에서 집안의 기대에 부응하여 신부가 되려 했다고 한다[3]. 아, 어쩌면 그는 숭고하고 성결한 피, 태어나자마자 세례를 받은, 원래는 고귀하고 순결한 피의 계보에 속해 있던 것이다. 적어도 시인이 되고자 결심하기 전까지. 애초에 불온한, 검은, 나쁜, 세속의 피와는 거

---

2   한국문학평론가협회, 『문학비평용어사전』, 국학자료원, 2018, 434쪽. 참조.
3   그는 제 4시집에서 고백의 방식을 시에 직접 들여온다. "제비집을 허물고 아버지에게 쫓겨나 처마 밑에 쪼그려 앉아 하룻밤을 보낸 적이 있었다. 감당할 수 없이 두렵고 외로웠으며, 바닥에 내팽개쳐진 빨간 제비 새끼들의 절규가 마른 봄을 관통하던 그런 밤이었다. 그날 나는 신부(神父)가 되지 않기로 결심했다. 그때 처음 '뼈아프다'는 말을 이해했고, 철든 시절까지 난 괴로웠다. 절대로 묻히거나 잊히지 않는 일은 존재했다. (중략) 무념무상으로 살지 못했던 날들을 나는 후회한다" - 「무념무상 2」, 『내가 원하는 천사』 (문학과지성사, 2012) 이 시에서 시적 주체는 "후회한다"라고 네 번이나 고백하고 있지만, 그는 "잔해를 남긴 것"을 후회하는 것일 뿐, 잔해가 무엇인지에 대해서 그것이 단지 죄를 의미하는 것만은 아닐 것이라 추측 된다. 여기서 필자는 벤야민이 「역사의 개념에 대하여」에서 언급한 새로운 천사를 떠올리지 않을 수 없다. 제 4시집 『내가 원하는 천사』에서 벤야민의 천사와 잔해, 파국, 섬광의 이미지들을 발견하게 된다. "잔해 위에 또 잔해를 쉼 없이 쌓이게 하고 또 이 잔해를 그의 발 앞에 내팽개치는 단 하나의 파국만을 본다. 천사는 머물고 싶어 하고 죽은 자들을 불러일으키고 또 산산이 부서진 것을 모아서 다시 결합하고 싶어 한다. 그러나 천국에서 폭풍이 불어오고 있고 이 폭풍은 그의 날개를 꼼짝달싹 못 하게 할 정도로 세차게 불어오기 때문에 천사는 날개를 접을 수도 없다" - 발터 벤야민, 「역사의 개념에 대하여」, 『역사의 개념에 대하여/폭력비판을 위하여/초현실주의 외』, - 최성만 역, 도서출판길, 339쪽. 벤야민 논의는 차치하고 본고에서는 허연의 시 세계 전반을 아우르는 철학을 유신론적 실존주의에 두고, 그중에서도 야스퍼스의 철학에 가까운 것임을 이 글에서는 증명하려고 한다.

리가 먼 그런 시절. 신앙의 반대편에 문학, 시라는 신앙이, 또 다른 구원이 되어 십자가처럼 놓여 있는 것을 발견하기 전까지는 말이다. 그는 새로운 십자가 앞에 나아가 무릎을 꿇거나 엎드리거나 구토하면서 "불온한 검은 피"를 게워 내고, 다시금 그는 몇 줄의 시를 세속에서 얻어 썼으리라. 그 검고 끈적한 피를 찍어서 몇 편의 시를 쓰고 나면 배고프지 않았던 날들이 있었다고 그는 고백하기도 하고, 더러는 참회하기도 한다. 허기를 못 느끼는 다른 허기의 문학, 그러나 시는 매번 새롭게 생성되는 절망이기도 해서 자주 무너지고 새롭게 다시 넘어지기를 반복했을 것이다. 영원히 채워지지 않는 구원에의 허기. 시인은 매번 절망하고 새롭게 좌절하면서 바벨의 언어를 쌓고 또 쌓았으리라. 그러나 "생은 그저 가끔씩 끔찍하고, 아주 자주 평범하다는 것[4]" 그러나 이 구절의 원전은 「나의 마다가스카르 3」의 시구에서 가져온 것을 우리는 알고 있다. 끔찍함과 평범함 둘 다 시인에게는 절망과 권태의 수렁일 수밖에 없다. 결국 생은 쉴 없는 비참(悲慘) 속으로의 침잠이다. 그 곤두박질, 짓뭉그러짐과 허물어짐이 새겨놓은 시의 무늬는, 아름답다. 추락은 절창이 되고, 이제 그의 비극성의 노래들을 좀 더 치열하고 혹독하게 '앓아'가 보자.

---

4   허연, 「시인의 말」, 『오십 미터』, 문학과지성사, 2016, 3쪽. 이 시는 『내가 원하는 천사』(문학과지성사, 2012)에 수록되어 있다.

3. "비극성", "비극적 지식"을 찾아가는 여정, "초월적 암호"로서의 시

허연의 시집을 읽으면서 내내 야스퍼스를 떠올렸다. 사르트르도 까뮈도 키에르 케고르도 니체도 아닌 칼 야스퍼스(Karl Jaspers, 1883~1969), 야스퍼스는 신을, 초월자와 포괄자를, 생을 끝까지 포기하지 않았다. 오히려 한계상황[5]에 직면해 만나게 되는 초월자와 포괄자, 신에 대해 규명하기 위해 평생을 골몰했다. 그에 의하면 현존재인 '나'는 절망과 극한 속에 비로소 초월자의 암호를 해독하여 실존의 '나'가 되고 '실존해명'에 이르게 된다. 야스퍼스는 재직하던 대학에서도 쫓겨나고 유대인 아내와 함께 아우슈비츠 수용소로 강제 이송될 예정이었지만, 극한의 상황 속에서도 신을, 목숨을, 실존을 포기하지 않았다. 고통이 운명의 고삐를 가혹하게 옥죄면 옥죌수록 난파의 상황에 직면한 실존적 주체는 철학적으로 신을 연구하고 더 가까이 집요하고도 깊숙하게 만나기 위해 철저하게 노력을 기울였다. 신은, 풍요와 쾌락, 잔잔하고 평온한 순항(順航) 속에서 대가 없이 찾아오지 않는다. '그것'과의 독대(獨對)는 비극적이고 처절한 난파 속에 직면한 자에게만 가까스로 주어진다. '나는 누구인가'의 질문으로 시작되는 실존의 해명 또한 쉽게 이뤄지지 않는다. 신은 포괄자[6]이자, 초월자

---

5   야스퍼스에 의하면 인간은 '상황 내 존재'이다. 인간이 직면하는 상황에는 두 종류가 있다. 하나는 일반상황, 즉 상황 일반이며 다른 하나는 한계상황이다. 전자의 경우 현존재 스스로의 노력이나 선택으로 말미암아 임의적으로 변경시킬 수 있는 조건의 상황을 의미한다. 반면에 후자의 경우, 현존재의 노력이나 선택, 계획에 의해 도저히 변경시킬 수 없는, 불가능한 상황, 극복할 수 없는, 절망에 직면한 상황을 의미하며, 이를 한계상황이라고 불렀다.

6   야스퍼스는 존재를 포괄자(das Umgreifende)라고 이해한다. 그가 주장하는 바에 의하면 "전통적인" 형이상학이 사유한 존재는 전체로서의 포괄자가 아니고, 포괄자에 둘러싸여진 존재자에 불과하다는 것이다. 존재란 일체의 존재를 포괄해 버리는 포괄자로 체험되는 한 존재일 수 있다." - 정영도, 『칼 야스퍼스 읽기』, 세창미디어, 2014, 189~190쪽.

로 한계상황 속에, 간신히, 그것도 암호로만 존재한다.

신은 울었다
새벽부터 밤늦도록 성호를 그었지만
우는 모습밖에 없었다

바다 앞에서
신은 물고기의 형상을 한 채
무한 속으로 사라졌고
그것을 지켜보는 사람들은
닳고 닳은 조개껍질을 물끄러미 바라보다
엉덩이에 묻은 모래를 털고 일어나 삶을 다시 시작했다

신은 또 죽고 있었다

– 「해변」 부분, 『당신은 언제 노래가 되지』(문학과지성사, 2020)

신은 존재하고, 종종 목격되거나 발각되지만, 무능력하다. 신은 종종 죽음을 반복하고 "무한 속으로 사라지"거나 그 "형상"을 바꾸곤 한다. 인간은 다소 무능력한 신에게서 구원을 찾을 수 없다. 구원의 신은 스스로가 찾아야 한다. 모순과 분열, 부조리로 뒤덮인 상황과 불안으로 가득한 세계에 매 순간 마주하며, 그런데도 인간에게는 신이 필요하다.

한계상황에 직면한 존재일수록 더더욱, 비밀번호로 잠긴 문 앞에서 그는 암호를 풀고 문을 열어야 한다. 현존재로 있던 '나'가 불가항력적 암초를 만나 난파되고 난파 자체가 암호인, 그 암호의 순간을 알아차리고 해독할 수 있다면, 현존재는 이제 실존을 통해 '나'를 만나게 되고, 신 또한 만날 수 있게 된다. 그 때에 비로소 현존재는 실존이 되고 실존을 해명하게 되는 동시에 구원에도 이르게 된다. 생에 놓인 비극적 상황들, 한계상황들, 시련, 절망, 고독, 투쟁은 구원에 이르기 위해 필요한 전제 조건들이다. 인간의 실존은 비극적인 것, 비극적 상황, 막다른 절벽과 절망, 이른바 '한계상황'에 직면했을 때, '난파(難破)의 상황 속에서만 여실하게 드러난다. 곤란하고도 아이러니한 생의 비밀, 난항(難航)을 거듭하는 수수께끼, 지난하고 난해한 스무고개넘기가 아닐 수 없다. 신의 명령[7]에 따라, 아브라함이 이삭을 제물로 데리고 산에 올랐을 때, 칼로 아들을 내리치기 직전에 아마도 느꼈을 그 한계상황. 아브라함에게도, 이삭(욥, 예수의 경우)에게도 막다른 순간, 이해하기 어려운, 한계상황이 었을 그 순간에 대해 생각해 본다. 한계상황을 직면하고 난파의 사건을 받아들였을 때에야 그들은 신과 마주하게 된다. 구약 시대처럼 지금 여기의 인류에게도 계시[8]처럼 신의 요구사항과 목소리와 메시지가 직접적이고도 구체적으로 전달된다면 더없이 구원의 방법과 전략이 분명하겠

---

7 신의 지시, 명령은 다음과 같다. "여호와께서 가라사대 네 아들 사랑하는 독자 이삭을 데리고 모리아 땅에 가서 내가 네게 지시하는 한 산, 거기서 그를 번제로 드리라"(창세기: 22장 2절), 이는 훗날 예수의 십자가, 번제의 메타포로도 읽힌다.

8 "계시는 그것이 말로 언명될 경우에는 유한성에 빠지고 지적 이해의 대상으로 전락한다. 계시에 함축되어 있는 의미는 그것이 말로 언표될 경우에는 그 의미가 변화된다. 인간의 말로 옮겨진 계시는 이미 신의 말씀이 아니다. GI 65f" - 정영도, 『칼 야스퍼스 읽기』, 세창미디어, 2014, 60쪽.

지만, 작금에 신은 난해한 암호 속으로 겹겹이 숨어버렸다.

야스퍼스에 의하면 현존재는 종교적 신앙이나 그리스도교적 구원이 아닌 "철학적 신앙"을 통해 신을 만나야 한다. 광활한 우주에서 존재는 한없이 작고 가볍다. 내리쬐는 아침 햇살 속에 부유하는 먼지 한 올처럼 나약하고 미미한 존재에도 그러나 실존(實存)이 깃들 수 있다. 실존(實存)은 실존을 발견하고 해명하는 순간에 비로소 독자적인 무게와 진정한 의미(진리에 가까운)를 갖게 된다. 개인이 직면한 '한계상황[9]'들 또한 비록 상대적이고, 한계상황으로 치닫기 이전의 애매한 상황이라고 할지라도, 인간의 삶은 항용(恒用) 비극적이거나 이미 비극 그 자체라고 볼 수 있는 것이다.[10] 실존주의에 의하면, 적어도 삶을 비극, 비극적인 것으로 인식한 존재만이 실존을 경험하게 되고 그제서야 인간은 실존을 극복하고, 진리 또는 초월자를 발견하게 된다. 키에르 케고르와 함께 유신론적 실존주의자로 알려진 야스퍼스에 의하면, 비극(die Tragödie), 비극적인 것(das Tragische), 비극성(die Tragik), '한계상황(Grenzistuation)', '난파(das Scheitern)'에 직면하지 않은 존재는 초월자의 암호(die Chiffren)를 찾아낼 수도, 파악할 수도 없다고 하였다. 비극적인 것, 비극적 상황, 비극적 난파의 사건 자체가 초월

---

9 야스퍼스는 "한계상황은 나는 항상 어떤 일정한 상황 안에 있는 현존으로서 존재하고 일반적으로 모든 가능성의 총체로 존재하지 않는다는 것"으로 정의한다. 야스퍼스는 인간이 직면하게 되는 한계상황의 개별적인 네 가지를 죽음, 고통, 투쟁, 죄책의 상황들로 설명한다. - 칼 야스퍼스, 『철학II』, 신옥희 외 역, 아카넷, 2019, 342쪽 참조. 야스퍼스는 「비극론」에서 비극적 지식의 대상들로는 다시, 투쟁, 승리와 패배, 죄로 나눈다. 항거, 저항, 투쟁은 용기를 필요로 한다.
10 불교에서 말하는 일체개고(一切皆苦)의 상황들, 인간이 피할 수 없는 생로병사(生老病死) 등은 야스퍼스가 말한 한계상황과 같다.

자의 암호로서 드러나며 인간은 이러한 비극적인 삶 속에서 실존적 좌표를 발견하게 되며, "실존해명"을 실현하게 된다는 것이다[11]. 비극적인 것은 또한 진리의 문제와도 밀접하게 연관된다. 야스퍼스는 그의 저서 『진리에 관하여(Von der Wahrheit)』의 한 부분을 「비극론(Uber das Tragische)」에 할애한다. 칼 야스퍼스(K. Jaspers)는 진리의 근저에 도달하고 통찰하기 위한 근원적 직관이 드러나는 양식으로 종교, 철학, 조형적 예술, 문학을 언급한다. 이중 "문학은 우리가 가장 자연스럽고 가장 자명한 방식으로 세계 공간과 우리들의 본성의 모든 내용을 파악하는 도구"로 "언어를 통해서 분열되면서 우리는 우리 자신을 변화시키며", "문학에 의해 야기된 환상은 부지중에 우리들의 마음속에 표상의 세계를 전개 시키고, 표상의 세계로 말미암아 우리는 비로소 우리의 현실을 정확하게 직시할 수 있다[12]"고 야스퍼스는 말한다. 비극적 지식이야말로 "근원적 관점에 있어서의 진리의 완성"으로 이어지며, "진리의 언어"로 드러나는 직관을 통해 인간은 인간 자신을 해석하고 파악하게 되는 것이다. "진리는 언제나 인간에 대해서, 그리고 인간 가운

---

11 "야스퍼스에 의하면 실존은 언제나 마지막 난파로까지 발전하는 자기 초월함의 테두리 속에서 움직이며 존재한다. 이러한 난파는 하나의 인식되는 본질로서 인간의 존엄성을 구하며 모든 실존의 개인적 능력이 가장 극단적인 자기 한계 속에서 스스로 경험하는 유일한 암호를 형성한다. 그러므로 실존해명은 가장 극단적인 한계상황 속에 던져진 인간의 존엄성을 위한 당연한 보답으로 나타난다. (중략) 비극적 지식은 하나의 순수한 주관적 용무이며 개인적 경험이며 어떠한 것도 대신할 수 없으며 매개될 수 없는 지식이다." 이러한 비극적 지식은 야스퍼스에 의하면 "운동, 감동, 물음과 경악의 실존적인 진지함 속에서 환상 없는 참된 인간의 태도"로 이는 "기독교의 구원 믿음과 계몽적 세계관조(die aufklärerische Weltsicht)와 구별"된다고 한다. ‐ 홍경자, 「윤리적인 관점에서 고찰한 칼 야스퍼스의 비극적인 것의 의미」, 『철학연구』, 제86호, 대한철학회, 2003. 5. 342~343쪽.

12 칼 야스퍼스, 『비극론』, 황문수 역, 2021, 범우사, 11~16쪽 참조.

데에 언어를 통해서 존재[13]"하며 그는 『비극론[14]』에서 근원적 직관 중의 예로 "비극적인 것"과 "구제"에 대해서 논의한다. 그에 의하면 그리스도교적인 세계관이나 구원, 믿음과 대별, 대척되는 지점에 비극성과 비극적 지식이 존재한다. 유태적, 그리스도교적인 계시종교에서 강조하는 원죄, 십자가 구원, "여기에는 이미 비극성은 없고 어떠한 공포 가운데에서도 은총의 침투적인 광휘가 빛나[15]"며, 이는 비극적 지식이라고 할 수 없으며 오히려 "비극성의 소멸"에 지나지 않는다. 자 여기 한 소년이 약속되고 보장된 신의 은총, 빛의 광휘 쪽이 아닌, 어둡고 습한 비극의 방향으로 추락의 방향을 튼다. "무섭게 반짝이며" 부서지는 생의 파편들, 비극적 순간에 더욱 영롱하고도 찬란하게 반짝이는 시(詩)라는 진리, "때로는 슬프게 때로는 더럽게 나를 치장하던 색", "푸른 유리 조각"으로 눈을 비빌 때에 비로소 바라볼 수 있는, 어쩌면 맹목의 아름다움을 그는 결코 포기하지 않는다. 소년은 난파 속에서 소년을 만나고 이윽고 소년에 중독된다.

　　세월이 흐르는 걸 잊을 때가 있다. 사는 게 별반 값어치가 없기 때문이기도 하지만 파편 같은 삶의 유리 조각들이 처연하게 늘 한자리에 있기 때문이다. 무섭게 반짝이며

13　칼 야스퍼스, 『비극론』, 황문수 역, 2021, 범우사, 11쪽.

14　황문수는 『진리에 관하여(Von der Wahrheit)』에 수록된 「비극론(Über das Tragisch)」 부분만을 따로 독립시켜 번역, 단행본으로 출간하였다. 필자가 인용한 번역본은 『비극론』, 황문수 역, 2021년에 나온 범우사에서 나온 판본이다. 동서문화사에서도 다른 필자에 의해서도 번역, 출판되었다.

15　위의 책, 32쪽.

나도 믿기지 않지만 한두 편의 시를 적으며 배고픔을 잊은 적이 있었다. 그때는 그랬다. 나보다 계급이 높은 여자를 훔치듯 시는 부서져 반짝였고, 무슨 넥타이 부대나 도둑들보다는 처지가 낫다고 믿었다. 그래서 나는 외로웠다.

푸른색. 때로는 슬프게 때로는 더럽게 나를 치장하던 색. 소년이게 했고 시인이게 했고, 뒷골목을 헤매게 했던 그 색은 이젠 내겐 없다. 섭섭하게도

나는 나를 만들었다. 나를 만드는 건 사과를 베어 무는 것보다 쉬웠다. 그러나 나는 푸른색의 기억으로 살 것이다. 늙어서도 젊을 수 있는 것. 푸른 유리 조각으로 사는 것.

무슨 법처럼, 한 소년이 서 있다.
나쁜 소년이 서 있다.

　　　　　　－「나쁜 소년이 서 있다」 전문, 『나쁜 소년이 서 있다』 (민음사, 2008)

나는 오직 푸른색의 행렬에 집중한다

　　　　　　－「열대」 부분, 『당신은 언제 노래가 되지』 (문학과지성사, 2020)

소년은 허무주의의 극단에 선 사람처럼 보이지만, 실은 그는 구도(求

　　　　　　　　　　　　　　　정후의 시학, 빛을 열다

道)를 추구하는, "푸른색"의 신봉자이자 순교자이다. 궁극의 진리, 애초의 '나'에 대한 한 질문에 이르기 위해 매번 시인은 생경한 갈림길에 선다. 운명 앞에, 두 갈래의 길이 생겨난다. 신학, 계시, 종교로 현시되는 '밝은' 길이 한 갈래이고, 비극적 지식, 비극성, 비극을 통해 독자적인 구원과 진리에 이르는 단 하나의 실존적, 문학의 길, 그러나 외롭고 '어두운' 나머지 한 갈래의 길이 그것이다. 소년은 앞의 길을 저버린다. 그러나 마음속에서까지 신의 그림자가 소거될 리 없는 길이다. 그리스도적인 자명한 구원이 기다리는 길, 비극성이 소거되고 면죄가 보증되는, 신의 은총, 빛으로 가득한 길, 천국이 보장된 사제의 길을 거부하고, 다른 암흑의 길, 위악과 비극으로 가득 찬 지옥의 가시밭길로 소년은 주저 없이 성큼 들어선다. 단독자, 개체로서의 그를 기다리는 건 언제나 지루하지만 새로운, 경악(驚愕)이자 치욕이다. "소년이 서 있는" 지점은 바로 이 교차로에 다름 아니다. 그는 결국 "나쁜"이라고 판단한 길을 선택한다. 이 선택은 현존재를 이제 지독한 실존에 다가서게 한다. 야스퍼스에 의하면 실존은 자유와 선택, 초월자와의 교류, 그 자체이며, "그러나 실존이 자기 자신을 선택한다고 하더라도 그는 결여된 상태로 남아 있을 수밖에 없다[16]"고 한다.

"왜냐하면 실존은 자기 자신을 창조하지 못하기 때문이"며 "그가 스스로를 선택하거나 혹은 선택하지 않는 한에서, 그는 자기 자신과 관계하는 것[17]"인데, 하여 실존은 스스로를 해명하고 찾아가는 과정과 가능

---

16 한스 자너, 『야스퍼스』, 신상희 역, 한길사, 1998, 183쪽.
17 한스 자너, 『야스퍼스』, 신상희 역, 한길사, 1998, 183쪽.

성으로서의 실존이며, 이것은 "영원을 현재화하는 것으로서 시간 속에서 자기 자신에게로 돌아오는 것[18]"이라 할 수 있기 때문이다. 허연의 시적 여정은, 야스퍼스가 논의한 실존을 찾아가는 끊임없는 선택, 자유의 난항(難航), 고독 속에 있다. 초월자와의 교류, 자기 구원과 해명, 한계상황 속에서 드러나는 암호 해독과 계시[19]등, 이처럼 야스퍼스의 철학적 신앙하기와 허연의 시학은 그 실존적 맥락이 닿아있다.

4. 경악(輕樂)이거나 슬픔이거나

사랑과 이별, 삶과 죽음처럼, 막다른 길에는 간혹 두 갈래의 길만 펼쳐진다. 거룩함과 은총이 넘치는 성스러운 길, 그 저편에 치욕과 경악이 있는 속된 길이 있다. 이 후자의 길은 야스퍼스가 말한 비극성의 길, 비극적 진리를 찾아가는 길이며 근원적 진리, 포괄자를 찾아가는 길, 신, 초월자를 만나러 가는 실존해명의 길에 다름 아니다. 야스퍼스에 의하면 "그리스도교의 연극에서는 구원의 신비가 사건의 토대와 공간이 되고 은총을 통한 완성과 구조라는 경험에 있어서 이미 비극적 지식을 벗어나 있기 때문에 참된 그리스도교적 비극은 있을 수 없[20]"

---

18 한스 자너, 『야스퍼스』, 신상희 역, 한길사, 1998, 183쪽.

19 야스퍼스는 계시, 계시 신앙, 계시에 대한 이해에 대해서 각각 구분한다. 그중에서도 "계시의 정당성은 오직 그것을 듣고 그것을 신이 행하신 것으로 인정하는 경우에만 존재"하는 것을 의미하며, "계시의 의미는 이성을 통해 기초될 수 없"으며 그러므로 "계시는 모든 사고와 경험에 대립되어 있는 어떤 전적 타자로서 외부에서부터 다가온다"고 할 수 있다. – 칼 야스퍼스, 『계시에 직면한 철학적 신앙』, 신옥희, 변선환 역, 분도출판사, 1989, 64쪽 참조.

20 위의 책, 32~33쪽.

징후의 시학, 빛을 열다

으며, 이때 신앙에 귀의한 인간은 더 이상 "경악"할 수 없을뿐더러 심미안 또한 상실된다고 하였다. 야스퍼스는 그리스도교적인 인간에게 "죄는 구원을 가능하게 만드는 행복한 죄(felix culpa)"가 되며 "유다의 배반은 모든 신자의 지복(至福)의 근원이 되는 그리스도의 순교(殉敎)를 가능하게 만든 것"으로 보았다. "그리스도는 이 세계에 있어서의 가장 심각한 상징이라 하더라도, 전혀 비극적인 것이 아니며 오히려 좌절 가운데에서도 지적이고 충족적이며 완성적인[21]" 것에 지나지 않으므로 존재는 그 스스로를 구원에 이르게 할 수 없는 것이다. 반면에 "비극적인 것의 직관은 그 자체를 통해서 비극적인 것으로부터의 해방, 곧 정화(淨化)와 구원의 양식을 통해 구체화[22]" 되며 따라서 "존재는 '좌절' 속에 드러[23]"나며, "비극적인 것에 대한 지식은 처음부터 '구원'에의 충동과 결합 되어 있[24]"다고 그는 말한다. 그러나 시인이 찾아가는, 간헐적으로 조우하게 되는 구원과 계시는, 전율과 노래의 형식으로, 그러나 세속적인 투쟁 끝에 간신히 찾아온다. 경악(驚愕)과 만나는, 전율, 심금을 울리는 음악을 떠올린다. 시인이 만약 사제의 길을 갔다면, 그의 삶에 적어도 이토록, 끔찍한 '경악(驚愕)'의 전율은 없었을 것이다. 어떤 전율은 절창이 되고, 시가 된다. 허연 시에 드러나는 경악은 외부에서 오는 것이 아니라, 자기 자신 즉 내부를 응시할 때 솟아나온다.

---

21 위의 책, 34쪽.
22 위의 책, 35쪽.
23 위의 책, 35쪽.
24 위의 책, 36쪽.

길이없다목이마르다경악한다(중략)살아있다다행이다(중략)시삽백사
무사를믿는B형은절망하지않는다시같은거안쓸날을기다리며고뇌할뿐이
다풀이름나무이름별이름그는존재한다존속한다죽음과죽음의철학으로
나는또하루를살았다

- 「나는 또 하루를」 부분, 『불온한 검은 피』(세계사, 1995)

저주했던 것들을 그리워하는 이 취향

- 「북해」 부분, 『당신은 언제 노래가 되지』(문학과지성사, 2020)

경악은 슬픔, 권태, 절망과 더불어 비극적 세계관에서 온다. 허연의
시 세계 전반에는 "비극적인 것에 대한 지식"과 구원에의 충동과 갈망
이 점철되어 있다. "길이없다목이마르다경악한다"로 시작돼서 "길이없다
목이마르다경악한다"로 돌아오는 회로 속에 그의 시학이 놓여있다. 경악
도 슬픔도 늘 현재형이다. 그는 끊임없이 자신만의 지옥을 찾아 그리스
도교적인 신에게서 도망치지만 제 자리로 돌아온다. 갈림길 위의 생, 트
램펄린 위에 선 소년의 고뇌와 트라우마는 계속 재생된다. 구원에의 실
마리를 놓지 않기 위해, 부단히 실존을 해명하고자 불행에 직면하는 주
체는 그러나 성숙, 성장, 나이듦, 늙음을 거부한다. 그것은 소년의 세상

이 아니고 현존 또한 아니기 때문이다.

　　십일월의 나는 나쁘게 늙어가기로 했다

　　잊고 있었던 그대가

　　잠깐 내 안부를 들여다본 저녁

　　창문을 열면

　　늦된 벌레들이 우수수 떨어지곤 했다

　　(중략)

　　미친 듯이 슬펐는데 단풍은 못되게 아름다웠다

　　신전 같은 산 그늘이 나를 덮었고

　　난 죽지 못했다

　　늙고 좋은 놈을 본 적이 없었다

　　사람들은 젊었을 때만 좋았다

　　십일월이 그걸 알려줬다

　　　　　　－「십일월」 부분, 『당신은 언제 노래가 되지』 (문학과지성사, 2020)

　　"나쁘게 늙어"간다는 것은 어떤 것일까. "나쁘게"에 방점을 찍으면, 늙어감에 대한 심리적 거부를 여전히 드러내고 있음을 알 수 있다. 시인에게 소년 주체의 세속과 어른 주체의 세속은 엄연히 그 경계와 속성이

다른다. 소년의 경우 부랑의 거리를 헤매고 천박한 것들에 몸을 담구어도, 그가 진흙탕 속으로 들어가 몸으로 뒹굴고 다칠 때 그는 오히려 정화되고 '다른' 의미의 치유와 성숙에 이르게 된다. 구원을 위한 세례와 제의의 노래만이 삶을 지탱해 주고 그를 지리멸렬한 세상 속에서 계속해서 살아갈 수 있게 한다. 시는 그러한 존재의 비극적인 것에의 치달음과 노력과 양식인 동시에, 진리에 도달하기 위한, 존재를 실존이게 하는 특별한 '사건'과 "노래"로 존재한다. 가지 않은 길에 대한 죄의식과 참회의 양가감정은 그 스스로를 "나쁜", "불온한", "검은 피", "죄"와 "악"에 물든 소년으로 규정하지만, 성과 속의 경계 지점에 서 있는 그는 실은 선하지도 악하지도 않다. 소년, 어쩌면 실존적 자아가 탄생하는 순간, 곧 순수의 상징, 세상 일반에 대한 거부의 메타포이기도 할 것이다. 시인에게는 나이 들어감, 성숙, 어른, 중장년, 노년의 삶은 죄에 익숙해져 가는 모든 시간의 축적과 사회성의 비대함이야말로, 반(反)시적(詩的)인 것인 동시에 견딜 수 없는 악(惡)으로 치부되기 때문이다. "마음이 가난한 자"는 성서에 나오는 구절이다. 윤동주 시인은 일찍이 "슬퍼하는 자는 복이 있나니// 저희가 영원히 슬플 것이오"(「팔복八福」)라고 시인의 천형을 노래한 바 있다. 허연 시인은 이를 다음과 같이 변주한다.

마음이 가난한 자는 소년으로 살고, 늘 그리워하는 병에 걸린다

오십 미터도 못 가서 네 생각이 났다. 오십 미터도 못 참고 내 후회는 너를 복원해 낸다. 소문에 돌아서면 잊어버리는 축복이 있다고 들었지만,

징후의 시학, 빛을 열다

내게 그런 축복은 없었다. 불행하게도 오십 미터도 못 가서 죄책감으로 남은 것들에 대해 생각한다. 무슨 수로 그리움을 털겠는가. 엎어지면 코 닿는 오십 미터가 중독자에겐 호락호락하지 않다. 정지 화면처럼 서서 그대를 그리워했다. (중략) 잊고 싶었지만 그립지 않은 날은 없었다. 어떤 불운 속에서도 너는 미치도록 환했고, 고통스러웠다.

　　　　때가 오면 바위채송화 가득 피어 있는 길에서 너를 놓고 싶다

　　　　　　　　　　　　　- 「오십 미터」 부분, 『오십 미터』(문학과지성사, 2016)

　소년의 병은 어른이 되면 나을 수 있는 병이다. 소년이 앓는 "늘 그리워하는 병"은 불치의 병이 될 수도 있고 완치에 이를 수도 있는 잠정적인 병이다. "마음이 가난한 자"에 한해서, 앓을 수 있는 병, 그 병을 소년은 사랑한다. 하여 소년 주체가 성인이 된다는 것은, 그가 앓아온 그리움을 청산하고 완치의 판정을 받는 것을 의미한다. 그러나 그것은 소년이 희구해온 신성(神性) 즉 비극적인 것, 아름다운 것, 매혹적인 것, 당신에게서 멀어지는, 속되고 악하고 참혹한 탈피에 지나지 않기 때문에, 그는 과감하게 소년 '이후'로 가는, 성장판을 잘라버린다. 이제 "불온한 검은" "나쁜" 피는 방출될 수 없고 마땅히 보존되어야만 한다.
　끝으로 "당신"이라는 천사 아니 천국의 텍스트를 떠올린다. 시인에게 거듭 불온성이란 말은 어쩌면 신성과 동의어인지 모른다. 허연의 시 세계에서 악마와 지옥은 천사와 천국으로 대체, 호환된다. "불온한 검은 피"에는

순수성과 순결함의 속성이 내재 되어 있다. 불온성의 소년 시절은 비극적이지만 아름답고 아련하다. 우리는 그의 시편들을 통해 소년 시절에 접속한다. "불온한 검은 피"가 그만의 전유물만은 아닌 것에 대하여, 허연에게 스며들어 감염되고 우리가 같은 종족이 되었노라고, 같은 악질(惡疾)과 고질(痼疾)병에 걸린, 환우 즉 불행 공동체였음을 고백하게 되는 이 "검은 피"의 혈맹, 동류의식, 사랑의 고백들은 우리를 얼마나 행복하게 하는가. 혼자만 저주받은 것은 아니라는 안도감. 그토록 불순했던 날들의 방황, 일탈, 역류, 분출, 반항, 투쟁, 그 혈기들을 아무렇게나 방류해 버리고, 창백하고 어지럽게 세상을 향해 '맞짱'뜨던 그 '앓이'의 날들에 대하여, 천박해지기 위해 치열해졌던 날들에 대해 고백하건대, 이제 우리는 그 시절들이 '천국'이 아니었다고 말할 수 없다. 아름다워서 무모하고, 강렬하면서도 지독했던 '지옥의 천국'을 읽어내고 발화하는 것은 결국에는 시인과 함께, 치명의 한 시절을 지나온 자의 고해성사 같은 것일지도 모르겠다. 질풍노도의 날들. 한 소년의 성장과 성숙, 생애는 차치하고라도 소년으로 하여금 온몸으로 지옥(천국)을 통과해 다른 천국(지옥)이 이르게 하는 순환 열차, 늘 마지막인 "무개화차"의 폭주. 지금 여기, "폐허의 불문율이 있다. 묻어버린 그 어떤 것도 파내지 말 것. 폐허 사이로 석양이 물처럼 흐를 때 속수무책으로 돌아올 것", "살아 있는 자들은/ 인생을 생각하는 내내 힘이 빠진다"(「마지막 무개화차」)라고 했던가. 그러나 그런데도 시인이 묻어버린 폐허들은 시가 되고 노래가 되어 매혹적인 지층을 이룬다.

강물에게 기록 같은 건 없습니다

사랑은 다시 시작될 것입니다

ㅡ「장마의 나날」 부분, 『오십 미터』 (문학과지성사, 2016)

　매 순간 다시 재생되는 지옥과 폐허를 새롭게 견디며, 초월하며, 꽃 피우며, 독이 든 열매를 맺고 죽음을 향해 나아가는, 노래에서 시작되어 노래에 이르게 되는, 이 반복되는 여정들에 대하여, 사랑을 경배하지 않으면 불가능한, 사랑이 아니라면 만날 수 없는 천사와 천국과 구원에 대하여 허연의 시학은 그 어떤 것도 결코 포기하지 않는다. 사랑은 사랑을, 구원은 구원을 믿는 사람에게만 "다시 시작될 것"이기 때문이다.

5. 에필로그

　나는 완성이 아니었구나. 내게 절창은 없었다. 이제 내 삶을 뒤흔들지 않은 것들에게 불러줄 이름은 없다. 내게 와서 나를 흔들지 않은 것들에게 붙여줄 이름은 없다. 내게 와서 나를 흔들지 않은 것들은 모두 무명이다. 나를 흔들지 않은 것들을 위해선 노래하지 않겠다. 적어도 이 생엔.

ㅡ「절창」 부분, 『당신은 언제 노래가 되지』 (문학과지성사, 2020)

야스퍼스는 "철학적 신앙[25]"으로 절망 속에서도 희망을, 신을 희구했다. 그렇다면 우리는 허연의 시학을 이에 맞서는 도저한, '문학적 신앙'으로 이름 부를 수 있지 않을까. 허연 시인의 첫 시집을 읽으며 사제를 꿈꿨던 그러나 '문학적 신앙' 쪽으로 방향을 틀었던 또 다른 한 사람을 상기한다. 『불온한 검은 피』의 해설을 쓴 황병하 평론가이다. 그는 광주일고를 졸업하고 사제가 되기 위해 신학교에 진학, 졸업했지만, 문학의 길로 진로를 바꿔 외국으로 유학, 박사학위를 마치고 귀국했다. 시, 평론, 소설, 보르헤스 번역을 남겼고 불의의 교통사고로 1998년 10월 작고했다. 피부와 머리칼과 눈동자가 유난히 검었던, 그러나 눈빛만큼은 태양처럼 이글거리던, 그의 모습이 눈앞에 생생하다. 그의 문학 강의는 적도에 내리쬐는 단 한 번의 태양처럼 강렬했다. 그는 지금 이 글을 쓰고 있는 필자를 문학의 길로 이끌어준 은사님이다. 과도하게 팽만했던 우주적 자아의 우주적 질문. 저는 시인이 되고 싶어요. 시인이 못되면 저는 앞으로 어떻게 해야 하나요? 하고 심각하게 고백하던 스무 살의 한 여대생을 기억한다. 시를 못 쓰면, 나처럼 비평을 하면 되지? 하고 털털하게 웃으시던, 그러나 사뭇 진지한 눈빛과 어조로 포기하지 말라고 전언하시던 그 순간을 잊지 못한다. 인연이라는 것은 이토록 무섭고 끈질기다. 고(故) 황병하 평론가가 첫 시집 해설을 쓴, 허연 시인의 지층을, 경악을, 절창들을, 그러나 사랑의 시학을 어설프게 시 연구자가 된 그의 제자가 다시

---

25 철학적 신앙은 "인간의 가능성에 대한 인간의 신뢰인 동시에 실존을 통해서 자기를 실현하지만, 그 실존에 대해서 자기를 숨기고 있는 초월자에 대한 신앙이기도 하다. GI 59", "철학적 신앙은 적대감이 아니라 성실을, 단절이 아니라 사귐을, 강제가 아니라 관용을 원한다. PG O38" – 정영도, 『칼 야스퍼스 읽기』, 세창미디어, 2014, 68~70쪽.

징후의 시학, 빛을 열다

읽어내고 있는 지금의 이 순간을, 운명이 아니면 대체 뭐라고 부를 수 있을까. 우리가 만난 것도 실존이고 실존해명의 순간들이 아닐 수 없었으니, 다만, 짧고 강렬해서 더 행복하게 남은 기억이라 말할 수밖에. 20대에 해체주의와 포스트모더니즘, 탈구조주의 등 다양한 철학과 담론들 곁을 기웃거렸지만, 결국에는 이 글을 빌려 필자 또한 유신론적 실존주의자임을 고백하지 않을 수 없다. 중언부언, 글이 장황하게 길어졌다. "당신은 언제 노래가 되지" 하고 다시, 시인이 소년이 내게, 그리고 당신에게 묻는다. 필자는 이제 이 글을 마치고 나면 다시 시인으로 돌아갈 것이다. 자폐와 고립이 아닌, "실존적 상호 소통[26]"이 될 단 하나의 '노래'가 오는 그 절명의 순간을 기다려야지. 그 순간을 기다려야지. 구원은 노래 속에 있다. 당신이라는 시(詩), 그 속에 천사와 천국이 있다. 시를 경계로 하여 데칼코마니처럼 천사와 천국, 악마와 지옥이 마주 보고 있다. 저기, 당신이 온다. 시와 노래가 온다. 한 생을 휩쓸기 위해 거대한 파도가 열렬하게 다가오고 있다.

『서정과 현실』 2022년 상반기호

---

26 정영도, 『칼 야스퍼스 읽기』, 세창미디어, 2014, 95쪽.

간절히 시가 되고 싶은 것들, 절망의 늪이 보듬고 키우는 것들에 관하여

- 전영관의 시 세계

1. 프롤로그 : 그것이라는 그것에 관하여

그것이 아닌 그것들만이 그것이 될 수 있다. 그것이 아닌 그것들만이 그것이 되고 싶어 한다. 그것이 아닌 그것들만이 그것이 되기 위한 그것을 품을 수 있다. 그러나 그것이 그것이 되고 싶어할 것이라고 생각하고 판단하는 그것조차 어쩌면 자가당착(自家撞着) 혹은 작가와 독자 모두에게 의도의 오류에 해당할지도 모른다. 그러나 그런데도 그는 아직 그것이 아닌 것들에 마지막 희망을 걸고, 초미의 관심을 두고, 그것들을 탐구하고 탐닉한다. 지리멸렬과 생의 고통들, 환멸의 대상들조차 그냥 보내지 못한다. 그는 그것을 완성하기 위해 혈안 되고 그것 아닌 그것들이 그것이 될 때까지 도공의 마음으로 모색과 탐색과 노력을 기울인다. 그것은 아니지만 그것'적'인 순간들에조차 숭고한 의미를 부여하면서 그는 그것을 찾아 나서거나 그것이 오기를 간절히 기다리며 '독짓는 늙은이'처럼 가마 속으로 기꺼이 들어갈 기세를 보이기도 한다. 일종의 기우제처럼 그것이 오기를 바라며 언어의 제사를 올린다. 불행은 그것의 희생양이 되기도 한다. 그것은 쉽게 오기도 하지만 전혀 오지 않기도 한다. 그것은 일의 사후에 오기도 하고 더러는 사전에 오기도 한다. 올 기미가 전혀 없을 때에 소나기처럼 무방비하게 들이닥치기도 한다. 그것은 반쯤 오다가 말기도 한다. 아직은 아닌 미완의 단계에 어정쩡하게 그것이 걸쳐 있을 때 그는 그것을 더욱 오래 쓰다듬고 그것에 애착한다. 더러는 과감하게 버리기도 한다. 그는 그것의 형상을 허물었다가 다시 짓기를 반복한다. 그는 그것을 찾아 현장을 다니거나 그것이 담고자 하는 이념의 투사가 되어 몸을 던지기도 한다. 때로는 전혀 그것'적'이지 않은 사건에서 그것이 오기도 한다. 그는 그것을 역사 속에서 혹은 자연 속에서, 혹은 사람들과의 관계 속에서 혹은 사물의 물성 자체에서, 혹은 그 날 그 날의 날씨와 기분 변화 속에서 구하기도 한다. 발굴하거나 찾아 나서거나 애타게 기다리지 않아도 어떤 이에게 그것은 계시처럼 나타나기도 한다. 타인의 그것은 오히려 쉽게 오는 것처럼 보이기도 한다. 그는 그러나 오늘도 그것을 위해 순결한 백지를 펼친다. 그는 고통 속에 있고, 그는 고통에 시달렸다가, 고통쯤이야 몰아낼 수 있다고 믿었다가, 그 모든 노력들이 '착각'에 지나지 않는다는 것을 경험적으로 깨닫게 된다. 이제 고통을 다루고 달래고 어루기 위해 기꺼이 그것을 그는 활자로 쓰기로 한다. 그는 그것에 대한 강박과 실패로 인해 죄책감과 수치심을 토로하기도 하는데, 그것은 두려움, 불안, 공포의 정동들과 인접해 있기도 하다.

그것은 무엇이고, 그는 누구인가. 그의 직업 혹은 정체성은 '시인'이라 불리우고 그것의 이름은 '시'라고 한다. 시에 관한 시인의 자의식이 더러는 시에 태그처럼 붙어다니기도 하는데, 자연스러운 탈부착이 그리 쉽지는 않다는 게 이 업계 종사자들이 고민하는 지점, 관건 중 하나라고 한다.

2. 고통을 다루는 한 가지 방식

전영관의 시는 묘사보다는 진술에 의존한다. 묘사는 대상에 대한 관찰이 주가 되기 때문에 이때의 시적 주체는 대상으로부터 물러나 일정한 거리와 객관성을 확보하는 데 용이하다. 반면 진술은 대상에 대한 시적 주체의 주관적인 판단이나 정의, 판단, 자전적인 깨달음, 독백, 심리적 투사, 대상을 규정하려는 윤리적이거나 인식론적인 해석, 존재론적 성찰, 반성, 회의 등이 주를 이루기 때문에 자칫, 자조적이거나 교조적, 혹은 관념적이거나 감상적 어조로 흘러갈 수도 있음에 유의해야 한다. 진술은 보여주기가 아닌 말하기에 해당하므로, 시적 주체의 정서와 정동이 묘사보다는 훨씬 직서적으로 드러나기 때문에 독자들은 이에 일체화되어 공감할 수도 있지만 오히려 반감을 품게 될 수도 있다. 따라서 텍스트 안과 밖에서 시인에게는 시인의 자의식에 대한 경계는 물론이거니와, 시적 주체 즉 언술 주체와의 거리두기가 필요하다.

전영관의 이번 신작들은 진술이 주를 이룬다. 그는 현상들과 사건들, 사물들에 정의나 해석 판단을 부여한다. '무엇'은 '무엇'이다로 진술되는 구조의 문장들이 이를 입증한다. 아마도 죽음의 문턱을 지나온 이전과 이후의 경험은 그에게 세상의 모든 것들을 다시 바라보고, 이를 재정의하게 한 계기로 작용하지 않았을까 유추해 본다. "숟가락이 삽처럼 생긴 것"을 보고도 그는 "무덤을 파는 일과 밥을 퍼먹는 일"과의 동일성을 떠올린다. 결국 사는 일과 죽는 일이 같은 방향을 향해 있음을 깨달은 인식 주체의 성찰과 각성 혹은 삶의 새로운 발견에 가까운 통찰적 진술이 이어진다. "양쪽으로든 기울게 마련인 시소"를 보면서도 시인은 "신의 무능"을 꼬집는다. 완벽하게 좌우 대칭을 이룰 수 있는 시소는 세상에 존재하지 않는다. 오차와 오류를 배제한 완벽한 세상이란 불가능하기 때문이다. 신의 형상으로 만든 피조물들이 불완전하니 신 역시도 불완전할 수밖에 없다는 논리도 일견 성립할 수 있다. "완벽하게 수평인 시소가" 만약 존재한다면 그것은 "악마의 마법" 즉 현혹이나 사기에 가까운 위험한 것일 수 있다고 시적 주체는 진술한다. 다음 연에서는 고통에 대한 진술이 이어진다. 시인은 고통에 대처하는 사람들의 숙련도와 고통을 대하는 태도에 대해 분류한다. 일차적으로 "고통에 시달리면 병원을 찾고", "고통을 몰아낼 수 있다고 착각하면 종교에 매달린다"고 진술한다. 얼핏 전자는 육신의 고통과 후자는 정신의 고통으로 보이지만 이 둘은 사실상 분리되지 않는다. 그러나 "고통을 몰아낼 수 있다"는 "착각"이 "착각"일 뿐이라는 것을 인지한 주체들 중에서도, 한 범주의 부류만이 이 "고통을 다루"고자 "시를 쓴다"라고 연이어 진술한다. 사람들이 떠벌리는 "예지력"이란 결국 거기서 거기이며, 다만 "시를 쓰"는 행위로 주체는 "고통을 다룰 수 있"을 뿐이라는 자조와 비극적 고백이 강하게 드러난다. 또한 시인은 "믿음"에 관해서도 "믿음"이 삶의 "안전"성을 담보해 주지는 않는다고 비관적으로 자조하듯이 전언한다. 시인의 이 같은 발화와 언술들은 표층적으로는 외부를 향해 있지만 심층적으로는 발신자 자신을 향해 있다. 고통과 불행, 삶과 죽음, 종교와 문학적 신념들에 대한 존재론적인 성찰과 회의, 극단의 자각, 세상과 신을 향한 비판적인 목소리와 비난, 비극적인 페이소스가 이번 작품들 마다 진하게 배어 있다. 시가 고통의 산물이라면, 시인은 대체 얼마나 깊이 앓았던 것일까.

　　숟가락이 삽처럼 생긴 것은

　　무덤을 파는 일과 밥을 퍼먹는 일이

　　어느 동일한 방향으로 나아간다는 상징이다

　　양쪽으로든 기울게 마련인 시소가

　　신의 무능 때문은 아니고

　　완벽하게 수평인 시소가 악마의 마법일 뿐이다

　　고통에 시달리면 병원을 찾고

　　고통을 몰아낼 수 있다고 착각하면 종교에 매달린다

　　고통을 다룰 수 있다면 시를 쓴다

　　앞이 보인다고 떠벌이는 예지력이란

　　누구에게나 앞은 보이는

　　앞뒤 객석의 높이 차이 13cm 정도일 것

　　사탄을 믿지 않는다 해서

　　사탄으로부터 안전한 건 아니다

- 「시가 되고 싶은 것들」 부분

　　　　　　　　　　　　징후의 시학, 빛을 열다

넷플릭스 드라마『지옥』이 떠오른다. 신이든 사탄이든 천사든 사자든 기표는 중요하지 않다. 어느 날 불쑥 계시를 주기 위해 찾아온 대상이 누구인지는 인간이 이름 붙이기 나름이기 때문이다. 다만 그가 찾아와 '고지'를 하면 죽음은 어김없이 예정된 시각에 '시연'된다. 편의상, 천사 또는 사자라고 부를 뿐이다. 언어의 자의성은 관념이나 표상의 자의성과도 상통한다. 누군가에는 천사가 누군가에는 악마일 수 있는 존재의 호환성. 드라마에서는 죽음을 '고지' 하는 존재를 '천사'라고 명명하지만, '천사'가 아니라 그는 사탄이나 악마, 괴물이나 재난 그 자체일 수도 있다. "너는 모년 모월 모일 모시에 지옥에 간다" 곧 '너는 미래의 정확한 시간에 확고하게 죽는다'라는 극 중 '천사'(고지자)의 피할 수 없이 간명한 발화 즉 특정된 수신자에게만 효과가 발효되는 이 극명한 전언은 오차 없이 그대로 그것도 잔인한 방식으로 구현된다. 신을 믿든 안 믿든, 우리는 '신'(초월적 존재 혹은 재난)의 영향으로부터 안전하지 않다. 신의 자리에 코로나19, 팬데믹을 입력해도 상황은 크게 달라지지 않는다. 착한 사람 대 나쁜 사람, 한 사람이 지닌 죄의 경중, 인격의 성숙도가 바이러스 감염이나 노출 대한 확률에 영향을 미치지는 않는다. 오히려 부(富)의 정도, 노환이나 기저 질환 여부에 따라서는 재난에의 취약성이 달라질 수 있다. 따라서 인간의 선악 개념이 신의 선악 개념과 반드시 일치하리라는 원칙이나 법 또한 없다. 불행과 재난과 고통은 불시에 불특정 다수의 누구에게나 닥칠 수 있고, 그것은 평소의 신념이나 종교적 믿음, 불신과도 다소 무관하다.

"사탄을 믿지 않는다 해서/ 사탄으로부터 안전한 건 아니"라는 시인의 전언은 그리하여 일견 정당성을 획득한다. 인간이 살면서 마주하게 되는 온갖 불행들, 고통, 불의들, 부조리들에 순당(順當)한 원칙과 맥락을 부여하기란 쉽지 않다. 앞서 말한 영상 콘텐츠 『지옥』에서 출생 신고도 하지 않은, 법적 이름조차 없는 갓 태어난 아기에게 '천사'는 전언한다. "너는 삼 일 뒤에 지옥에 간다"라는 사형선고. 자식의 죽음을 선고 받은 부모에게는 '지금 여기'의 현실은 곧 지옥의 현장이 된다. 삼일의 유예 기간에 그들이 자식을 살리기 위해 할 수 있는 일은 사실상 없다. 아마도 아기가 죽은 다음에 사후적으로 애도를 하고 그 고통을 다루기 위해 노력할 수는 있겠지만 완벽한 치유와 애도는 사실상 존재하지 않는다. 그런 의미에서 시인이 위의 텍스트에서 언급한 사람들이 "고통에 시달리면 병원을 찾고/ 고통을 몰아낼 수 있다고 착각하면 종교에 매달"리겠지만 "고통을 다룰 수 있다면 시를 쓴다"라고 한 진술은 사후적 고통에 직면한 시적 주체의 내밀한 자기 치유의 서사로서의 시 쓰기에 대한 시인의 고백, 즉 그 자체로도 고통스러운 '시 쓰기'에 대한 시론과 처방으로 봐도 무방하다. 고통에 직면했거나 고통을 겪고 있는 사람에게는 병원이나 종교, 어떠한 신념도 효용이나 희망이 될 수 없다. 그 고통에 직면하여 고통을 객관화하고 견디고 초월할 수 있는 유일한 방법은 아마도 무언가를 '쓰고 말하는' 발화 행위 또는 예술적 승화에 있을 것이다. 고로 시인은 고통을 다룰 수 있는, 고통의 지옥을 투과(透過)하는 중에도 종이와 연필을 들이대는 어쩌면 신의 가학성을 초월한 가장 위대한 존재일 수 있다. 그렇게라도 고통이 상쇄될 수 있다면 시는 지상의 마지막 환약이자 진통제, 환각제가 될 수 있을 것이다. 위 시의 제목에 해당하는 "시가 되고 싶은 것들"은 결국 고통의 늪에서 허우적대는 불행한 주체들의 신음들, 해소되지 못한 욕망들, 수치들, 죄의식들, 수인의 몸짓들, 질병과 죽음에 취약한 우리들 모습의 날것 그 자체들에 대해 일깨운다. 늪은 생명을 삼키기도 하지만 무수한 생명을 키운다. 애통해하는 순간의 파편들과 울음들도 시의 늪에서 생명으로 자라난다. 환부의 늪, 늪의 환부에 반 이상 잠겨 있는 절망들이 더러는 시의 연꽃으로 피어난다. 아직 시가 아닌 것들, 시가 되지 않는 것들, 그러나 "시가 되고 싶은 것들"에게 시적인 의미와 상징, 형상화, 의미와 의도성을 부여하는 것은 결국 인간이며, 우리가 시인이라고 부르는 시를 쓰는 '지금 여기'의 그 자신이다.

그러나 한편 "시가 되고 싶은" "것들"이라 그것들을 지칭했을 때, 복수(複數)의 대상들 그것들이 시가 되고 싶어 할 것이라고 생각하는 것 자체는 자칫 인간 중심적 사유 또는 의도의 오류가 될 수도 있다. 시는 살아 있는 인간만이 만들 수 있다. 시적 주체는 주로 "실패한" 대상들, 낙담하고 절망한 대상(시적 주체 자신을 포함)에게 관심을 기울인다. "끔찍하다", "무례하다" 등 등, 전영관 시인의 텍스트에 드러난 대상들에 대한 주체의 정동은 실망과 실패, 절망과 낙망, 적의와 자괴감, 수치심과 환멸감으로 가득하다. 시적 주체는 나아가 그 고통을 부여한 "신의 무능" 혹은 "사탄"에 대한 "믿음"마저 의심하기에 이른다. 시인의 진술처럼, 인간이 지각하는 모든 믿음과 감각은 착각과 오류, 언어의 잔재일 수 있다. 그렇다면 어쩌면 꿈틀대는 욕망이나 본능만이 가장 솔직한 생의 자각과 존재의 증거일 수 있겠다. 시를 소거하고도 남는 것, 고통마저 소거되고 나면 시인이 시를 쓰고 싶어 하는 순수한 욕망만이 결정(結晶)으로 남게 될까. 부와 명예와 행복과 건강을 전부 걸머진 사람도 시를 쓰고 싶어 할까? 사물이든 사람이든 스스로 "시가 되고 싶은 것들"이란 애초에 존재하지 않는다. 시로 삼고 싶은 주체의 욕망만이 있을 뿐이다. 그 욕망은 그러나 생명이 있기에 가능한 것이다. 혹은 그 끔찍한 불행의 순간마저도 시로 쓰고 싶은, 고통을 재현하고 발화하는 동시에 시니피앙 안에 가두고 위악조차 쓰고 기록하는 시인의 욕망, 생명에의 열망에 대해 생각한다. 참혹한 불행, 끔찍한 지옥과 고통의 순간을 마주한 지상의 모든 시인의 마지막 양식. 시(詩). 덫이자 늪이라 해도, 살아있는 생명이 그 안에서 생명을 낳고 생명을 키운다. 시는 시의 밥, 시는 생명이고 고로 절망이자 희망이다.

3. 시가 부축하는 삶

「곁부축」이라는 텍스트에서는 시인의 자의식은 더욱 강하게 노출된다. 시인은 제목을 통해 어떤 주체도 고통에 대해서는 연약한 대상이 될 수밖에 없고 누군가 혹은 무언가의 부축이 절대적으로 필요하다는 것을 역설한다. 어쩌면 고통에 직면한 주체에게 적나라하게 범람하는 그러한 "죄책감", "자괴감", 실패감과 절망감 등 온갖 부정적인 정동들은 존재를 오히려 아이러니하게도 자명하게 실존하게 한다. 취약한 그들의 곁에서 강하게 부축하여 삶을 버티고 지탱하게 해주는 주변의 모든 것들,

징후의 시학, 빛을 열다

손길과 정성들, 돌봄과 자양분에 대해서도 이 시는 돌아보게 한다. 그러나 시인으로서의 쓰기의 실패에 대한 자의식의 직접적인 노출, 자기 술회적 진술은 시적 긴장감을 다소 감소시키고 있다. 시인 스스로가 '내가 가장 아프고 고통스럽고 슬프다'라고 빈번하게 말하면 독자들은 오히려 슬퍼할 겨를이나 공감대를 찾지 못하게 된다. 시 쓰기에 대한 자괴감, 실패감에 대한 직설적인 발화가 이번 신작들에서는 다소 노출되어 있다. 쓰기에 대한 어려움과 두려움은 작가라면 누구나 매번 직면하게 되는 작가 정체성의 일부이기도 하다. 일반화할 수는 없겠지만, 작가의 자의식을 구성하는 절반은 나르시시즘, 절반은 자기 환멸과 세상에 대한 열패감에 기인한다고 해도 과언은 아닐 것이다. 실패한 사람만이 시를 쓴다. 사실 시인에게는 시에 성공하는 순간보다는 실패하는 순간이나 견딤의 과정 중에 있는 시간들이 훨씬 더 많을 수밖에 없다. 이번 시편들에서 전영관 시인은 시에 실패하게 되는 순간들, 혹은 과정적 시간들에 절망하고 좌절하는 순간들을 시에 고스란히 담아낸다. 시인으로서의 고통스러운 자의식을 드러내는 발화의 방식을 취하고 있다. 그러나 시적 주체는 자신의 실패와 고통을 내면적으로만 직시하는 데에 그치지는 않는다. 그는 나아가 타인, 군중들의 고통, 세상이 직면한 고통으로까지 시선을 확장한다.

시를 실패하고
자괴감이 아가리를 벌리는 밤이면
내 시집 해설에서 위안받았다

그건 믿고 싶은 거짓말이라는 친구에게

술을 채웠다

울컥거리며 빗물을 게워내는 맨홀처럼

지하철 입구에서 사람들이 솟아 나온다

편의점의 노란 우산들이 명랑해서

현관에 걸어놓았다

광장의 사람들이 부딪히지 않는 것은

저마다 죄의 방향이 다른 까닭이다

마지막으로 거실 등 스위치를 내리면서

어둠에 우두커니 앉아 있을 가구들을 보았다

침대 스탠드를 끄고 나서

내 이마를 짚어줄 누군가를 기다렸다

화분에 부은 물이

천천히 스며드는 것을 바라보았다

- 「결부축」 부분

"지하철 입구"에서 "솟아 나오는" "사람들"과 "광장의 사람들"에로 시

징후의 시학, 빛을 열다

선은 이동하고 확장된다. "울컥거리며 빗물을 게워내는 맨홀처럼" 도시의 사람들은 넘쳐나지만 그들은 서로 엉키거나 "부딪히지 않고" 각자의 길을 걸어간다. 시적 주체는 "저마다 죄의 방향이 다른 까닭"에 가능한 일이라고 진술한다. "죄의 방향"이 죄에 대한 목적인지 수단인지 인식 자체인지 그러나 해석은 독자의 몫이다. 그러나 시인은 이내 광장에서 다시 침실로 시선을 전환한다. "침대 스탠드를 끄고 나서" 어둠 속에서 고독과 고통을 마주한 주체는 그런데도 누군가의 손길을 간절히 기다린다. 잠의 시간과 죽음의 시간은 유일하게 존재가 혼자 감내해야 하는 절대 고독의 순간이다. 그런데도 "내 이마를 짚어줄 누군가를 기다"리는 일, 그것은 일말의 희망이자 전부의 희망이다. 혹은 그 희망을 시의 제목이기도 한 "곁부축"이라 불러도 될까. "화분에 부은 물이" 화분 안으로 "천천히 스며드는 것을 바라보"는 주체는 그 자신을 화분으로 치환한다. '나' 자신이 화분이 된 수동적이고 절망적인 상황을 메타적으로 바라보는 입장에 시적 주체는 직면해 있다. 화분은 누군가 물을 줘야만, 햇볕에 놓아주어야만 생명을 유지할 수 있기 때문이다. 실패감이나 절망감, 자괴감과 고통 속에 절규해도 결국 한 사람이라도 그 절규에 응답해 주고 "이마를 짚어"주거나 메마른 화분에 물을 부어준다면 그는 다시 일어나 삶을 살아낼 수 있을 것이다. 시는 기다림의 순간을 버티게 하는 그러한 절망과 고통의 메시지와 주술이 될 수도 있다. 또한 시는 역으로 시인을 부축하기도 한다. 고통과 위안, 그 중간에 혹은 어느 정도의 회복 그 다음 어디쯤에 시가 움트고 자리하고 자란다. 시인은 자명한 고통 속에서 몸으로 의식으로 경험으로 체득(體得)한 시를 기어코 보듣고 키워 낸다.

　　무엇도 궁금하지 않으니까
　　아침까지 불을 켜지 않고 지낸다

　　백색 침대 시트가 얼음덩어리로 보인다
　　잠들면 미라로 발견될 것 같다

　　내 희망을 내가
　　남김없이 먹어치운 듯이 적막한 방에서
　　배부른 시신이 될 것이다

　　그림자가
　　내게서 시커먼 것이 흘러나오는 듯한 느낌일 때면
　　타인에게 모질게 한 것들을 되짚어보았다

　　(중략)

　　내 것이 이루어지지 않는다는 낙담 후엔
　　저열한 것들을 비손한 나를 조롱했다

- 「저혈압」 부분

시인은 계속해서 고통과 절망에 관해 이야기 한다. "희망"이 없다면 죽음과도 같다고 전언한다. "내 희망을 내가" 모조리 "남김없이 먹어치운 듯이 적막한 방에서" 남은 것은 "배부른 시신이 될" 절차밖에는 없다고 미래를 낙담한다. 시인은 계속해서 절망을 "그림자"에 빗댄다. "내게서 시커먼 것이 흘러나오는 듯한 느낌"은 아마도 절망을 내포한 희망의 색깔이 시커멓고 검기 때문일 것이다. "저열", "낙담", "조롱" 등 시인은 비극의 터널 속에서 부정적인 시어들을 자주 꺼낸다. 이러한 자괴감과 열패감은 타인에 대한 행동이나 발화에 대한 자기반성으로까지 이어진다. 아마도 죽음 직전까지 가본 사람들만이 겪게 되는 자책의 심리를 시인은 직접적이고도 경험적으로 진술하고 있다. "백색 침대 시트가 얼음덩어리로 보"이거나, "잠들면 미라로 발견될 것 같"은 불안과 공포의 심리가 텍스트에 여과 없이 투사되어 있다. 위 시의 제목은 "저혈압"이다. 극심한 저혈압의 상태는 죽음 근처의 의식 세계, 무기체에 가까워진 신체 상태에 닿아 있다. 인간은 정신이나 이성, 의식이나 관념보다도 어쩌면 실재하는 신체가 그 모든 것에 앞서 존재를 먼저 존재이게 한다. 생명을 생명이게 하는 것이 저해될 때, 시인은 그 고통을 시 속에서 즉물적으로 회의한다. 극단적인 회의나 절망 속에서도 그림자에 다 잡아먹힐 수 없는 부분이 시인에게는 있다. 희망은 시인을 순순히 놓아주지 않는다.

4. 색깔 없는 무지개, 희망이거나 무량(無量)의 세계를 보는 시인

시인은 그러므로 절망의 끝까지 다다를 수 없다. 동전의 양면처럼, 절망과 희망이 한몸으로 묶여 있다. 전영관 시인은 "희망이란 색맹에게 무지개를 보여주는 일"이라고 전언했지만, 색깔 없는 무지개, 공의 세계에서 색을 보는 자가 곧 시인이기도 한 것이다. 랭보는 시인을 견자(見者)라고 했지만, 그가 보는 것은 착란에 가까운 불가능의 현시일 수 있다. 무지개의 색을 '빨주노초파남보' 일곱 가지 색깔과 언어로 규정하는 것은 폭력이다. 사람은 누구나 자기만의 무지개를 상상하고 채색할 자유가 있다. 그 자유가 바로 희망이다.

벚나무 아래 골똘한 당신은
뒤꿈치에 자운영 보랏빛을 묻혀오겠지
쿡, 쿡 옆구리 찌르며 천치처럼 웃으려고
팔꿈치에 복사꽃 연분홍을 바르고 싶네
꿀 발라 경단을 빚듯 벌들이 잉잉거려서
물색없이 마른침을 삼켜보네

돌아오다 무창포의 지는 해를 보고
봄보다 가을을 먼저 배운 사람처럼 헛헛해져서
꿈만큼 잘 놀고는 시무룩해질 것이네

징후의 시학, 빛을 열다

발 벗고 여울 건너던 당신 종아리처럼

사는 일이 환했다가 아슬아슬

추워라

– 「무량」부분

희망이란 색맹에게 무지개를 보여주는 일

누군가를 끝까지 기다리는 도어록처럼 차가운 체온을 유지하고 싶었다

서향으로 급경사인 동네라 노을 요금이 공짜일 것 같다

마을버스는 못 올라오겠지

노을이 진한 날이면 초혼하듯 탁본하듯이

한지를 흔들어 구름의 요철과 색감을 떠내곤 했다

시집가는 누이에게 주었다면 구연동화가 될 것이다

여기만도 못한 비포장 소읍에서 살았다

구두에 엉겨 붙는 흙이 혐오스러워지면 생활의 곤비困憊를 곱씹었다

늙음이란 달력 같이 융통성 없는 것들에게 화풀이하는 일이다

중개인이 창문 크기에 대한 취향을 굽히지 않는다

늙은이의 경험론은 젊은이 앞의 편협일 뿐이다

오르골의 태엽을 감을 때마다

일주일이라는 억지를 생각한다

희망이 뚱뚱해졌다는 충고를 듣지만

이유는 아무도 가르쳐주지 않는다

종일 동네를 걸었는데 사람은 없고 그림자의 방향만 바뀌었다

빈 항아리 안을 들여다보는 일이 쓸쓸함에 대한 호기심 따위일 것이다

이 동네에 방을 얻기로 한다

애써 외면하다가

그 슬픔을 허락하고 마음껏 침묵하면 끝이 보이기 시작했다

신께 평화를 간구하다가 기다리다가

당신을 닮고 싶다는 마지막 불가능을 전했다

– 「원룸」 부분

    꽃피는 봄날처럼 "사는 일이 환했다가 아슬아슬" 갑자기 추워지기도 하고, "천치처럼 웃"다가도 어느 순간 갑자기 "헛헛해져서"는 "꿈만큼 잘 놀고"서도 곧장 "시무룩해질 것"이라고 시적 주체는 종잡을 수 없는 생의 오르막과 내리막에 대해 진술한다. "벗나무 아래 골똘한 당신", "발 벗고 여울 건너던 당신"이야말로 시적 주체에게는 봄이고 가을이고 생명이고 "곁부축"의 든든한 버팀목이 된다. "당신"은 세계이고, "무량"

                                          징후의 시학, 빛을 열다

이다. 시인은 "입에만 담아도 무거운 화엄보다" "무량하고 사무치는 봄날" 그 볕에 "이생의 우환들 널어놓고 싶"다고 고백한다. 시인은 "무량"의 세계, 곧 "당신"으로 인해 그래도 "이생"이 "황홀하다"라고 발화한다. "당신"은 "무량"이어서 "당신"은 "당신"을 초월한다. 고통이나 절망을 부인하고 "애써 외면하다가" 비로소 어느 순간 이제 시인은 계절의 순환처럼 "그 슬픔을 허락하고 마음껏 침묵하면 끝이 보이기 시작"한다고 고백한다. 「원룸」에서 시적 주체가 남루한 동네를 전전하며 구하러 다니는 "원룸"은 사실상 시인 자신의 몸을 은유하고 상징한다. "원룸"에 도착한 사람들, 그 안에서도 무지개는 봐야겠기에 "창문 크기에 대한 취향"만큼은 굽힐 수 없는 것이다. 다시, "무량"과 "원룸" 이전으로 돌아가 시인의 "늪"과 "무지개"에 직면한다. 그가 시를 쓰는 이유, "신께 평화를 간구하다가 기다리다가" 직접 '그것'을 찾아 나서는 일, "당신을 닮고 싶다는 마지막 불가능을 전"하는 일일 것이다. 가장 깊은 "늪"에서, 시가 자란다. 손바닥만 하게 뇌 뼈를 잘라내고 머리의 절반이 움푹 파인 상태로 검은 실과 스테이플러로 봉합해 놓은 두피, 거기에서도 머리칼이 무성하게 자라나는 것을 직접 본 일이 있다. 시는, 희망은, 잔인하다. 그것들은 절망을 파먹고 무럭무럭 자란다. 무엇보다 전영관 시인의 건강과 건필을 기원하면서 비루하고 부족한 이 글을 마친다.

시(詩),
언어의 문진(文鎮)에 관하여

- 염창권의 시 세계

1. 프롤로그 : 시(詩)라는 누름돌이 있는 삶

전세계를 공황 상태에 빠뜨린 코로나19가 전혀 사그라들 기미가 보이지 않는다. 불길이 잡히기는커녕 일일 신규확진자 수가 최근 천명을 넘어섰다. 거리두기 역시 최고 단계로 격상될 위기에 놓여 있다고 한다. 2020년, 갑자기 들이닥친 팬데믹의 상황은 우리의 일상을 전면 바꿔놓았다. 이토록 창궐한 감염병의 시대에 죽음의 물질성에 대해 생각한다. 최소한의 장례와 애도조차 생략된 채, 지금 이 시각에도 전염병으로 인해 사람들이 무수히 죽어 나간다. 냉동고에, 종교 기관에 밀봉된 채로 적재된 주검들과 죽음들이 수두룩 하다고 한다. 세계 각국에 방치된, 혹은 방역과 기피와 혐오의 대상이 된 수많은 죽음들에 대한 기사를 접할 때, 마스크 한 장 없이 고스란히 전염병에 노출된 하층민들의 그토록 가벼운 삶을 생각할 때에도 염창권 시인의 이 시를 자꾸만 떠올리게 된다.

죽음이 너무나 가벼워서
날아가지 않게 하려고

돌로 눌러 두었다.

그의 귀가 너무 밝아

들억새 서걱이는 소리까지

뼈에 사무칠 것이므로

편안한 잠이 들도록

돌이불을 덮어 주었다.

그렇지 않다면,

어찌 그대 기다리며

천년을 견딜 수 있겠는가.

- 염창권, 「고인돌」 전문

 죽음은 저 건너, 저 멀리, 너머에 있다고만 치부했던 시절이 있었다. 죽음을 이해하기에는 이성도 감각도 부족했던 시절이었다. 이 작품을 처음 만나기 전까지는 적어도 그렇게 생각했었다. 염창권 시인의 「고인돌」을 처음 읽었을 때를 기억한다. 그 날 이후, 죽음을 접하거나 생각할 때마다 자주 떠올리며 되뇌이는 시 「고인돌」. 타인이 준 상처로 가슴이 너풀거릴 때, 바람에 들뜬 흰 종이가 함부로 펄럭여 글조차 제대로 쓸 수 없을 때, 그 상처의 지면 위에 문진(文鎭)처럼, 묵직한 벼루처럼 가만히 올려놓고 읽던 시이다. '참을 수 없는 존재의 가벼움' 위로, 때론 불운으로 펄럭이는 누더기 같은 생을 고정하기 위해 누름돌과도 같이 가슴 위에 얹어두고 낭송하던 아끼는 시 몇 편 중에 염창권의 「고인돌」이 있다. 1980년 5월을 생각할 때도, 2016년 4월을 생각할 때도 거대한 고인돌 하나가 가슴에 내려앉는 것을 느낀다. "죽음이 너무나 가벼워서" 바람에 흩어지거나 공중에 훠이훠이 "날아가지 않게 하려고" 저 묵중한 "돌로 눌러 두"거나 태극기와 노란 리본으로 꽁꽁 싸매 놓았을 그 오래되고 간절한 마음을 짚어본다. 이십 대에 접했던 이 시의 전언은 그렇게 나의 뇌리에 지금까지도 깊이 각인되어 있다. 좋은 시는 이렇듯, 하나의 충격과 '사건' 그리고 '감전'의 형식으로 다가온다. 죽음은, 죽음의 그림자는 무겁고 두껍고 한없이 캄캄하고 어둡고 숨 막히고 꽉 막혀서 배가 침몰하듯이 깊은 수렁 속으로 침잠하는 것이라고만 단순히 생각했던, 죽음의 무게 중량과 방향성에 대한 관념을 내게서 한순간에 바꿔버린 하나의 '사건'으로서의 만남이 된 '시 읽기'였다.

어떤 죽음은 먼지보다 가볍게 휘발되고, 금세 잊히고 만다. 누군가에게 살해되어 어딘가에 흔적도 없이 묻히거나, 방치되거나 은폐되거나 말살되기도 하는 가벼운 죽음들이 세상에는 무수히 많다는 것을 우리는 역사 속에서 혹은 일상에서 목도(穆圖)해 왔다. 학살의 현장도 마찬가지. 죽음에 배당된 애도의 무게와 함량과 기한은 또 어떠한가. 어떤 죽음은 애도조차 금지된다. 저 원시 시대에만 해도 부족의 지도자 정도는 되어야 제법 묵중하고 편편한 "돌이불"이 허락되었으며, 때론 순장(殉葬)의 의식으로 살아있는 사람까지 동원하여 그 죽음을 뒤덮기도 했으니, 죽음에도 경중과 귀천이 있었음은 달리 부연의 필요성조차 없다. 신분이 높을수록 오래오래 기려졌을 망자의 죽음. 두고 갈 재산과 지위와 명예가 많아서도 죽음 저편으로 날아가기도 쉽지 않았을 테니. 생에 관

징후의 시학, 빛을 열다

한 연민과 집착이 구천을 떠돌게 했으려나. 그러나 세상에든 '산죽음'도 있다. 살아있을 때부터 이미 폭력과 질병과 가난과 사고에 노출된 사람들, 위험의 순간에 노출된 채, 비참한 생을 살아가는 삶도 지구상에는 많다. 생물학적인 죽음만이 죽음은 아니기에, 그 '산죽음'들을 초래하게 된 폭력과 불공정성에 대해서도 상기할 필요가 있다. 죽음의 중량(重量)과 경량(輕量)을 측정할 수는 없겠지만, 살아서 이미 죽음을 매일 매일 살고 있는 사람들은, 그 낱낱이 찢긴 상처의 가슴들은 무엇으로 눌러둬야 버틸 수 있을 것인가. 아마도 사랑과 기다림과 연민만이 그들을 버티게 할 수 있을 것이다. 죽어서든 살아서든 천년만년 누군가를 애타게 사랑하고 이별하고 고대하고 희망하는 그 "기다림"의 무게야말로 세상에서 가장 잔인하고 무거운 형벌이 아닐까. 염창권 시인의 저 시의 구절들을 돌올하게 가슴에 새겼던 이십 대의 나는 아마도 시(詩)라는 고인돌 하나를 그날 이후 가슴에 얹어두었던 것 같다. 시의 바깥, 생의 바깥, 죽음의 심연 속으로는 차마 날아가지도, 가라앉지도 못할, 수인의 삶을 받아들이게 된 것도 그날 이후였으리라. 시(詩)가 가진 힘과 무게와 고정력은 이토록 묵중한 것이리니, 종이와 연필과 문진이 있는 삶이라서 그래도 다행이라고 말하고 싶다.

2. 사물이 있는 적막한 풍경, 성찰들

사람은 누구나 기다림과 견딤의 삶을 산다. 기다림과 견딤의 대상, 그에 대한 감정과 태도만 저마다 다를 뿐이다. 누군가는 연인을 기다리거나 연인을 견디고, 누군가는 한 줄 문장을 기다리거나 한 마디 말을 견디면서 생을 지속한다. 망연자실 죽음의 순간만 기다리는 시한부의 삶도 있다. 무수히 많은 시간의 "허물"을 매 순간 벗고 또 벗으며 기다리거나 버티거나 견디는 삶을 우리는 살아간다. 물론 박차고 나가 운명과 대결하는 삶도 더러는 있다. 그러나 염창권 시인은 그 자신의 생에서 한 발치 물러나 물끄러미 자신의 "빈 의자" 하나를 응시한다. 사물을 매개로 한 사유와 성찰이 통찰로 이어진다. 녹록지 않았던 삶의 여정을 가만히 돌아보는 시인의 표정이 시 속에 탄탄히 투사되어 있다. 시인은 그동안 살아냈던 삶의 순간들, 태도와 정동들을 사물의 비유를 통해 일체의 군더더기 없이 감각적으로 그러나 절제의 미학으로 형상화해 낸다. 일련의 작품들에서는 남도의 가락과 시조의 전통적 운율을 체화한 토속적인 시풍도 더러 보여준다. 아래의 시편들에서는 절벽이나 허공을 배경으로 한 채 꼿꼿하게 그러나 위태롭게 서서 무엇인가를 기다리거나 때로는 타인을 앉히고 감내해야 하는, 한 사람의 희생과 인고와 애환 그리고 기다림의 한 자세를 "의자"에 대한 묘사와 진술을 통해 보여준다. 「공중보도(空中步道)」라는 작품에서는 허공 위에 덩그러니 길 하나로 외롭게 떠서 누군가의 이쪽과 저쪽을 연결해주는, 정작 자신은 교두보(橋頭堡)에 갇혀 자유를 저당잡힌 채로 대출된 생을

정후의 시학, 빛을 열다

살아가는 한 존재의 비의적인 단면들과 생활정서들을 섬세하게 포착하여 보여준다. 길 위의 삶과 허공에 놓인 길을 응시하는 주체의 시선에 잡힌 하나의 대상으로서의 자기 자신을 재발견하여 시인은 제 삼자로서의 "나"에 대해 관찰하고 이를 성실하게 묘사해 낸다. "극세사의 유리 표면"에 "달라붙어" 있는 한 "얼굴"에 대해 시적 주체는 "대출된 그"라고 진술하지만, 결국 "대출된 그"의 얼굴은 "나"의 얼굴이다. 저당 잡히거나 "대출된" 삶을 매 순간 힘겹게 살아냄으로써 상환해 나가는, 이제는 "피부 아래 늙음이 들끓고 있"는 초췌한 모습의 소시민의 얼굴이 지닌 정직한 표정들을 시인은 한겹 한겹 벗겨낸다.

극세사의 유리 표면에 얼굴이 달라붙었다,

바다 밑이 들여다보이는 서슬푸른 날이다, 주머니에 넣어둔 카드키 두 장이 내가 가진 공간 정체성을 암시한다, 거리에서 0.25㎡ 용적의 몸들이 소음과 바퀴들을 겁내며 걷고 있다, 나는 건물에서 건물로 이동한다, 대출된 그는 내 몸속에 틈입해 있는 중,

안쪽의 길과 바깥의 허공이 유리 난간을 사이에 두고 투명하게 접혀 있다

이 공중 정원과 건축물들 사이에서 내가 가진 시간은 기호화되었다, 늙음을 돌보는 인부가 두엇은 더 있지만, 의심이나 회의는 습관처럼 다가온다, 바닷바람이 창틀에 진득하게 눌어붙는다, 섬이 보이다가 안개에 가려

안 보이는 날 많다

잠시간, 그의 얼굴을 떠올려 본다, 피부 아래 늙음이 들끓고 있다,
그는 바로 나다.

- 「공중보도(空中步道)」 전문

"유리 표면"과 "공중보도"는 이쪽과 저쪽을 경계 짓는 구획을 상징한
다. 또한 시 속에서 묘사된 "유리 난관"의 길은 "안쪽의 길"과 "바깥의
허공"을 잇는 하나의 통로 역할을 하기도 한다. 지갑 속 "카드키 두 장"
은 통행권이자 보안카드이며 "내"가 가진 "공간 정체성"을 "암시하"기도
하는 매개체인 동시에 그러한 "보완"으로 가두리된 공간에 일상을 묶어
두는 지루하고 답답한 구속의 상징물을 의미하기도 한다. "나는 건물
에서 건물로 이동"을 할 수는 있지만, 동선은 그 안에서만 그것도 카드
가 있을 경우에만 허락된다. "대출된 그"는 그 자신이 담보로 저당 잡
혀 있으며, 이미 "보안"의 시선과 감찰은 "내 몸속에 틈입해 있"다. 삶
은 이처럼 감시와 종속으로 다람쥐 챗바퀴 돌듯 순환을 반복하며, 대
출이자와 원금상환을 위해 흘러갈 뿐이다. "공중 정원과 건축물들 사
이에서"조차 "내가 가진 시간은 기호화"된다. "대출된 그"의 "늙음을
돌보는 인부" 역시 "두엇은 더 있"다고 자신할지라도, "늙음"만큼은 그
들의 보살핌을 통해 돌보거나 지연시킬 수는 있겠지만 완전히 멈추게

징후의 시학, 빛을 열다

할 수는 없다. "안개" 자욱한 날들 속에서 희망이라 부를 "섬"은 보이지 않고, 투명하게 가속화되는 것은 늙음과 퇴행뿐이다. 여전히 "의심이나 회의는 습관처럼 다가"온다고 할지라도 그것들을 "정체성"이라고 의식하는 주체의 인식들조차 이미 "대출된" 것들이며, 우리가 일상이라고 부르는 삶은 거대한 감옥에 구속되어 있는 것임을 하나의 진실로 마주하게 된 시적 주체의 표정은 자못 쓸쓸하고 어둡다. 일상의 불편한 진실을 마주한 시인은 이제 한 겹의 허물을 더 벗겨내고 보다 솔직해진 자신의 얼굴과 조우한다. 끊임없이 자신과 타인을 의심하고 회의하지만, 자명한 것은 "안개에 가려 안 보이는 날들"의 "서슬푸른" 잔해들 뿐, 그리고 오직 "피부 아래 늙음"만이 "유리 표면"에 흡반처럼 들러붙어 있음을 자조하는 시인의 자기투영적 시선은 건물 외벽의 반사경처럼 고스란히 독자들에게까지 그 빛을 되비추고 있다. 염창권의 시는 그러한 반사경과도 같은 텍스트이다. "흘러내리는" 얼굴'들'과 허물'들'을 고스란히 들여다보게 하는 거울의 적나라함과 유리의 투명함을 동시에 지닌.

의자는, 기억을 담아두는 그릇이다

다리를 휘게 하면서
앉았던 바닥이 패어 있다
순간순간 몰려왔던 회오의 감정들이
탄식과 함께 흙바닥을 짓이기면서

작은 흉터를 남긴 것이다

- 「의자」 부분, 『한밤의 우편취급소』, 34쪽

의자는
감정보다 태도에 가깝다
얼굴에 흘러내린다

뻑뻑하게 굳은 그가
발가벗겨진 허물을 발가벗으려 할 때
가파른 절벽이 등에 매달렸다

아직 발가벗기지 않은
구린 의자는
동류의 똥 냄새를 맡기라도 한 듯
적대적인 태도로 고쳐 앉는다

지금까지 의자였지만
앉을 곳이 필요한
발가벗긴 남자의 무릎을 닮은
저기에,

징후의 시학, 빛을 열다

빈 의자가

　　최근에 펴낸 시집에 수록된 「의자」라는 작품과 근작시 「저기 빈 의
자가」라는 작품은 서로 대칭을 이루듯 닮아있다. 시인은 이제 "늙음
으로 들끓고 있는" 자신의 지나온 삶을 되돌아보며, 기억들이 오롯하
게 새겨진 하나의 "빈 의자"를 발견하는 데 이른다. 절망과 허공의 절
벽을 등받이로 한 의자. 숨가쁘게 일하며 누군가를 앉혔을 때는 보이
지 않았던 자신의 표면들을 응시한다. 삶에 급급하여 미처 자세히 응
시하지 못했던 자기 생의 "빈"곳과 상처의 날들을 이제는 지긋하게 관
조하는 시적 주체의 자기 투영적 시선이 엿보인다. 동시에 독자들에게
까지 스스로의 삶을 이중의 시선으로 바라보게 하는 그러한 반영적 작
품이다. 젊은 날의 "허물들", 욕망의 현신(現身)들은 "아직 발가벗기지
않은" 채, 타인의 악취까지도 참아가며 견뎌왔을 시간들이 "의자"들 위
로 과거의 시간들은 켜켜이 쌓여 보이지 않는 탑을 이룬다. 한때의 "의
자"는 타자뿐 아니라 내 스스로에게도 타협과 절충과 인내를 강요하며
무게중심을 버텨왔을 것이다. "얼굴"이 아닌 가면을 쓰고, 업적을 쌓고
돈을 벌고 가족과 직장을 위해 봉사하고 배려하고 희생해온 친절과 배
려와 헌신을 일관된 삶의 "태도"로 삼아온 모든 순간들을 되돌아보며
시인은 극심한 피로에 휩쌓인다. "순간순간 몰려왔던 회오"와 "탄식과"
"기억을 담아두는 그릇"으로서의 "빈 의자" 하나가 "저기" 저 만치의 거

리에 놓여 있다. "의자"의 몸 곳곳에는 "패인" 상처들과 "작은 흉터들"이 남아 있지만 타인에게는 보이지 않고, 오히려 견고해 보이는 의자의 의연함과 놓여 있음은 그 자체로 시인이 일궈온 삶의 과업을 상징하기도 한다. 그러나 "가파른 절벽이 등에 매달"려 있는 의자는 이제 스스로를 기대이고 앉힐 곳이 필요하다고 일상의 권태와 피로감을 토로한다. "저기에, 빈 의자가" 덩그러니 놓여 있고 시인은 정물화를 그리듯 "거리"를 담담하게 유지하면서도 한편으로는 "회오"의 정동들을 언뜻언뜻 송출하거나 누전하면서 독자들에게 억압해 왔던 정동을 노출한다.

돌아보는 날 많아진다, 갈수록 더 그러하다

묵중한 잿빛 행렬이 마음을 끌어당긴다, 양팔에 긴 철선을 꿰어서 잇댄 것이 죄수가 아니면 수도승 무리 같다, 평원 지나 거친 숲에 솟아오른
발목들 수천이 모여 묵묵히 도열을 시작했던
　발원지의 너, 라는
　낙차 큰 발전소, 감당 못할 수량에 수직 허공이다
　거듭된 추락 앞에서
　고압으로 충전된, 결말 또한 벅차다.

- 「송전탑」 전문

첫 연이자 위의 시의 첫 행인 "돌아보는 날 많아진다, 갈수록 더 그

러하다"라는 진술은 시인의 반성적, 성찰적 태도와 자기 응시의 시선을 앞의 작품들보다는 더 꾸밈없이 있는 그대로 내보인다. 현란한 수사와 관념, 장식들을 걷어내고 간결한 전언 속에 시인은 "고압으로 충전된" 전류의 파장을 독자들에게 흘려보낸다. 염창권 시인은 잘 알다시피 시조 시인으로도 오랜 기간 활발하게 활동해 왔다. 그래서인지 작품들 마다 리듬이 자연스럽게 체화되어 있음을 알 수 있다. 위의 작품 역시 시조의 형식으로 보아도 무방하다. 첫 행이나 마지막 행은 리드미컬하게 4음보로 읽힌다. 군더더기 없이 응축된, 초장 중장 종장으로 이뤄진 짧은 사설시조의 구조와 흡사한데, "송전탑"에 관한 묘사는 중장 즉 2연에 집중되어 있어 이미지가 더욱 선명하게 다가온다. 시인의 눈에 비친 "송전탑"의 "묵중한 잿빛 행렬"들은 흡사 "죄수가 아니면 수도승 무리"로 비유된다. "거친 숲에서 솟아오른 발목들"은 그 뿌리가 땅속 깊이 묶여 있으되, 어디론가 가고 싶은 욕동과 욕망 수천이 모여" 고압의 전류를 형성하는데, 시인은 그 자신에게 그리고 독자들에게로 그 사유의 지류(支流)를 흘려보낸다. "묵묵히 도열"을 이루고 있는 장엄한 광경들 앞에서 시인의 시선은 그 광경들의 표면만이 아닌 이면과 연원까지도 응시한다. "감당 못할 수량", "낙차 큰 발전소", "수직 허공", "거듭된 추락", 이러한 충격들이 결국에는 고압의 전류를 만들어내는 "발원지의 너"에 기인한 것이었음을 시인은 고백한다. "고압으로 충전된, 결말"들을 거슬어 기억의 상류로 올라가다 보면, 우리는 아마도 저마다의 고통스러운 충격들에 마주하게 될 게 분명하다. 회복하기 힘든 상처들, 낙차 큰 추락들이 반복되어 "고압으로 충전된" 전류를 생성해내 듯이, 어쩌면 인간의 삶도 매일의 추락과 몰락이 나날의 일상을 "꿰어서 잇대" 누추한 인생(人生)의 조각보를 형형색색 만들어내는 것이리라. 알고 보면 크고 작은 일상의 추락과 매일의 충격들이 에너지를 생성해 내는 발전소의 일과도 다르지 않음을, 또한 시인의 시업(詩業) 역시도 "수직 허공" 속에서 "마음을 끌어당겨" 발전(發展)하고 또 발전(發電)해 내는 것임을 일깨우는 시편들이 아닐 수 없다.

신어보지 못한 길이 나란히 놓여 있다

배고픈 혓바닥 같은 회색빛 쪼리가 먼지를 탁탁 부쳐대며 다 닳은 길 핥고 간다, 진열된 몇 켤레의 샌들이 나를 본다, 병든 것이 마음인지 너덜대는 육신인지 내 살아온 문수까지 재어보는 표정이다

공복空腹인 혀의 길이 멀다
허겁지겁, 이란 의태어, 또 갈아 신는다.

- 「가판대」 전문

위의 시에 묘사된 가판대의 전경은 삶에 대한 포괄적이고도 일반적인 메타포로 볼 수 있다. 백화점에 진열된 명품 신발들이거나 길거리 노점상에 펼쳐져 있는 신발들 혹은 재활용함에 버려진 낡은 신발들까

징후의 시학, 빛을 열다

지, 다양한 삶들이 저마다의 "가판대" 위에 전시된 정경들을 시인은 실감의 언어로 포착해 낸다. 시인은 그것들을 "신어보지 못한 길들"이라고 표현하는데, 한 쌍의 "나란히 놓여 있"는 신발은 인간의 마음과 육신의 한 '조합(照合)'처럼 읽힌다. "병든 것이 마음인지 너덜대는 육신인지 내 살아온 문수까지 재어보는 표정"으로 오히려 가판대 위에 놓여 있는 신발들이 도리어 시인을 물끄러미 응시하며 이리저리 재어보고 가늠하는 것인데, 시인은 병(病)이 아니라 허기(虛氣)일 뿐이라고 에둘러 진술한다. "공복인 혀의 길"이 아직 멀리 펼쳐져 있기에 시인은 끝없이 길을 가야만 한다고 다짐하듯이 고백한다. "허겁지겁, 이란 의태어"을 "허겁지겁" "갈아 신는" 시인의 혀는, 그리하여 갈 길이 분주해진다. 혀의 길과 신발의 길, 몸의 길과 마음의 길, 생의 길과 죽음의 길이 하나의 도정(道程) 속에 있다. 여유 있고 태평하고 풍족하고 느긋한 여정(旅程)이라면, 딱 맞고 푹신한 일상의 신발을 여벌로 번갈아 신을 수 있다면, 더할 나위 없이 좋겠지만 단 한 벌의 신발뿐인 삶이니, 잘 달래고 아끼고 길들여서 함께 걸어가는 수밖에는 달리 방법이 없다. 특히 시인의 "혀의 길"은 지독한 허기와 독촉에 매 순간 시달려야 한다. 말의 업과 빚을 갚아나가야 하는 시인의 길…… 사채이자처럼 점점 더 불어나는 생의 아이러니를 또한 감내하면서 묵묵히 그 길을 걸어가야 한다. 이제 끝으로 「급식」이라는 작품을 보자.

날개를 단 것들이 날 향해 달려왔다,

부화 후 모이를 주어왔던, 어미 없는 몸들 춥지 않게 비닐 막을 둘러주

었던, 붙잡아서 껴안아주거나 수컷 둘을 골라 싸움을 시켰던, 저것들이

보이지 않는 고무줄을 팽팽히 당기면서 땅을 박차는 힘으로 10센티
쯤은 공중을 날아서 푸덕이며 달려왔다, 막 하교 중인 나는 줄 게 없으
니 위협적으로 쫓아보는 시늉을 했으나

멀뚱멀뚱한 눈알들을 둥글리면서 보상이 없는 경우를 궁리하는 듯했
다, 마지못해 보릿겨 몇 움큼을 던져주었지만, 더 바랄 게 있다는 듯 내
곁을 기웃거렸다

선착하여 가로채려는 야생이 복제된 것일까,

은행 창구를 드나들 때나 대출을 기웃거릴 때 혹은 부동산 이야기를
들을 때, 눈앞이 희멀쑥해지면서

공중에 팽팽한 신경선이 걸린다, 번호표를 뽑는다.

- 「급식」 전문

식욕과 허기와 욕망이 모조리 제거된다면, 삶을 유지할 수 없다. 작
품의 제목이 "급식"인 것은 타율적이며 의존적인 생을 자조적이고도
비판적으로 바라보는 성찰적 시선을 보여주기 위한 것이리라. "급식(給

징후의 시학, 빛을 열다

食)"이라고 했을 때는 음식을 (유무상의 여부를 떠나) 공급하는 주체가 있고, 받아서 취식하는 객체가 있게 마련이다. 갓 부화한 아기 새들에게 어미가 없다면, 모이를 급여해 줄 누군가가 아무도 없다면, 그들은 곧장 죽고 말 것이다. 시인은 불현듯 어린 날의 기억을 떠올린다. 목숨이라는 "날개를 단 것들이" 부지런하고도 일제히 "날 향해 달려왔"던 지난날의 기억 속 한 장면을 회상하여 진술한다. 살기 위해서 본능적으로 먹이를 찾아 달려온 어린 새들의 몸짓, 그 아우성치는 부리의 입 벌림과 쪼아댐을 과연 우리가 세속적인 것이라고, 절제 없는 삶, 타율적인 삶이라고 비난할 수 있을 것인가. 시인은 어린 시절, 어미 잃은 새들에게 모이를 주던 풍경들을 새삼, 지금 여기에 소환한다. "멀뚱멀뚱한 눈알들"과 그 생명체들의 "기웃거림"은 시인의 뇌리에 아마도 생생하게 각인되어 있었으리라. 아기 새들의 허기는 채워지지 않고, 계속해서 먹이를 바라며 기웃거리던 그 어린 것들의 허기는 시인에게도 좀처럼 가시지 않는 지독한 원체험으로 남아있었나 보다. 공복의 허기를 다시 한번 일깨우는 기억을 통해 시인은 다시 지금 여기의 나 자신의 허기를 마주한다. 앞서 살펴본 「가판대」라는 작품에서 보았듯이 "공복(空腹)인 혀의 길"은 계속해서 생의 앞에 펼쳐져 있을 따름이다. "보이지 않는 고무줄을 팽팽히 당기면서" "공중을 날아서 푸덕이며" 몰려들던 그 어린 것들의 날갯짓이 생존을 위한 "야생이 복제된 것"이 아니었을까를 되묻는 시적 주체의 질문은 이제 지금 여기의 "나"로 돌아와 "눈앞이 희멀쑥해진" 자신과 다시금 조우한다. "대출을 기웃거리"면서 "번호표를 뽑아" 들고서 은행 창구 앞에 서 있는 나 자신과의 만남. "공중에 팽팽한 신경선"을 내내 의식하면서, 더 큰 먹이를 찾아 두리번거리는 그 눈동자를 마주하는 시인의 자기 응시는 어쩐지 쓸쓸하고도 씁쓸한 시대의 자화상으로 읽힌다. 시인의 전언이 문득 귓가에 계속해서 맴돈다. "공복(空腹)인 혀의 길이 멀"고도 아득하다. 필자 역시도 달랠 수 없는 그 허기를 달래기 위해, 여장을 꾸린다. 바다로 갈 것이다. 시인의 건강과 건필 그리고 강녕을 빈다.

월간 『현대시』 2021년 1월호

징후의 시학, 빛을 열다

4부

무림 혹은 문림의 고수들

견딤&겪음,
그리고 삶의 시학

- 정숙자 시집 『공검&굴원』 (2022, 미네르바)

삶이 삶으로부터 떨어져 나간다. 먼저 'ㅁ'이 그리고 'ㄹ'이 그리고 '사'만 남는다. 거기서 또 한 획 멀어진다면 '시'만 남게 되겠지. 최후까지 남는 게 시였다니! 그리고 조금 더 훗날 'ㅅ'만 남게 된대도 내게는 태양이야. 시옷, 시옷이니까.

- 정숙자, 「죽음의 확장 - 미망인」 부분

누군가는 문학을 살아간다. '하다'보다는 '산다', '하기'보다는 '살기', 살아가거나 살아내는 것, 이는 결국 주어진 시간, 닥쳐온 사건들, 타자와의 관계성에서 오는 상처와 고통에 대하여 그 모든 견딤과 겪음을 명명하거나 의미하는 언술들이다. 우리는 하여, 시를 살고 소설을 살고 고통을 살고 기쁨을 살고 욕망을 살고 때로는 죽음까지도 살아낸다. 당면한 사건들을 견디고 버티고 잠행하고 이겨내고 불편한 것들까지 전부 감내하여 '견딤'의 터널들을 지나 '겪음'에 다다르기까지 기꺼이 전부, 그것들을 이제는 삶이라고 부를 수 있을까. 시간을 초월한 시간, 결국 삶에는 미래형, 현재형, 진행형이 동시에 그것도 과거형 동사의 명사화와 현재를 드러내는 형용사가 언제나 함께 붙어 있는 것이다. 이를테면 아름다운 삶, 지리멸렬한 삶의 조합처럼 말이다. 그렇다면 명사로서의 삶, '사+ㄹ+ㅁ'이라는 형태소와 자모의 조합은 살다+견딤+겪음의 자질들이 모인 총합이 아닐까. 오지 않은 시간까지도 포함한, 삶이라는 현실태와 가능태. 여기에서 받침으로 쓰인 'ㄹ'은 가능성과 미래에의 결심을 드러낸다. 생물학적 충족을 생각하면, 받침 'ㅁ'은 어쩌면 입 '구(口)' 자와도 호환이 될 수 있을 것이다. 인간은 어쩔 수 없이, 먹는 입의 존재이기 때문이다. 먹는 입은 말하는 입에 앞서 일단 유기체로서 우리의 삶과 육신을 맨 앞에서 이끌거나 지탱해 나간다. 입, 혀는 입구가 되고 출구가 되고 시작이 되고 끝이 되는 최초와 최후의 기관일 것이다. 그리고 우리에겐 삶이 다 가도 시가 남고, 어떤 시는 사라져서 최후의 점 하나까지 소멸한다고 하더라도.

　자 여기 삶의, 삶에 의한, 삶의 시집 한 권이 놓여 있다. 때로는 박진감 넘치고 때로는 지난하거나 지리멸렬하기까지 한 삶의 다양한 경유지들, 사막과 빙하와 고원을 지나, 잠시 정차하여 정숙자의 신작 시집 『공검&굴원』(2022, 미네르바)을 펼쳐 읽는다. 필자는 다른 어떤 관념이나 철학보다, 단순하지만 명확한, 삶의 시학, 지침들을 그녀의 이번 시집에서 이끌어 낸다. 시집 안은 막막하고 먹먹하지만 분명한 것들이 마치 카오스모스처럼 서로 얽혀 있고 동시에 질서정연하게 담겨 있다. 그녀가 묶어놓은 이번 시집 한 권에는 무엇보다 커다란 공허가 그물처럼 펼쳐져 있고, 그 끝 간 데 없는 허무가 단독적으로 그러나 끊임없이 그물코처럼 이어져 있음을 본다. 검은 그물, 그 커다란 허무의 시공은 때론 등대 하나 없는 밤의 망망대해처럼 어둠의 형식으로 우리를 엄습하고 압도한다. 생이 거대한 우주이며 무시무시한 괴물이라는 것, 또한 우리를 향해 벌려져 있는 시간의 늪은 거대한 암흑의 입이라는 것을 시인은 진작에 눈치챈 것이다. 그러나 그 커다란 우주의 목구멍에 금을 내고 흠집을 내고 허공 속에 감히 낙뢰의 불꽃을 새기고도 남을 검 하나를 발견한 바, 시인은 그 검의 자루와 양날의 몸체와 쓰임에 줄곧 주목한다. 검(劍)은, 하늘에 균열을 내고 상처의 포성과 유혈, 불빛으로서 존재의 존재성을 증명하고 그 고통과 고뇌의 사유를 언어로 새긴다. 그 검의 쓰임이 즉 검의 효력인 동시에 존재 자체를 입증하게 되는 존재성 자체이니, 시인은 그 칼을 일컬어 '공검'이라 부른다.

눈, 그것은 총체, 그것은 부품
알 수 없는 무엇이다

지운 것을 듣고, 느낌도 없는 것을 볼뿐더러
능성과 능선 그 너머의 너머로까지 넘어간다

눈, 그것은 태양과 비의 저장고
네거리를 구획하고 기획하며 잠들지 않는

그 눈, 을 빼앗는 자다, 하지만
그 눈, 은 마지막까지 뺏을 수 없는, 눕힐 수 없는
칼이며 칼집이며 내일을 간직한 자의 새벽이다

징후의 시학, 빛을 열다

양날이지만 하나이고 하나이면서 수천수만, 아니 그 이상의 팔이라 할까

(중략)

공검은 피를 묻히지 않는다
다만 구름 속 허구를 솎는

그를 일러 오늘 바람은 시인이라 한다
공검은 육체 같은 건 가격하지 않는다

-「공검」 부분

위의 시에서 알 수 있듯 "공검"이란, 바로 다름 아닌 언어를 벼리는 혀의 칼인 셈이다. 시집의 제목과 표제작에 쓰인 이 공검(空劍)이라는 단어는 이 시의 각주에 의하면 정숙자 시인이 만든 신조어로, 허(虛)를 찌르는 칼을 의미한다고 한다. 우리말에 '허를 찌르다'라는 관용 표현이 존재하지만, 허(虛)는 사실상 비어 있는 것, 혹은 헛된 것을 가리킨다. 따라서 가시적으로 논리적으로 허를 찌르는 것은 사실상 불가능하다. 그렇기에 허를 찌른다는 말은 우선, 그에 앞서 허가 허인 것을 발견해야 한다는 논리로도 대체할 수 있다. 그렇다면 허(虛)를 찾아서, 분별하고 이를 파괴할 수 있으려면, 또한 허공(虛空), 허점, 공허(空虛) 따위를 정확하게 가격할 수 있으려면 일단 허(虛)를 보는 눈과 시각, 즉 관점이 선

행되어야 할 것이다. 필자가 보기에 세상에 가득한 허를 보는 데 뛰어난 종족 중 하나가 바로 시인이 아닐까 생각한다. "그를 일러 오늘 바람은 시인이라 한다"고 한 시적 주체의 전언처럼, 시인은 허를 알아보는 눈을 지닌, 허를 찌를 공검을 휘두를 수 있는 존재인 것이다. 또한 보는 눈, 마시는 눈, 만지는 눈, 메두사처럼 수많은 눈을 지닌 자들이야말로 바로 시인이라 할 것이다. 위의 시에서 정숙자 시인은 "눈, 그것은 총체, 그것은 부품/알 수 없는 무엇"이라고 말한다. "부품"이면서 "총체"인 기관으로서 "눈"은 이렇듯 "지운 것을 듣고, 느낌도 없는 것을 볼뿐더러/능선과 능선 그 너머의 너머로까지 넘어갈" 수 있는 능동성과 가능성을 지닌 그 "무엇"에 해당한다. 랭보는 시인을 일찍이 견자(見者)라고 하였다. 시인은 허를 보고 허를 찌르는 자들, 때로는 허에 빠져 착란 속에서 광기로 허우적거리는 자들이다. 그들은 어쨌든 한 편의 시를 위해 이따금 맹렬하게 허를 찾아 공검을 휘두른다. 그러나 공검은 언제나 두 개의 날을 지니고 있다. 한 면은 보는 눈이고 다른 한쪽 면은 말하는 혀로 이루어진 검이다. 허(虛)를 보는 눈과, 허(虛)를 베고 허(虛)를 발화하는 혀야말로 저 저, 도저한 시인들만이 지닌 특화된 기관이라 할 것이다. 이러한 "공검은 피를 묻히지 않고", "육체 같은 건 가격하지 않으며", "다만 구름 속 허구를 솎는" 기능만을 한다. "내일을 간직한 자의 새벽"을 내다보는 "눈" 동시에 "태양과 비의 저장고"로서의 "눈"을 지닌 "그를 일러 오늘 바람은 시인이라 한다"고 시인은 확인하듯이 말한다. 시인은 다시 허공에 휘두른 공검의 가격(加擊)을 해독하고 이를 다시 시에 새긴다. 눈과 혀만이 이처럼 허공을 베는 "날 선 날"을 지닌, 즉 양날의 검과도

징후의 시학, 빛을 열다

같다고 할 수 있다.

오늘은 또 뭐냐?

살아본 적 없는 시간

와본 적 없는 숲길이다

어두울 수밖에… 무거울 수밖에… 대처불능일 수밖에… 나무로 깎은 새라도 함께 울어준다면 좀 아늑해질까. 이럴 때 우리는 운명을 책잡지만, 운명 자신도 어쩔 수 없는 약골인 것을,

운명이 만일 우리의 행운을 쥐고 있다면 왜 이토록 찢긴 태양을 바라보고만 있을 것인가. 둥근 아늑한 날들을 선사하지 않을 것인가. 운명마저도 우리가 돌봐야 할 존재일는지 모른다.

몸소 겪지 않고서야 어찌 한 세계를 알 수 있단 말인가

견딤 뒤에 남는 말

겪음이란 아픈 말이다

또 한 번 날이 밝는데

(모든 시간은 첫 시간이다)

아무리 베어져도 숙달되지 않는 칼날 앞에서

다만 슬픈 눈

그만이 능히 허공을 경작한다

- 「날 선 날」 부분

검이 지닌 날은 곧 날(日)이 되기도 한다. 하루 하루 보내는 가운데, 날은 날카로워지기도 하고 무뎌지기도 한다. 그렇다면, "날 선 날"이 되려면, 삶은 좀 더 예리한 상처들과 마주해야 할지도 모른다. 칼을 갈거나, 칼을 벼린다라고 했을 때, 허공만을 베어서는 결코 날은 날렵해지지 않기 때문이다. "몸소 겪지 않고서야 어찌 한 세계를 알 수 있단 말인가"라고 시인은 묻는다. "몸소 겪"어 내고 몸으로 칼을 갈아내어야만, 칼은 칼로서의 날카로운 존재성을 입증할 수 있다. 그러나 칼날의 삶은 누적되지 않는다. "또 한 번 날이 밝"아 오면 그 새로운 날들 속에는 새로운 칼날들이 숨어있게 마련이다. 어제의 무뎌진 칼날로 오늘의 시를 벨 수 없다. 시인은 "모든 시간은 첫 시간이다"라고 전언한다. 무수한 상처를 베이고 숱한 고통에 "아무리 베어져도 숙달되지 않는 칼날 앞에서" 우리가 얻을 수 있는 두 가지 교훈 아닌 교훈은 바로 "견딤"과 "겪음" 그 자체일 것이다. "견딤 뒤에 남는 말"은 결국 "겪음이란 아픈 말"로 그 모든 "견딤"과 "겪음"의 시간들을 일컬어 다만 우리는 칼날들의 "경작"이라 부를 수 있겠다. "어두울 수밖에… 무거울 수밖에… 대처불능일 수밖에", 이러한 "수밖에"의 연속으로서의 삶과 시(詩)를 생각한다. 가혹한 운명이라도 그러한 "운명마저도 우리가 돌봐야 할 존재"로 받아들이는 "다만 슬픈 눈"들이 있어 여기 시인이라는 가엾은 존재, "그만이 능히 허공을 경작"하고 있으니, 허공 속에 시의 열매, 피의 열매가 주렁주렁 열릴지언정, "공검"을 휘둘러, 독자들이여, 또한 쓰지만 달콤한 시의 꿀물을, 마음껏 받아먹을 일이다. 시의 열매는 "몇 겹을 다시 태어나고 돌아와도 그 피는 그 피"(「굴원」)를 간직하고 있는 것은 물론 "가장 맑은 눈물"(「굴원」)까지 흠뻑 머금고서 알알이 익어간다. "침묵을 건넌 말들이 거기 머물러 씨앗이 되"(「사라진 말들의 유해」)고, "현장을 떠난 말들이 붓두껍 속에 고이"듯이 "다친 말", "쓰러진 말", "묻어버린 말", 실패한 말들은 열매 속에서 "가만가만 익어가"는 것이리라. "그리운 그리, 운 말들 사라지는데", 그 사라진 말들 뒤에 비로소 "슬픈 문장이 멀리서 오"는 것이리라. "실다운 말", 단 한 마디를 건지기 위해, 버려지거나 사라진 숱한 말들에 대한 애도가 또한 바로 시가 아닐까.

　요컨대 정숙자의 시는 이처럼, 죽은 말들, 사라진 말들, 심지어 침묵까지도 모두 한낱 한낱 벗겨내고, 유희하고 탐닉하고 사유하여 그 말들의 생명과 죽음까지 모조리 견뎌내고 겪어내는 데에, 가만히 침착하게 마침내 한 정점에 이른다. 아름답지만, 추하고, 흥미롭지만, 지리멸렬한 이 광활한 우주의 허공 속을 가를 수 있는 "공검" 한 자루를 시인은 당신에게도 건넨다. 처음의 칼날은 표면이 거칠고 녹이 슬어있다. 이제 그 모든 무디거나 뾰족하거나 날카로운 "날"들이 오롯이 당신 손에 담겨 있고, 쓰임 또한 전적으로 당신 하기에 달려 있다. 다만, 당신만의 그 "공검"을 지니고 허공 속으로, 허무 속으로 씩씩하게 나아가길! 끝으로 「즐겨찾기」라는 시를 한 편 더 소개하고 이제 이 글을 마칠까 한다. 당신이 견딤 속에 가만히 있지 않고, 견딤 속에서도 빛을 향해 부단히 나아가길 응원한다.

견딤은 참는다는 것과는 다르다
견딤은 강제된 인내가 아니다

외로운 응전/절제된 적응

모호의 전모를 둘러보는 것이다
꼼꼼히, 세세히, 문제의 핵심이 만져질 때까지, 문제가 스스로 답안을
들고 걸어 나올 때까지, 그 암호가 다음의 문을 비춰줄 때까지
견딤은 최전선에 내리는 총동원령
경계수호의 지시와 반성적 잠복

난황일수록 더욱 지긋이,
우리가 아무리 웃고 있어도, 우리가 아무리 울고 있어도 그건 웃음이 아
니라 울음이 아니라 <견딤>이라는 걸
저 과묵한 산은 알고 있겠지?
산은 늘 묵직한 가슴으로 복기/속기하므로
우리의 걸음걸이를 우리의 뼛속을… 모든 나무는 눈이고 모든 바람은
눈이고 모든 구름은 눈썹이므로

징후의 시학, 빛을 열다

바람을 내려 답사하고, 물살을 굴려 탐사하고, 돌멩이를 버려 읽어내므로

견딤은 우리에게 마지막 불씨이지

끌려가는 게 아니라 끌고 가는 밤낮이지

그러니까 그것은

번번이 도강하는 침묵이랄까

숱한 왜곡이 드나들고 멈추고 회오리치며 생명력을 소집하는

견딤은 참는다는 것과는 다르다

그것은 온갖 지층의 출력, 그리고 적용

- 「즐겨참기」 전문

계간 『시와사람』 2022년 가을호

시(詩),

행복과의 연좌(緣坐)를 위하여

- 이송우, 『신세기 타이밍』(2023, 애지)

1. 유신(維新)의 기억, 유년을 삼킨 괴물에 관하여

인간은 무엇보다, 호모 로퀜스(Homo loquens)다. 즉 인간은 무엇보다 언어적 존재라고 할 수 있다. 인간의 특징을 드러내는 학명으로 호모 루덴스, 호모 사피엔스, 호모 파베르, 호모 폴리티쿠스 등등의 다양한 학명들이 생겨났지만, 이들 역시도 언어에 '의한' 인간의 정의에 해당한다. 정치, 경제, 사회, 문화, 철학, 놀이, 도구, 사유 모든 영역을 아울러 총괄하는 메타인지가 바로 언어에 의해 작동하고 기능하기 때문이다. 문학 또한 언어를 기반으로 한 예술 장르이다. 시는 시어의 의미, 소리, 이미지, 사유, 리듬, 음보, 행과 연의 배치와 여백 하나까지도 섬세하게 표현되는 고도의 언어 예술 장르이다. 그 중 시어(詩語)와 시구(詩句)는 의미와 정동을 가장 강렬하게 함축, 전달한다. 그러므로 가령 당신이 어떤 시를 낭독하는 동안, 뇌파를 측정한다면, 특정한 단어 앞에서 당신은 특별한 반응을 보일 수도 있다는 것이다. 그러므로, 언어는, 시는 당신의 가장 예민한 통점이자 기민한 성감대일 수 있다.

학과 선택이나 취업이

222   징후의 시학, 빛을 열다

자유롭지 못함을 알았을 때
나는 불령선인이 되어

자식 앞길을 망쳤다며 아비에게
고래고래 소리를 질렀다

전교조 출범을 앞두고
고등학생 시위를 기획하던 내게
너까지 이러면 나 죽는다,
차라리 같이 죽어버리자던
어머니의 오래된 탄식은
대학 진학 후에도 연좌했기에

김남주의 외침을 두려워한 것은
눈 하나를 감고
아침저녁으로 살기 위하여
눈 하나를 뜨고
나의 비겁을 벌하기 위하여

아니 늙어가는 어미를 핑계로
더 이상 연좌하고 싶지 않았기 때문에

- 「유신의 기억 12 - 연좌」 부분

"불령선인(不逞鮮人)", "연좌(緣坐)", "유신(維新)"이라는 시어들을 읽고
서도 보통의 독자라면 아무렇지 않게 대개는 시집의 다음 페이지를 넘
길 것이다. 한자어에 익숙하지 않은 젊은 세대라면, 어려운 고어(古語)쯤
으로 치부하고 책장을 넘기거나 혹여 어린 독자들 중에 일부는 궁금증
이나 단순한 지적 호기심 때문에 모바일로 네이버 사전을 뒤적여볼지도
모르겠다. 그러나 누군가에게는 이 시어들이 마치 딱딱한 돌덩어리처럼
가슴에서 더 이상 내려가지 않고 체증과 불안증을 유발할 수도 있다.
말 한마디에 천냥 빚도 갚는다지만, 말 한마디 아니 그조차도 없이 오
로지 조작과 음모에 의해 온갖 고문과 죽음에 이를 수도 있었던 시절이
바로 저 유신 시대 아니었던가. 이토록 묵중하면서도 날카로운 칼날의
'말'들을 시에 새기기 위해, 뜨거운 것을 무수히 삼켰을 시인의 심장을
생각한다. 한없이 무거운 질량의 언어들을 수없이 담금질하고 무두질하
며 하얗게 지새웠을 시인의 밤을 또한 짐작만 해 보는 것이다. 『슬픔을
공부하는 슬픔 (신형철)』처럼 직접 경험해 보지 않은 이상 알 수 없는
타인의 통증에 닿을 수 없는 표층적 고통을 다만 공부하는 마음으로
헤아려볼 뿐이다. 불가지(不可知)의 통증과 슬픔들, 사회적 낙인으로 인
한 시선의 두려움, 시인이 유년 시절부터 느껴왔던 이 모든 "콤플렉스"
들이 독자들에게는 오로지 불투명하고 모호한 시적 콘텍스트(context)
에 지나지 않을지도 모른다. 그러나 두려움과 불안과 공포, 낙인과 감
시와 검열에 평생을 시달렸을 시인과 시인의 가족이 받은 핍박과 피해
를 생각해 보건대, 이송우 시인의 시편들은 시대와 역사로부터 겪은 우
리 민중 모두의 트라우마가 아니라고도 말할 수 없는 것이다. 희생과 피

224　　　　　　　　　　　　　　　　　징후의 시학, 빛을 열다

흘림이 있었기에, 척박한 땅에 그나마 지금의 민주주의가 꽃을 피울 수 있었던 것을 단연코 부인할 수 없다.

위의 텍스트는 이송우 시인의 첫 시집 『나는 노란 꽃들을 모릅니다』 (실천문학, 2021)에 수록된 연작시 중 '연좌'라는 타이틀이 달린 시편이다. 시인의 아버지는 인혁당 조작 사건의 피해자 중 한 사람이다. 다행히 즉결 사형은 면했지만, "감옥살이 팔 년에/ 보호 관찰 십이 년"(「러브스토리」)의 세월은 촉망받던 한 인문학자의 미래는 물론, 아내와 세 아이가 있는 한 가정을 처참히 무너뜨리고 유린했다는 것을 우리는 그의 자전적인 시편들을 통해 충분히 알 수 있다. 학창 시절, 이미 "학과 선택이나 취업이" "자유롭지 못함을 알았을 때"에 시인은 스스로가 이미 "불령선인이 되어" 이 사회에 "낙인" 찍혀 있음을, 자유와 인권과 행복을 국가로부터 박탈당했음을 자명하게 인식하고 좌절한다. 아버지에게 그 모든 책임과 원망을 떠넘기듯 따지고 분노를 표출하던 때를 회상하기도 하지만 이는 시인의 아버지에 대한 안쓰러움과 존경, 연민과 경외, 미안함과 고마움 등 양가감정에 의한 것임을 또한 짐작할 수 있다.

필자는 학창 시절 윤동주, 이육사, 김남주, 김수영, 김지하를 자유롭게 탐독하면서 독서의 목록과 취향을 스스로 혹은 타인의 시선으로 검열(당)해 본 적이 없다. 그러나 이송우 시인이라면, 어땠을까. "간첩으로 조작된 남편이 처형 될까 싶어", "밥상머리에서 울먹이는 어머니"(「1979.10.26.」)를 의식하는 아들의 시점으로 돌아가 생각해 보자. 고등학생이었던 그에게 누군가 좋아하는 시인이 누구냐고 묻는다면, 그는 아마도 대답을 망설이지 않았을까. 「옐로우 콤플렉스」라는 시에서처럼, 누군가 다가와 불심검문처럼 장미 한 송이를 들이밀며 색깔을 묻는다면, "아니오 나는 모릅니다"라고 대답할 수밖에 없던 누군가를 기억하고 애도하는 작업을 그의 시편들은 절제된 언어로 한 편 한 편 수행 해 나간다. 박탈과 억압을 일찌감치 경험한 시인의 유년과 청년기의 고통과 고뇌가 담긴 그의 자전적 시편들은 독자들에게는, 나아가 4·3이나 5·18 희생자들, 세월호 유가족들의 고통까지도 함께 상기시키고 있어, 깊고 넓은 존재의 파동을 일으키는 동시에 시대를 넘어선 슬픔의 연대까지도 경험하게 한다. 시적 주체는 "유채꽃은 산수유를 닮았고", "나는 노란 꽃들을 결코 알지 못하겠습니다"라고 반어와 역설의 수사를 빌려 말한다. "노란 꽃"을 "노란 꽃"이라고, 빨간 꽃을 빨간 꽃이라고 발화하고 도화지를 마음껏 채색할 수 있는 자유를, 박탈당한 조로(早老)했을 어린 소년에게 군데군데 비어있는 크레파스와 물감은 세상에 대한 어떤 질료였을까. 이제 그는 시인이 되어 그토록 소원했던 "사소한 자유"들을 시를 통해 비로소 구현해 낸다. 그에게 시는 곧 되찾은 인권이자 인간이라면 누구나 누려야 마땅한 최소한의 "자유"(自由)인 동시에 "말할 수 있음"의 권리와 행복인 것을, 다음의 시를 통해 여실히 드러낸다. 이처럼 시는 말할 수 없는 자의 입, 힘없는 자의 무기가 되어주기도 하지만 위로와 안식, 치유를 주는 평화와 행복의 장르이기도 하다.

볼 수 있다
걸을 수 있다
이 사소한 자유가 얼마나 큰 것인가

징후의 시학, 빛을 열다

말할 수 있다 아니,

다르게 말할 수 있다

공기처럼 가벼운 이 자유가 얼마나 컸던 것인가

- 「사소한 자유」 부분

    고대에서부터 수많은 사상가와 문학가들이 행복을 정의하기 위해서 무수히 골몰해 왔다. 미셸 포쉐는 그의 저서 『행복의 역사 (2020, 이숲, 조재룡 역)』에서 고대에서부터 현대에 이르기까지 유수한 철학자들과 예술가들이 펼친 행복에 대한 논의들과 사유들을 통시적으로 개괄하여 정리하고 있다. 굳이 행복이라는 단어가 제목이나 본문에 들어가지는 않는다 하더라도 대부분의 인문학 총서, 신학과 철학, 예술 제반에 있어 궁극의 주제들이 결국 인간 행복의 문제로 귀결되고 수렴되고 있음을 알고 있다. 일단 인간에게 행복은 건강한 신체와 정신 그리고 최소한의 의식주가 보장될 때 일차적으로 가능하다는 것, 그리고 생각하고 말할 수 있는 자유, 시인이 위의 텍스트에서 강조한 "공기처럼 가벼운" "사소한 자유"들은 사실은 너무나도 기본적인 인간됨의 전제 조건에 지나지 않는다는 것을 시인은 이른 나이에 뼈저린 경험을 통해 통달한 것이다. "말할 수 있"는 "자유", 타인과 "다르게 말할 수 있는" "공기처럼 가벼운 이 자유"가 얼마나 소중한 "자유"이고 곧 '행복'인지는 그것을 박탈당해 보지 않는 사람들은 알 수 없다. 인간에게 주어진, 행복할 권리와 삶의 기본 조건들을 잃고 그것들을 되찾기까지, 얼마나 많은 시대적 억압과 구속과 강제와 폭력들이 자행되었는가에 대해, 시인은 첫 시집, 특히 "유신" 연작 시편들에서 절제된 파토스와 강단 있는 언어로 그것들을 고발하는 동시에 상처 입은 유년을 스스로 다독이는 등, 담담하고도 단단한 시 세계를 밀도 있게 펼쳐낸다.

(이송우) 시인은 여전히 오히려 시대를 역행하며 자행되고 있는 국가 폭력의 부당함을 계속해서 고발하기 위해 고군분투한다. (그의) 시는 슬픔과 기쁨, 거짓과 진실, 어둠과 빛을 토로해 낸다. 그러나 시는 밝고 아름답고 희망차고 진실한 것만을 노래하지는 않는다. 또한 시는 현재를 노래하지만, 과거와도 심지어 미래와도 접속해 있는 동시적 장르이다. "모든 가슴 떨림은/ 그것이 오기 오래전부터/ 시작하는 것"(「오래된 미래」)이라고 전언했던 시인은 어린 꼬마였을 때부터 지금의 시인과 슬픔과 떨림으로 접속해 있지 않았을까. 어쩌다 보니 첫 시집에 관한 얘기로 서론이 길어졌다. 이송우 시인의 두 번째 시집 『신세기 타이밍』에도 과거와 다르지 않은, '지금 여기' 쓸쓸하고도 고독한 생태(生態)들, 그 안에서 아등바등 살아가는, 소모되고 대체되고 폐기되는 부품과도 같은 우리들 존재의 모습들이 스냅사진처럼 차곡차곡 담겨 있다. 자, 슬라이드를 넘겨보자.

2. 이 시대의 모든 "아력산"들에게

　　하루 네 시간 수면 주당 백이십 시간 일하자는 칼잡이가 날개 돋아 신
선이 되오매 신이 난 메듀사들이 나뭇잎으로 우주선을 띄우라 연금술을
외치자 메타버스와 NFT가 증강현실하는 21세기 대훈민귁 거리 함성에
끌려 돌이 되고자 하는 이들이 서둘러 신세기 타이밍 에스프레소 트리플
샷을 받아든다 (중략) 콜록콜록 먼지 날리는 서가에 낡은 책 하나 다시
꺼낼 수 없는 다시 꺼내선 안 될 하얀 밤 까만 노동의 이야기 알렉스는
신기루 역도산인지도 모를 흑마법사 청년 아력산뎐 개봉

- 「청년 아력산뎐」 부분

　　위의 시는 이번 시집 『신세기 타이밍』의 서시에 해당하는 작품이다. 시
인은 왜 이토록 고전적인 제목을 단 시를 시집의 맨 앞에 배치했을까.
"청년 아력산뎐"이라는 제목은 마치 '춘향뎐'이나 '홍길동뎐'처럼 고전 소
설들을 떠올리게 한다. '뎐'은, 원래 한자로는 '전(傳)'으로 표기하지만 원
래 음가가 '뎐'이었고 구개음화에 의해, 지금은 '전'으로 표기와 음가가 변
화되었다. "아력산"은 "알렉스"의 한자식 표현 이름이라고 한다. 국내에
들어와서 일하는 무수한 "알렉스"들의 (예나 지금이나 다름없는) 열악한
노동 실태를 고발하기 위해 제목을 일부러 고전적으로 지은 것으로 보
인다. "메타버스와 NFT가 증강현실하는 21세기 대훈민귁 거리"의 한복
판에, 아직도 "하루 네 시간 수면 주당 백이십 시간 일하"는 노동자들이

'지금 여기' 엄연히 존재한는 사실을 시인은 고증(考證)한다. 아마도 시인은 지금 "21세기 대훈민귁"의 노동 현실이 조선 시대 노비들의 그것과 비교해 (더하면 더 했지) 다르지 않다는 시대착오적 현실을 고전 어투를 빌려 비판하고 있는 것이리라.

　이처럼 계속해서 이송우 시인은 일상에서 마주한 불편한 진실들, 묵과해 온 사회 현실과 현상들, 시대를 초월해 여전히 맞닥뜨리게 되는 부조리함을 그대로 시(詩)의 장(場) 안에 끌어다 놓는다. 시대와 세대는 달라졌지만, 아이러니하게도 여전히 부조리와 불평등은 암암리에 더 양극화되었으며, 본질적인 변화와 개혁은 오히려 더 요원하다는 사실을 우리는 그의 시편들에서 다시 한번 자각하게 된다. 그의 시편들은 노예제도가 있던 상고시대는 물론, 1960·70년대 급격한 산업화·도시화 시대 공장 노동자들의 삶까지도 '지금 여기'에 다시 되새기게 한다. 이송우의 시에서 공장 노동자가 열악한 시간성과 장소성은 '지금 여기' 사무직 노동자들에게도 겹쳐 고스란히 재현된다. 시집 제목에도 등장하지만, 위의 텍스트에 쓰인 "타이밍"이라는 시어는 원래 약 이름이다. 당시 여공들이 잔업을 위해 복용하던 각성제로, 때에 따라서는 회사에서 자체 공급을 하기도 했다고 한다. 시적 주체는 그 "타이밍"이 지금의 노동자들에게도 여전히 복용 및 강제되고 있으며, 다만 "에스프레소 트리플 샷"이나 에너지 드링크, 공인된 흡연 정도로 형태만 바뀌었을 뿐, 달라진 것 없이 오히려 달콤하고 교묘해진 "마법"에 의한 노동 착취가 이어지고 있음을, 다음의 시에서처럼, 또 다른 '각성'을 드러내는 진술을 통해 보여준다.

　　　　　　　　　　　　　　징후의 시학, 빛을 열다

꼼꼼함은 배우기 쉽지 않은데

알렉스는 숫자에 꼼꼼하니

분석 업무와 잘 맞는 품성을 가졌네

맞는 품성이라는 말은

역도산만큼 힘이 세어서

토요일 일요일

스물네 시간 근무에도

시간은 턱없이 부족했으니

최고 사원상

오토모티브 섹션장

해외 교육 출장

차례로 받고 나서 알게 된 진실

생각지도 못할 미장센에

진심을 꾹꾹 눌러 담은 상

받아먹은 사람이

나 혼자가 아니었다는 것

두 눈 맞추고

조용히 건네는 칭찬 한마디에

종놈이 주인 되는 기적

제게 펼쳐지기를

다들 기다렸다는 것인데

어쩐 일인지
십 년이 지나도
힘센 마법은 풀리지 않네

-「힘센 마법」 전문

시인은 외국인 노동자들의 현실은 물론, 대기업에 연구원으로 근무하는 사무직 노동자들의 삶 역시도 하층 노동자들의 삶과 거시적 관점에서, 즉 자본가의 시선에서는 그 효용 가치가 피차 다르지 않음을 또한 고발하고 있다. 자본주의라는 괴물의 식성과 몸집은 우리의 상상을 초월한다. 자본 시스템에서 노동력과 생산력은 언제든 게다가 기계로도 대체될 수 있는 소모품에 지나지 않는다. "힘센 마법"이 세상을 교묘하게 지배한다. 상찬(賞讚)도 마치 연극이나 영화의 "미장센"처럼 계획, 배치되어 있다. 알다시피 "미장센"이란 "무대에 오른 등장인물의 배치나 동작, 무대 장치, 조명 등 제반에 관한 총체적인 설계"를 의미한다. 자본주의의 시스템, 자본가와 재벌들은 감독이나 연출가보다도 더 치밀하고 완벽한 기획력으로, 보이지 않는 마법을 구현하고 행사하는데, 어쩌면 그들은 악마보다 힘이 센, 신(神)에 가까운 존재들이 아닐까. 그에 비하면 노동자들은 기껏 "유령" 정도밖에는 안 되는, 자본가들에게는 애초

징후의 시학, 빛을 열다

에 잘 보이지 않는 비루한 존재들일지도 모른다.

> 자정이 지나면 유령처럼
> 한 명씩 사라지고 남았던
> 책상 위에 엎드린 남자 연구원
> 책상 바닥에 숨어든 여자 대리
>
> (중략)
>
> 꿈과 젊음을 먹고
> 전설이 되고팠던 우리는
> 다시 임시 수면실을 향해
> 낮과 밤을 걸려야 했다

- 「신세기 타이밍」 부분

이상은 당신도 등장하는 영화 「신세기 타이밍」의 한 신(scene)이다. 적어도 주연이거나 조연을 맡은, 알고 보면 엑스트라에 지나지 않는 당신이 맡은 배역의 이름은 "알렉스"이다. "미장센"이 특히 아름다운 영화, 영화는 오늘도 새롭게 재촬영, 재생산, 재상영된다. 구시대 배우들은 신진 배우들로 '대리보충' 되고 그전의 배우들, 한때 "역도산"을 열연(熱演)

했던 "알렉스"들은 가차 없이 용도 폐기된다. 그러나 연이어 새로운 "알렉스"들이 이력서를 내고 줄을 서서 합격 통지를 기다리고 있는 장면이 반복된다. 충성을 맹세하고 목숨을 다하고 나면 소진되고 사라지는 "힘센 마법"은 더 이상 새롭지도 않으며, 지금 여기 수 세기에 걸쳐 반복된다. 당신이 등장하는 마술쇼의 현장, 더러는 각성제와 만병통치약이 버젓이 판매되는, 대한민국의 (영구불변한) 현주소. 지금 여기.

3. 에필로그 : 시(詩), 새로운 "타이밍"을 꿈꾸기와 누리기

궁금해요
어떤 풀들은 왜 밟히기 위해
태어나는 것일까요

- 「아를로녹 호텔의 까레이스끼」 부분

이처럼 이송우 시인은 멈추지 않고 계속해서 질문을 던진다. "밟히기 위해/ 태어나는" 풀은 없다고 우리는 누구나 존귀하고 고귀하다는 교육을 받고 천부인권을 자각하고는 있지만, 과연 그럴까? 우리는 자본주의라는 괴물이 심심하면 밟고 뭉개고 짜서 거름과 기름으로 쓰려고 대량 재배하고 사육한 일회용 '잡초'는 아닐까? 이송우 시인은 질문하고 또 질문한다. 하여 시인에게 시는 또한 강력한 "타이밍"으로 마약보다 더 중독성 있는 신비하고 효험 있는 비밀스러운 '무엇'이 아닐까. 몽매하고 부조리한 현실을 지속해서 고발하고 각성하게 하는 약, 시인에게 잠들지 않고 깨어있게 하는 강력한 "타이밍"으로서의 시(詩)를 생각한다. 데리다의 파르마콘(Pharmakon)을 상기하지 않더라도, 시는 그 자체로 이미 각성제인 동시에 안정제이고 독이면서 해독약인 다분히 이율배반적이고도 이중적인, 묘한 아이러니의 장르가 아니었던가.

　이송우 시인이 두 권의 시집에서 연달아 일깨워준, 이토록 아이러니한 각성은 독자들의 정신을 번뜩 들게 한다. 실로 처절하고도 냉혹한 '식인 자본주의'의 현실을 그는 몸소 겪었기 때문에 오히려 아무렇지 않게 풀어 놓을 수 있는 것이리라. '지금 여기' 우리들의 일그러진 일상들을 그의 시집과 시편들은 거울처럼 투명하게 비춘다. 촘촘하고도 꼼꼼한, 고증적이고도 충분히 실증적인, 시인의 성실한 시편들은 아마도 객관도와 타당도, 신뢰도와 "크론바흐 알파값"(「계절을 검증하지 않듯」)까지도 추출하여 이미 여러 차례 검증하고 또 검증하여 오류를 최소화한 것으로 짐작된다. 그런데도 숫자와 수치로는 결코 환원되지 않는 삶의 피부들에, "생살을 벗겨내고/ 가죽을 새로 댔던"(「생살을 벗겨내고 가죽을 새로 － 배치완 형에게」) 그 두텁고도 얇고 차갑고도 뜨거웠던 환부들의 연대를, 그의 시편들이 섬세하게 쓰다듬고 기억하고 어루만지고 있음을 우리는 재차 확인하고 안도하게 된다. 그의 시집이 널리 들리고 읽혀 수많은 "알렉스"들과 이 시대의 "역도산"들에게 위로와 치유와 용기가 되기를, 향정신성의 "타이밍"이 아닌 진정한 다른 '각성'의 노래와 함성이 되어 점화(點火)되기를 간절히 바라고 응원한다. 이제 이 시집 맨 끝장에 실린 그러나 새로운 출발을 약속하고 다짐하는 시작(始作)의 시편을 소개하는 것으로, 필자 역시 기억과 애도의 길에 연대하기로 한다. 낙인과 고통의 연좌가 아닌, 시(詩)와의 행복한 연좌(緣坐)를 위하여 건배!

봄비처럼
사랑하는 이는 쉽게 떠나고

가을 서리처럼
새로운 이는 익숙해지기 어렵다지만

길이 끝나고
길이 시작되는
당신과 나를 기억하겠습니다

- 「진부령 종산제」 전문

계간 『시와산문』 2023년 여름호

징후의 시학, 빛을 열다

사라진 무게를 기억하는
방식에 관하여

- 무정형의 무기한, 시 '하기'와 길 '가기'

  황정산 시집 『거푸집의 국적』(2024, 상상인)

1. 시, '혁명적'인 것을 '하기'에 관하여

　시가 혁명이 될 수 있을까. 들뢰즈와 가타리는 "소수 집단의 언어만큼 위대한 것도, 혁명적인 것도 없다[1]"고 전언한 바 있다. '혁명'과 '혁명적인 것' 사이에서 그렇다면 소수 집단의 언어로 시인이 시를 쓴다면, 그 시는 적어도 '혁명적인 것'은 될 수 있지 않을까. 아니 역사로 고착된 명사로서의 '혁명'보다 지금 여기에서의 '혁명적'이라는 부사와 '혁명적인 것'을 '하기'라는 동사[2]가 더 중요한 것은 아닐까. 어쨌거나 언어의 관습과 상투성, 상징계에 균열을 내고 탈영토화, 끊임없이 탈주하는 시는 그야말로 '시적 언어의 혁명'(줄리아 크리스테바)을 실천하는 동사로서의 시라고 할 수 있을 것이다. 들뢰즈와 가타리는 카프카를 소수 집단의 언어와 소수 집단의 문학을 통해 중심 문학, 다수성의 문학, 전체성의 문

1　들뢰즈·가타리, 『소수 집단의 문학을 위하여 – 카프카론』, 조한경 역, 문학과지성사, 2000, 52쪽.

2　『들뢰즈 개념어 사전』에 의하면 되기/됨/생성devenir의 정의에는 동사적 의미가 포함되어 있음을 알 수 있다. "실체적 의미가 아니라 동사적 의미로 이해되어야 하는 용어로서, 모든 대상 혹은 존재를 성격 규정하는 잠재적인 점들로 이루어지는 계열들이 순간적으로 만나 변신을 낳는 하나의 과정"이라고 정의되어 있다. – 아르노 빌라니·로베르 싸쏘 편저, 『들뢰즈 개념어 사전』, 신지영 역, 갈무리, 2013, 107쪽.

학에 대항한 '위대한' 작가로 주목한 바 있다. 모든 기성의 권력과 제도, 그것들이 구축한 억압과 폭력에 저항하고, 언어의 탈영토화를 보여준 대표적인 작가, '위대한' 작가로 칭송된 카프카는 '지배자 문학', 기득권 의 언어와 집단의 문학을 끔찍하게 증오했다고 한다. 잘 알다시피 이때 카프카가 전유한 소수자의 언어, 소수자의 문학이란 수(數)적으로 적은 단지 소수 민족이 사용하고 향유하는 언어와 문학을 의미하지는 않는 다. 언제나 자기 "자신의 언어 안에 이방인처럼 존재하는 것", "탈주선 (linge de fuite)³" 으로서, "언어의 강밀한 용법"을 끊임없이 실행하는, 구체적이고도 역동적이고 치밀한 "배치(agencement)"를 통한 창조적인 글쓰기야말로 진정한 소수 문학(littérature mineure)이라 할 수 있을 것이다.

여기, 변방의 시인, 주변의 시인, 소수자(minor) 시인이 있다. 누군가 에게는 관점에 따라 그가 다수자(majority)로 분류되는 일도 있을 수 있다. 그 또한 가능한 일이다. 소수자와 다수자, 소수성과 다수성은 절 대 불변의 성질이 아니다. 소수자와 소수성은 정착(定着)이나 정주(定 住) 또는 고정된 개념이 아니다. 끊임없이 '나'와 세계의 외피를 의심하 고 두꺼운 껍질을 벗고 변이를 꾀하는 일, 기득권이 주는 안온한 환상

---

3 일부 역자에 의해 도주선으로도 번역되고 있으나, 본고에서는 탈주선으로 통일하여 표기하였다. 가타리는 탈주선의 분명한 쓰임새가 "자유를 되찾게 해주는 것"에 있다고 하였다. ─ 『들뢰즈 개 념어 사전』, 아르노 빌라니·로베르 싸쏘 편저, 신지영 역, 갈무리, 2013, 99쪽. "탈주선은 무한 하게 분열하고 증식하며 새로운 흐름과 대상을 창출하는 욕망의 순수한 능동적 힘 그 자체를 가 리킨다. 탈주선은 탈코드화·탈영토화된 욕망의 흐름들을 접속시킴으로써 그것들을 고무하고 가속화한다. 예기치 못했던 혁명적 변이가 일어나는 것은 이 탈주선 위에서 가능하다." ─ 서울사 회과학연구소 편, 『탈주의 공간을 위하여』, 푸른숲, 2002, 89~90쪽.

징후의 시학, 빛을 열다

에서 벗어나 탈주를 꾀하는 일은 사실상 쉽지 않은 일이다. 인간의 의지와 판단력은 욕망과 현혹 앞에서 쉽게 무너지거나 규율에 관습화되거나 타성화 되기 때문이다. 모든 그런데도 효용성과 소비자본주의가 지배하는 물질 만능의 시대에 시를 쓴다는 것, 시인이라는 이 희귀하고 비효율적인 종족은 분명 소수적 존재인 것만은 분명해 보인다. 그러나 어느 집단이나 그러하듯 시인들 중에도 권력과 권위, 위계를 따지는 무리들은 있다. 그들은 작품 자체보다는, 몇 년도에 어느 매체로 혹은 누구(저명한)의 추천으로 등단을 했는지의 여부를 따지거나, 어느 출판사에서 책을 냈는지에 따라 시인을 서열화하고 그들만의 카르텔과 성역을 만든다. 그러나 황정산 시인은 제도화된 등단 절차를 거치지 않고, 작품 활동을 통해 작가로서의 정체성을 끊임없이 변주하고 생성해 온 몇 안 되는 제도 '바깥'에 있는 자유로운 문인이라 할 수 있다. 그는 누구보다도 소수 문학을 지향하고 스스로 '잉여'를 자처하며, 탈영토화를 추구한다. 사회에서 예술은 철저하게 '잉여'에 속하며 사회에서 '잉여'로 남는다는 것은 단순히 루저나 실패자로 낙오되는 것이 아니라, 특히 스스로 시인이 되어 '잉여'가 되기로 선택한 사람들의 경우 사회가 만들어놓은 구조에 스스로가 편입되지 않는다는 것이고, 그것은 새로운 가능성의 존재가 될 수 있는 잠재성이라고 그는 최근에 펴낸 시론집에서도 전언한 바 있다.

스스로 소수자-시인이 되어 소수성의 언어로 소수성의 시와 시집을 생성해낸 '시인 황정산'의 시를 읽어보려고 한다. 그는 이 시대에 시를 쓰는 일을 누차 '잉여'라고 했지만, 필자는 한 발자국 더 나아가 시집을 사거나 시를 읽는 행위조차도 커다란 '잉여'가 되는 일이라고 본다. 이제 황정산 시인의 시집 『거푸집의 국적』에 드러난 탈영토성과 탈주선들, 배치들, 그로하여 언어적 저항과 실천, 유목을 수행하는 그의 시세계에 담긴 소수자성[4]에 주목해 보도록 하자. 시인이 언어를 통해 맞서고 있는 암흑의 세계와 기성 집단의 어두운 지점들, 견고한 "블랙"의 성역에 균열을 내기 위해 짜놓은 퍼즐들, 일련의 치밀하고도 정교한 지도들에 대해 기성의 틀에 맞춰 조립하기보다는 오히려 시인의 퍼즐을 더 파편화하여 해체하는 방식으로 접근해 보고자 한다. 나아가 시인은 어떠한 수사학적인 배치와 탈주선을 통해, 소수자의 문학과 소수성의 언어를 실천하고 이행 또는 파행을 감행하고 있는지 함께 살펴보도록 하자.

2. 블랙(black)을 블록(block) '하는' 블랙의 시편들

이 시집의 1부는 블랙 시편들로 일종의 연작 형식을 취하고 있다. 1부의 제목인 동시에 총 10편의 텍스트에 '블랙'이 제목으로 붙어 있다. '블랙'은 시인이 세계를 바라보는 관점, 나아가 시인의 시 세계를 꿰뚫는 중요한 열쇳말에 해당한다. '블랙'은 "맹독"보다 무서운 일종의 '맹목(盲目)'을 상징한다. 나아가 그 맹목을 이용하고 조종하고 권력화, 상품화,

---

4   "다수성이 척도와 규범, 혹은 모델의 형식으로 현재적인 상태를 유지하는 권력이라면, 소수성은 새로운 변이와 생성을 통해 그 척도와 규범을 변형시키는 잠재적 변이능력"이라 할 수 있다. – 이진경, 『노마디즘 1』, 휴머니스트, 2011, 323쪽.

징후의 시학, 빛을 열다

위계화하는 지배 집단의 이데올로기와 미시정치를 함의하기도 한다. 인터넷 공간을 포함하여, 세상은 "반타 블랙"의 거대한 가면으로 덧칠해져 있다. 우리가 지금 보고 듣는 현상들, 사실이라고 보도된 명제들마저도 진실이 아닐 확률은 백퍼센트에 가깝다. 당신은 기억하는가. 지난 2014년 4월 16일 공영방송에서조차, "전원구조"를 뉴스특보로 송출했다는 사실을. 세상은 오보와 오역, 그리고 보이지 않는 "반타 블랙"의 거대한 거울과 그물로 덧씌워져 있다. 내부를 들여다보려고 다가가도 오히려 그것들은 당신의 눈과 귀를 더욱 멀게 할 뿐이다. '블랙'은 인간과 인간 사이의 단절과 소외를 또는 단절하는 기제들을 상징한다. 인간의 개별적인 특징이나 특성의 거친 표면들, 인격이나 감정의 굴곡들, 빛을 투과하는 작은 구멍들은 물론 개개인의 이름들까지도 모조리 말소(抹消)하거나 무화(無化)시켜 버린다. 게다가 최근에 인류가 경험한 코로나 – 팬데믹은 단절과 소외를 더욱 가속화 했다. '블랙'은 기득권이 작동시키는 시스템인 동시에 최선으로 위장된 이데올로기이며 세상을 둘러싼 모든 종류의 억압과 규율과 강제들, 폭력을 의미한다. '블랙'은 한편 언어를 감염시키기도 한다. 모든 살아있는 명사와 동사들을 물어뜯어 맹독에 감염시켜 마비에 이르게 하거나 석고화하여 종래에는 죽게 만드는, 그것은 치명적인 "블맥맘마"의 이빨이거나 검게 칠한 눈이며, 당신을 삼키기 위해 잠복한 거대한 덫이라고 할 수 있다. 그러나 그 덫은 이미 우리의 내면 안에도 똬리를 틀고 있다.

코끼리를 물어 죽이고 먹지 않는

정의를 위해서 눈을 어둡게 칠한

검은 입속에 희생자의 공포를 감춘

우리는 모두

잽싸거나 치명적이거나

- 「블랙맘바」 부분

"블랙맘바"는 알다시피 맹독을 지닌 눈과 입만 검은색을 띤 코브라과 뱀으로 잽싸고 사납기로 유명하다. 영화 『킬빌』에서 여주인공 베아트릭스 키도의 코드 네임이기도 한 "블랙맘바"는 대상을 가리지 않고 끝까지 쫓아가 죽이는 등, 살상본능이 그 자체로 DNA에 기입된 난폭한 동물이다. 알에 깨어나는 순간부터 눈에 보이는 모든 상대를 물어뜯는 공격성 자체가 디폴트로 장착된 뱀이라고 한다. "블랙맘바"의 이러한 속성은 눈앞에서 살아 움직이는 모든 대상을 물어뜯고 독에 감염시켜 무기력하게 만들거나 죽음에 이르게 한다. 위의 텍스트에서 "블랙맘바"는 다수성의 세계가 은밀하게 살포한 독을 상징하기도 하지만, 동시에 인간이라면 누구나 내면에 숨기고 있는 이기적인 성향이나 탐욕, 파괴 본능을 의미하기도 한다. 동사로서의 언어를 마비시키거나 경화시켜 부사나 명사로 고착화하고 관습화하는 모든 제도화된 언어, 다수자의 언어, 규율화된 언어, 상업주의에 물든 언어도 시인에 의하면 결국에는 "블랙맘바"의 그것으로 분류할 수 있다. '블랙'이란 결국 '블랙'의 장막에 균열을 내는 모든 빛, 틈, 파열들을 삼켜버리고 일자적인 것으로 봉합해버리는 최면이면서 술수이고 음모라고 할 수 있다. 이러한 '블랙'이 "반타 블랙"으로 한층 업그레이드되어 위장하고 다가올 때, 소수자들의 목소리와 움직임과 빛은 자칫 반사되거나 와해 될 수 있다. "블랙맘바"의 그들은 이빨과 독을 감추고 "반타 블랙"의 가면을 쓰고 더욱 은밀하고 집요하게 당신을 노린다. "반타 블랙"은 시선만으로도 존재의 모든 형태와 굴곡과 개성들을 제압해버리기 때문이다. "반타 블랙"은 동사로서 행동하는 당신, 동사로 수행하는 발화, 동사의 언어를 노리고 겨냥하며 도사리고 있다.

동사로 존재했을 이름은
움직임을 잃고 부사로 남고
(중략)

잉여가 잉여를 없애지 못하고
이름은 이름을 대신하지 못한다
구멍이 구멍이 아니어도
모래는 모래가 아닌 모래가 하나도 없다

바람이 호명하고
풀잎이 지명하는
완벽한 블랙리스트

우리

"동사", "움직임", "잉여", "이름", "구멍", "모래"는 전부 "반타 블랙"이 노리는 목표물에 해당한다. 즉 이들은 모두 소수자들의 소수성을 드러내는 "잉여"에 해당한다. "반타 블랙"은 흑연을 고온, 압착 처리하여 만들어낸 신소재로 이른바 세상에서 가장 어두운 물질로 알려져 있다. 2019년에는 이보다 더 강력하게 빛을 흡수하는 어두운 물질이(공식 이름은 없음) 개발되었다고 한다. 이 "반타 블랙"이라는 물질로 사물이나 물체들을 덧씌우거나 채색하면, 그 물체는 고유의 굴곡이나 색상 즉 개성과 존재성을 잃고 평면화되어 단지 암흑으로만 비춰지게 된다. "반타 블랙"은 수많은 개별적인 '블랙'들마저 닥치는 대로 지워버리고 삼켜버리는 맹목의 거대한 늪, 보이지 않는 소용돌이, 그러나 조작된 블랙홀이라 할 수 있다. "반타 블랙"에 삼켜진 대상은 이제 그것이 어떤 것이든 "없다는 것을 증명하지 못하는" "없는 것들 속에서"(「블랙 아이스」) 아무도 모르게 사라지는 익명의 하찮은 "거시기"(보통명사)들로 몰락하고 만다. 즉 시인이 저격하고 있는 "반타 블랙"이란 모든 미시적인 '블랙'들의 저인망을 포괄하는 다수성과 중앙 집권의 세계, 기성의 규율과 권력의 시스템 전부를 가리킨다. 그들은 "희생자의 공포"(「블랙맘바」)를 야금야금 삼켜 조금씩 몸집을 키우는 거대한 그림자이며 괴물이다. 오로지 물어뜯음과 삼킴, 탐욕과 위악, 폭력과 압제로 자가 증식한다. 이것은 허기를 채우고 생명을 유지하기 위한 자연의 섭생이나 섭리로서의 약육강식의 본능이 아니다. 단지 악을 위한 악, 지배를 위한 지배에 해당한다. "코끼리를 물어 죽이고 먹지 않는" 표면상으로는 "정의를 위해서" '나'와 타인을 재단하고 묵살하고 처단하는 "잽싸거나 치명적"인 그들의 포악함과 위악성은 그러나 '그들'만의 것이 아니라, 다름 아닌 "우리" 모두의 모습이기도 하다고 시인은 스스로 자성의 비판을 가하기도 한다.

'블랙'은 세계 속에 있는 인간 존재들, 군집이거나, 개별적인 인간이 지닌 저열한 심리, 갖가지 욕망들과 타성을 상징한다. '블랙'은 모든 것을 물어뜯고 삼키는 공격욕과 파괴욕, 지배욕과 탐욕인 동시에 그것들에 순응하거나 길들여지는 맹목과 무지(無知) 그 자체인 것이다. 그러나 "눈먼 것들"이나 "눈먼 것들"을 포획하고 죽이기 위해 "희생자의 공포를 감춘" 채 "검은 입" 안에 날카로운 발톱과 이빨을 잔뜩 숨기고 잠복하고 있는 '블랙'을 가려내고 그에 맞서는 것은 쉽지 않은 일이다. 게다가 표면적으로는 "정의"의 얼굴을 하고 있기 때문이다. 투명을 가장한 검은 거울과 쇼윈도우에 비치는 불빛마저도 의심해야 한다고 시인은 어쩌면 경고하고 있는 것이리라. 방심하는 순간 당신은 당신이 거울이라고 굳게 믿고 바라본 "블랙 미러"에 흡입되고 함몰되어 "벽돌"로 구워질지도 모를 일이다. 그렇게 만들어진 수많은 "벽돌"들이 '블랙'의 "장벽"을 "단단하게" 구축하고 있다.

커다란 벽만 단단하게 서 있다

그 벽에 들어가기 위해 모두 벽돌을 든다

벽을 만들거나 누군가를 내리치기 위해서다

그러다 스스로 벽돌이 된다

벽돌을 그렇게 만들어지고

장벽은 튼튼해진다

그 안에서 우리들은 레토르트 포장지에 숨어

자신을 정화한다

무균 상태의 무익한 식품이 되고

도덕적이고 정의로운 상품으로 팔릴 수 있다

- 「블랙 미러」 부분

　시인은 "다음 말들은 시가 아니다", "애초에 시는 없다"라는 충격적인 전언으로 위의 시의 도입부를 연다. "이것은 파이프가 아니다"라는 마그리트의 그림 속 전언보다도 이 전언은 독자들을 더 당황하게 만든다. 시가 아닌데 시집에 실려있다면 해설도 자서도 표사도 아닌 그렇다면 이 말뭉치들은 도대체 무엇이란 말인가? 그러나 이 시의 마지막 연에 답이 있다. "블랙 미러"를 두고 시적 주체는 마지막 행에서 "이것은 거울이 아니다", "진실도 아니다", "그냥 벽돌이다"라고 전언한다. 결국 당신이 이 시의 의미를 밝혀내지 못하면, 이 시 역시도 독자에게는 "그냥 벽돌"에 지나지 않는 뻔한 결과를 초래할 뿐인 것이다. 따라서 "블랙 미러"는 거울이지만 거

징후의 시학, 빛을 열다

울이 아니다. "블랙 미러"는 당신이 보고 싶어 하는 것만 그것도 포장제만을 보여준다. "진실"은 거울 속에 있지 않다. "진실"은 시 속에도 들어 있지 않다. 거울도 시도 당신이 환영을 깨부술 때 비로소 무언가를 보여주기 시작할 것이다. 시인은 그가 언술한 기호와 기표에도 의미를 고정시키지 않는다. '블랙' 또한 다른 '블랙'(반타블랙, 블루블랙, 투명한 블랙, 블랙 아이스)의 버전들로 끊임없이 대체되고 '변이'되고 변주되고 변용됨으로써 탈영토화되고 있음을 확인할 수 있다.

이처럼 시인이 시집의 1부에서 지속적으로 암유(暗喩)하고 비판하고 있는 '블랙'은 단순히 타자의 영역, 외부 세계만을 지시하는 것은 아니라는 사실을 알 수 있다. 우리 안에도 '블랙'이 있고, 호가호위(狐假虎威)의 모습으로도 "반타 블랙"의 가면은 타자 위에 군림할 수 있다. 지배적 언어, 다수성의 문학, 구습과 인습에 의해 상투화되고 관습화된 문학, 아비투스의 언어로 타성화된 문학 또한 "반타 블랙"의 문학, "블랙맘바"의 문학이 될 수 있다. '블랙'은 고정된 기호가 아니다. '블랙'은 언젠가는 다른 블랙에 의해 미끄러지고 해체되고 점유 당할 수 있는 잠정의, 임의적인 기호일 뿐이다. 고로 시인은 이 '블랙'이라는 기호에 오래 머물지 않는다. '블랙'은 시인이 차용한 필터와 액자구조, 이중 구속과 자기모순, 투명성이나 차단성과 호환되는 임시적인 개념일 뿐이다. 시인은 하나의 개념이나 기호에 압도되거나, 오래 머물거나 그 안에 정착하거나 절대적인 의미를 부여하지 않는다. 그는 직전에 쓴 언어마저도 버릴 각오와 준비가 되어 있다. 언어의 고착화, 개념화, 영토화, 성역화되는 것에 끊임없이 반대하고 저항하는, 탈영토화의 수사적 이중 장치로서 '블랙'은 이처럼 중요한 기능을 한다.

'블랙'은 퍼소나가 바라보는 디스토피아적인 세계 및 은폐와 단절, 고립과 소외를 의미하는 동시에 한편으로는 시인이 두려워하는 '글쓰기'를 상징하기도 한다. 황정산 시인은 이 시집의 곳곳에서 글쓰기에 대한 양가감정과 두려움을 내비친다. 백지에 대항하는 글쓰기 또한 어쩌면 백지가 아닌, 검은 잉크에 검은 잉크를 덧칠하는 무의미한 반복이 될지도 모른다는 성찰을 내포한 두려움은 시인에게 '새로운' 언어에 대한 강박과 결벽으로 드러나기도 한다. 그러나 시인이라면 누구나, 자기 글쓰기가 과연 생태적[5]일 수 있는지, 종이와 연필과 석유를 공연히 낭비하는 것은 아닐지 자문하거나 자책할 수 있다. 유행에 영합하거나 비슷비슷한 시를 복제해내는 관습에 젖은 시인들이라면 생태학적인 고민은 있을 수 없다. '쓰는' 사람은 내용은 물론 형식에 있어서도 결국 탈피와 탈각과 자기성찰을 죽을 때까지 계속 시도해야만 한다. 다음의 텍스트들은 시인의 이러한 글쓰기에 대한 자의식과 양가감정을 드러내고 있다.

결국 내가 썼던

글자들의 색

모든 빛이 만들었다는 색

그래서 색이 없는 색

---

5 이를테면 이번 시집에 수록된 다음의 시는 그러한 시인의 글쓰기에 대한 아이러니한 성찰을 보여준다. "생태시에 대한 글을 쓴다 힘들지만 그냥 쓴다 나무를 베어 수액을 핥아보고 꽃을 꺾어 냄새를 맡는다 세상이 모두 쓰러진 나무와 흩날리는 꽃잎 천지다 내 글자가 하나도 들어설 틈이 없다 생태적이고 아주 생태적인 꽉 찬 빈 여백만 남는다 결국 채우지 못한다" – 「생태적인 아주 생태적인」 부분.

검고 슬픈

그 색

- 「블루블랙」 부분

'블랙'은 "내가 썼던/글자들의 색"이기도 하지만 쓰는 동시에 지워지는 색이기도 하다. 검은 잉크로 쓰여진 글쓰기는 분명 존재를 존재로 증명하고 입증하는, 세계 내에서의 자명한 "출석부의 색"이기도 하지만 언젠가는 쓰여진 글도 글을 쓴 주체인 '나'도 흔적 없이 사라질지도 모른다는 두려움의 색을 상징하기도 한다. 그러므로 그것은 "검고 슬픈" "블루블랙"의 다중적인 그러나 "색이 없는 색"이라고 할 수 있다.

블랙은 아직 오지 않는 것

혹은 원래 빈자리

그것도 아니라면 빈자리를 미리 지우는 것

(중략)

써야 할 글들을

이미 썼던 글자들로 천천히 역순으로 지우고

그래도 남아 있는 독한 것들의 그림자

아무것도 아닌 모든 것의 음부

- 「블랙아웃」 부분

시적 주체는 세상의 모든 "블랙"을 의심하고 경계한다. "블랙"은 미지의 잠정적인 상태로만 존재한다. 그것은 마치 백지의 원점으로 자꾸만 회귀하는 '글쓰기'와도 같고 이러한 회귀는 공포를 자아낸다. "블랙은 아직 오지 않는 것"이거나 이미 지나갔거나 아니면 "원래 빈 자리"였던 공백 그 자체 또는 "빈자리를 미리 지우는 것"일 수도 있다. '블랙'을 단일하게 정의하거나 영토화하는 정답은 없다. 다만 '블랙'은 덧칠을 반복할 뿐이다. 결국 백지 위에 글을 '쓴다'는 행위는 기존의 "이미 썼던 글자들로" 되려 "써야 할 글들을 지우"고 마는 자기 무화(無化)의 아이러니가 아닐 수 없다고 시적 주체는 자각한다. 글쓰기란 "그래도 남아 있는 독한 것들의 그림자"이거나 그래서 "아무것도 아닌 모든 것의 음부"이자 무의식의 가장 의식화된 부분일 수 있다. 즉 기억과 망각이 동전의 양면처럼 맞붙어있는 상황이 바로 '글쓰기'라는 작업이며, 글을 쓰는 일이야말로 "우리"들의 "블랙아웃"을 귀납적으로 입증하는 이른바 왜곡된 기억이 언어로 재현해 놓은 현장 검증이 아닐 수 없는 것이다. 좀처럼 감정을 내비치지 않는 시인이지만 시인은 시집의 곳곳에서 이러한 글쓰기에 대한 자조적인 언술들을 보여준다.

오늘도 나는 말을
어쩌면 글을 준비하지 못한다

- 「게으름에 대하여」 부분

없다는 것을 증명하지 못하는

없는 것들 속에서,

(중략)

나는 내 자신의 환유가 되고

내 글이 누군가에 의해 버려지고

버려진 것들 위에 나는 다시 쓰고

쓴다는 것만이 엄연하고

써진 것들은 부재의 표식이 되고

- 「블랙 아이스」 부분

  '쓰기'에 대한 초조함은 게으름에 관한 사유의 연장 속에서도 불쑥 발화된다. 글쓰기는 시인에게는 언제나 지연된 그것, 미지의 '블랙'으로 존재한다. 즉 '블랙'은 지워진 것일 수도 있고 혹은 "아직 오지 않는 것"일 수도 있다. "아직 오지 않은 것"들은 기대와 희망을 주지만 또한 작가에게는 두려움과 공포의 대상이 되기도 한다. 이미 쓴 글, 앞으로 써야 할 글, 지금 쓰고 있는 글은, 그 글을 쓰는 주체에게는 모두 "블랙 아이스"처럼 잘 보이지 않는 위험한 경계의 징후가 된다. 분명 존재하지만 존재하지 않는, 있지만 또렷하게 보이지 않는 것들은 그것을 감지한 존재에게는 조심스러운 '무엇'이 된다. 숲에 들어가면 숲이 잘 보이지 않는 것처럼, 작가들은 글을 쓰는 동안에 막연한 두려움에 휩

싸이기도 한다. 이미 쓴 글들 그리고 아직 쓰지 않은 글들에 대해서도
마찬가지이다.

3. 언어의 (비)논리적 실험 또는 질문 '만들기'로서의 시

시인은 시집 전체에서 가급적 1인칭의 '나', 일반적으로 서정적 주체
라고 부르는 시적 화자로서의 '나'를 내세우지 않는다.(4부의 일부 시편
들 제외) 시인은 유년기의 경험이나 가족사, 개인의 소소한 일상이나
경험(체험시라고 부르는)을 거의 드러내지 않고 있다. 또한 시인의 정
체성과 평론가로서의 정체성은 엄밀하게 분리되어 있음을 알 수 있다.
게다가 시인은 사사롭거나 작은 감정의 파편들을 과잉 확대하거나 파
토스를 가능한 드러내지 않는다. 황정산 시인은 여느 시인들처럼 시인
이 곡비(哭婢)라고 말하지 않는다. 타인을 대신해 수동적으로 울기보
다는 말할 수 없는 것을 말'하는' 발화의 수행성이야말로 소수성의 언
어적 실천이자 보다 창조적, 혁명적인 생성이 아닐까. 시인들은 꽃잎
하나에서 온 우주를 노래하고, 떨어지는 나뭇잎 하나에 전생과 이생
과 다음 생의 의미까지도 부여하는 자들이다. '뭇' 시인들에게 「한 송
이 국화꽃(서정주)」은 그야말로 저절로 피는 법이 없다. 손가락에 박
힌 작은 가시 하나로도 우주의 몸살을 앓는 어쩌면 시인들은 침소봉
대(針小棒大)와 엄살의 달인이자 장인이다. 그러나 황정산 시인에게는
사사로운 통증에 대한 엄살이나 우주 만물과 자연 섭리에 대한 과장

징후의 시학, 빛을 열다

된 제스처가 없다. 시인은 외려 냉철한 시, 논리적인 시, 뒤틀고 비트는 시, 질문하는 시를 실험한다. 우주 만물의 생성에 대한 경탄을 노래하기보다는 직접 능동적인 생성'하기'와 독자의 생성'하기'을 유도하고 실천하는 실험적 글쓰기를 시도한다.

> 그 교수는 그 판사를
> 석궁으로 죽이지 않았다
> 모든 것들이 안 만들어져
> 사라진다
>
> 말은 말이 되지 않고
> 말이 말은 된다

－「비문非文들」 부분

　시인은 2부의 시편들에서 대상에 대한 논리적인 비판과 허를 찌르는 성찰, 언어에 대한 객관적이고도 과학적인 시선, 언어와 글쓰기 자체에 대한 객관적 질문과 탐색들, 쓰기에 대한 양가감정과 자의식 점검과 검열, 잉여/흔적/얼룩/소멸, 은폐되거나 사라지는 것들에 대한 소환과 애도 등을 보여준다. 독자들이여, 이쯤에서 시인이 제시한 다음의 시편들을 읽고 (비)논리적인 문제들을 풀어보거나 딴죽걸기, 숨

겨진 명령어들 찾기, "말이 말이 되지 않고" "말이 말은 되는" 비문非
文보다 더 비문에 가까운 상황들을 주변에서 찾아 예시를 들어보기와
같은 독후 활동에 직접 참여해보는 것은 어떨까. 비문으로 시 써보기,
통사 가로지르기 등, 이 또한 횡단이고, 탈주이고 생성이 될 수 있다.
질문의 오류를 찾거나, 독자인 당신이 쓴 모자의 색깔을 알아맞혀 보
라. 우리는 모두 시인이 「어려운 시」에서 제시한 문제에 등장하는 맹인
이거나 청맹과니이거나 보이지 않는 감옥에 갇힌, 사형수일 수 있다.

시가 어렵다고?
그래서 외면받는다고?

일단 쉬운 문제를 풀어봐
(중략)
아니야 쉬운 것은 없어
만약 있다면 그것은 들추기 힘든 모자 밑에 감추어져 있어

그래서 답이 뭐냐고?
어려운 시를 읽듯 다시 천천히 생각해 봐
쉽지는 않아

- 「어려운 시」 부분

징후의 시학, 빛을 열다

4. 사라지면서 살아지는 존재들을 이야기'하기'

둔중한 것들이 용적을 비우고

차지하는 것들이 바람에 실리고

불리웠던 것들이 이름을 감추고

사라진다

그렇게 살아진다

- 「사리지다」 부분

　시인은 아무도 기억하지 않는 사라지거나 버려진 하찮거나 가벼운 (비) 존재들을 불러와 시(詩), 시집(詩集)이라는 형식의 "거푸집"에 다시금 소환하여 담아내고 그 형상들을 다시 살려내고 불러낸다. 시인은 잊혀진 존재들을 기억해내고, 더러는 아직 오지 않은 것들까지도 그것들을 기꺼이 '지금 여기'로 불러내어 살려내기와 애도하기, 도래하기를 종용하기를 동시에 시행하는 존재이다. 그러나 역설적으로 "용적을 비우고" "사라지"고 사라져간 모든 것들이 지금 여기에 남겨진 우리를 결국에는 살게 하고 "살아지"게 하는 존재들임을 시인은 일깨운다. 도마, 거푸집, 어처구니, 생선 궤짝, 와리바시(나무젓가락), 바지랑대, 솥, 식탁, 널배, 종이컵 등 우리가 사용하고 아무렇게나 방치하거나 폐기하는 일회성의 물품들, 또는 오래전에는 분명하게 있었지만 지금은 행방조차 알 수 없는 고물들, 유물들, 이전의 가치들을 상실한 채 버려진 녹슨 솥이나 낡은 도마 같은 오래된 집기들, "따위"로 불리우는 쓸모없는 것들을 시인은 다시 호명하고 불러낸다.

시 '쓰기'는 이처럼 사라지고 잊혀진, 즉 없음의 있음을 증명하는 아이러니한 의식이 아닐 수 없다. (비)존재들을 시인을 기꺼이 이번 시집에서 기억해내고 상기해내고 형상화해 낸다. 사라진 존재를 입증하는 방법은 그것/그/그 일에 관하여 진술하기와 이야기하기 결국에는 '쓰기'로서의 '하기'밖에는 없다. 더러는 구체성과 핍진성으로 더러는 암시와 함축으로 시인은 말할 수 없는 것들을 이야기하고 말한다. 그러나 시인의 이야기하기의 방식은 소설가, 신문기자, 역사가와는 다르고 응당 달라야만 한다. 그런 의미에서 시인과 시집과 시는 모두 이야기하기와 말하기의 '거푸집'으로 제유될 수 있다. 거푸집은 이야기를 담는 형식도 되지만, 내용을 담고 머금고 완성(형상화)시키는 과정 자체를 의미하고 공간이면서 시간을 내포하기도 한다. 다시 말해 시집(詩集)은 시를 품고 있는 또 다른 거푸집 즉 거푸집들을 껴안은 또 다른 거푸집으로 기능한다.

시는, (비)존재들, 유령들, 비체들 망각되거나 버려지고 잊혀진 그것들을 담아내는 새로운 용기(勇氣)이자 용기(用器)가 되고, 매번 새로운 거푸집이 되어 새로운 텍스트를 독자들 앞에 생경하게 펼쳐놓는다. 당신의 새로운 독서가 새로운 텍스트를, 새로운 거푸집을 완성할 것이다. 거푸집이 기억하는 거푸집, 거푸집이 재현하는 거푸집은 흔적이면서 현존을 드러내는 부재하는 것들을 불러오는 매개체가 되고 기

징후의 시학, 빛을 열다

억이 아닌 실재(實在)가 된다. 그 모든 사라진 거푸집들도 그러나 거푸집이라는 보통명사가 아닌 원래는 이름을 가지고 있었고, 저마다의 꿈을 가지고 있었고, 그들에게도 가족과 국적이 있었다. 처음부터 "거푸집"이나 "거시기"라고 불리지는 않았을 '진짜' 거푸집의 이름과 국적과 행방을 찾아서 불러주는 것도 이제 시인의 손을 떠나 당신의 몫이고 우리의 몫이다.

흑단과 마호가니도 아니고
삼나무나 편백이 아니라 해도
그들도 이름이 있었을 것이다
와꾸나 데모도라 불리기도 하지만
응우옌이나 무함마드라 불러도 상관없다
(중략)
하지만 그들도
타이가의 차가운 하늘을 찌르거나
우림의 정글에 뿌리내려 아름드리가 되길 꿈꾸었으리라

오늘도 도시를 떠받치던 불상의 목재 하나가
비계 사이에서 떨어지고 있다
이제 국적과 이름이 밝혀질 것이다

─「거푸집의 국적」 부분

시적 주체는 "그들도 이름이 있었을 것이"이라고 진술한다. "와꾸나 데모도라 불리기" 이전에 "응우옌이나 무함마드"라고 불렸을 그들의 이름과 국적은 상실되었다. 단지 불법체류자이거나 이주민이거나 난민이거나, 어쩌면 그들은 서류상 세상에 없는 존재들일 수도 있다. 시인이 노래하는 이들이야말로 소수자 중에서도 소수자일 것이다. 지난밤 안전사고의 '사망자 수치'로만 기록되고 지워지는 비루한 존재들. 이름 없이 사라진, 사용가치로만 수명을 다하고 증발한 존재들이 지금 여기의 우리를 있게 하는 원천임을, 시적 주체는 되새긴다. 그들이 우리의 아버지이고 할아버지이고 앞선 세대들이었음을 시적 주체는 망각하지 않고 일깨우듯이 이야기한다. 이야기하기는 이렇게 각성하기이며, 소수자의 소수성을 드러내는 탈주선의 한 방식이 된다.

궤짝은 궤짝이 아니었다

(중략)

그때 사람들은 생선 궤짝을 알아보았다

잊고 싶은 이름을 불러주었다

- 「생선 궤짝의 용도」 부분

그런데도 모든 "거푸집"과 "궤짝"들은 원형의 꿈을 기억한다. 시인 또한 작고 하찮고 가벼운 기억일망정 그것들을 '기억'하는, 나아가 기

징후의 시학, 빛을 열다

리고 애도하는 존재이다. "반타 블랙"의 자장들에 흡수되어 은폐되거나 잊혀 버린 역사적 사실들, 진실들, 존재들, 쓸모를 다 한 채 버려진 비체들을 시인은 언어를 통해 되살린다. 그러므로 시는 거푸집을 품는 거푸집이다. 과거의 묻힌 진실들과 의미들을 기억해 내고 지금 여기 현재로 불러와 되새기는 일은 결국 더 나은 미래를 위해서이다. 우리가 시를 쓰고 시를 읽는 이유 또한 그러하리라. '사라짐'으로써 우리를 "살아지게" 하는 존재들, 지속을 지속하게 하는 이 존재들, 이 존재의 부재, 부재의 현존을 당신은 아는지 시인은 묻는다. 우리는 그들을 어떻게 기억하고 무어라 이름을 불러주어야 할까. 시에서는 외국인 노동자, 민중 등 하위 주체들에 대해 이야기하고 있지만, 정작 중요한 건 그들 자신에게도 직접 말하는 입, 말할 수 있는 입이 주어져야 할 것이다. 시인은 그러한 사라진 입들, 틀어막힌 입들을 대신해 발화한다. 명백히 "너는 있었다"라고, "너의 이름을 다시 불러" 기꺼이 "너"의 알리바이와 행방과 신원을 "증명"하고자 한다.

> 그래서 너는 있었다
> 함께 했다는 사실만으로 부끄러운 소문이 되는
> 너의 있음으로
> 너의 이름을 다시 불러
> 증명한다
>
> — 「와리바시의 알리바이」 부분

시인은 신은 아니지만 적어도 아담 정도의 기능은 한다. 존재들에 이름을 지어주고 찾아주고 불러주는 존재가 바로 시인이기 때문이다. 김춘수의 「꽃」을 떠올리지 않더라도 (비)존재는 내가 그의 이름을 불러주었을 때, 그는 나에게로 와서 비로소 하나의 의미를 지닌 존재로 탄생하기에 이른다. 암흑 속에 갇힌 미명의 물질은 나에게는 아직 보이지도 않고 만져지지도 않는 즉 현현하지 않은 미지의 무(無) 그 자체일 뿐이다. 내가 "기억을 더듬고/주변을 둘러보면" 너는 그제야 내 앞에 나타난다. "너의 있음"은 내가 "너의 이름을 다시 불러"주었을 때 "증명"될 수 있다. 고로 너의 "있음"과 "없음" 사이에는 기꺼이 너의 이름을 기억하고 되살려 부르는 일, 즉 '호명'이 있어야 한다. 죽어있는 것들, 사라진 것들, 잊혀진 것들, 은폐되거나, 폐장된 것들, 폐기되거나 처분되거나 소멸된 것들, 익명의 존재들을 불러내어 하나하나 호명하는 자가 바로 '시인'이다.

5. 에필로그 : 동사(動詞)의 시, '따위'들의 '쓰기'와 이동'하기'

시인은 계속해서 지배적인 질서들을 깨부수고 "넘어서야 하는" 불온한 존재이고 불온한 존재여야 한다. 시인이 쓰는 시, 언어 또한 끊임없이 그 관습과 경계를 허물거나 넘어서서 불화를 추구해야만 한다. 이해를 돕기 위해 다소 이분법적으로 말하자면, 시인에게는 명사의 시가

징후의 시학, 빛을 열다

있고 동사의 시가 있다. "넘어서는 시", 불온성의 시, 소수 문학으로서
의 시는 당연히 동사(動詞)의 시이다. 황정산 시인의 시는 명사의 시
가 아닌, 동사의 시, 변이와 변주를 감행하는 역동의 시, 생성의 시를
지향한다. 5부의 시편들은 동사들의, 동사들에 의한, 동사에 관한 시
들로 구성되어 있다. 14편의 시들이 저마다 동사를 제목으로 달고 있
다. 13개의 동사들을 포괄하는 상위 동사는 단연 "쓰다"이다. 그러나
이 "쓰다"는 "빻다"로도 호환될 수도 있음에 유의해야 한다.

따위를 위해 역사 따위를 세우지 않으려고 따위를 말하여 따위 위의
따위가 될 수 없기에
이런 따위를
쓴다

– 「쓰다」 부분

다만 몸을 빻아 죽음을 기록한다
(중략)
그가 빻은 것들은 엉겨 글자가 된다
아니 빻아져 글자가 되지 못한다

– 「빻다」 부분

작가에게 "쓰다"라는 동사는 곧 '움직이다'로 호환되지만 "빨다"로 호환될 수도 있다. "빨다"는 "쓰다"처럼 과정이면서 결과를 동시에 함의하는 동사이면서 서술어가 된다. 앞서 살펴본 '블랙' 연작의 시편들뿐만 아니라 5부의 동사의 시편들에도 이처럼 '글쓰기'에 대한 메타적 사유가 곳곳에 드러나 있는 것을 알 수 있다. 결국 "따위"들의 글쓰기, "따위"들의 "따위"적인 언어야말로 소수성의 언어, 소수자의 글쓰기가 아닐까. 이러한 동사(動詞) 연작의 시편들 또한 시인에게는 일련의 탐색과 실천, 탈주와 생성을 위한 새로움을 지향하는 멈추지 않는 언어적 실험이자 실천, 즉 '혁명적인 것'을 '하기'와 '말하기'의 이행이 아닐까.

시인이 던지는 질문들, 명령어들, 수수께끼 같은 시편들에 독자들은 얼마든지 다양한 해석과 답변과 반박을 새롭게 내놓을 수 있다. 이 시집은 잠겨 있는 형식으로 열려 있다. 『거푸집의 국적』은 독자인 당신들이 거푸집 안으로 들어와 거푸집을 깨부수고 거푸집을 탈주할 때, 비로소 도달할 수 있는 아직 오지 않은 잠재태의 시공간 안에 비밀스럽게 그러나 '능동적'으로 있다. 시집의 비밀번호는 오로지 독자인 당신만이 알아낼 수 있다.

미흡하고 부족한 필자의 해설이 시인의 첫 시집의 아름다움을 상대적으로 더욱 영롱하게 빛나게 했으리라는 말도 안 되는 변명과 함께, 시인의 "불량"한, 그러나 매혹적인 "불온과 불화의 기록들"이 언제까지나 더더욱 소수자의 편에서 소수적인 방식과 소수성의 언어로 이어지길 기원하면서 이 글을 마친다.

징후의 시학, 빛을 열다

펴낸날 2025년 3월 26일

지은이 김효은
펴낸이 주계수 | **편집책임** 이슬기 | **꾸민이** 이해린

펴낸곳 밥북 | **출판등록** 제 2014- 000085 호
주소 서울특별시 마포구 양화로 156 LG팰리스빌딩 917호
전화 02- 6925- 0370 | **팩스** 02- 6925- 0380
홈페이지 www.bobbook.co.kr | **이메일** bobbook@hanmail.net